阿卡姆

ARKHAM

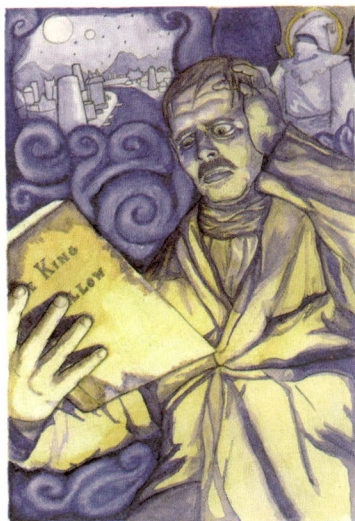

信就是所望之事的实底，是未见之事的确据。

　　　　　　　　——希伯来书 11:1

Now faith is being sure of what we hope for and certain of what we do not see.

　　　　　　　　— HEBREWS　11:1

THE KING IN YELLOW

By

Robert W. Chambers

Illustrated

Beijing Time-Chinese Publishing House

2021

编辑部特别感谢：

美国艺术家 M. Grant Kellermeyer 先生，他为本书奉献了多幅内文插图作品。中国旅日艺术家刘尚先生，他为本书奉献了哈斯塔雕塑作品的照片。大哥阳、叁玖和幸子三位中国艺术家，他们各为本书奉献了一幅插图作品。英国艺术家 John Coulthart 先生，他为本书提供了两幅内文插图作品。西班牙艺术家 Geber Luis 先生，为本书提供了一幅封面插图作品。

感谢不愿透露姓名的老朋友 M 先生，在他的帮助下，编辑部如获至宝般地获得了包括 Balliol Salmon、Hannes Bok、Neil Austin、Alva C. Rogers、Virgil Finlay 等多位已故艺术大师的绝版插图，还有一些因年代久远，创作者已难考证的插图作品。最后，感谢王晓坤先生在本书出版过程中的无私奉献。

黄 衣 之 王

The King In Yellow

Robert W. Chambers

[美] 罗伯特·W. 钱伯斯 ｜ 著

李 镭 ｜ 译

北京时代华文书局

二〇二一年·北京

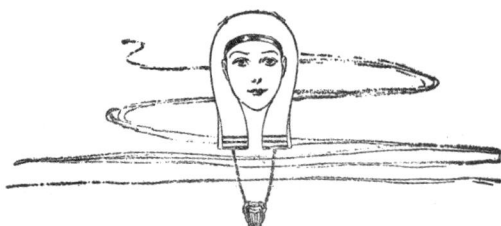

Robert W. Chambers

The King In Yellow

据伦敦 Chatto & Windus，1895 译出

Robert W. Chambers

正在作画的罗伯特·W.钱伯斯。除写作外，钱伯斯也是一位画家，《黄衣之王》出版之前，他曾于法国巴黎国立高等美术学院学习绘画。

作者与爱犬在位于纽约州布罗尔达宾市的自家别墅前留影，摄于 1909 年。

钱伯斯大部分的创作都是在这栋拥有 25 个房间的自家别墅中完成的。

如今，这栋别墅几经转手成为当地教会的产业，得以保留。

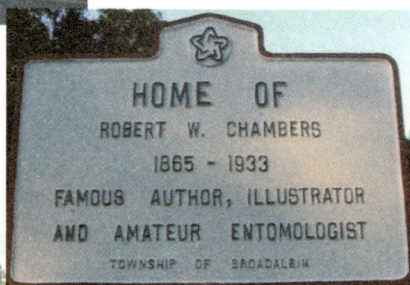

HOME OF
ROBERT W. CHAMBERS
1865 - 1933
FAMOUS AUTHOR, ILLUSTRATOR
AND AMATEUR ENTOMOLOGIST
TOWNSHIP OF BROADALBIN

去世后，钱伯斯被葬在离家不远的家族墓地中。

首版《黄衣之王》封面图，由钱伯斯自己绘制。原画被美国著名科幻
杂志编辑福里斯特·J. 阿克曼（Forrest J. Ackerman）收藏。

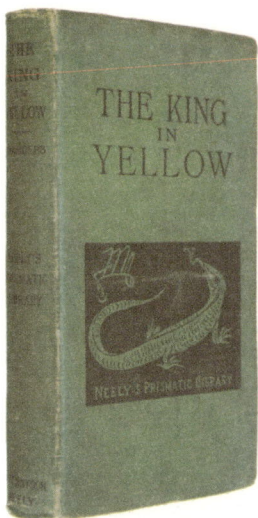

美国 Neely 出版公司 1895 年"鳄鱼"版封面

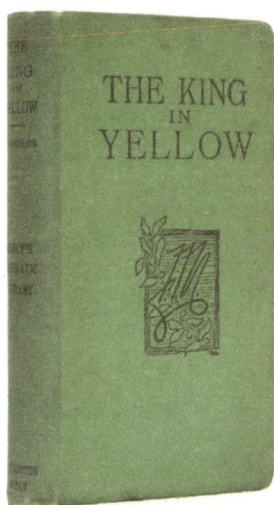

美国 Neely 出版公司 1895 年"草花"版封面

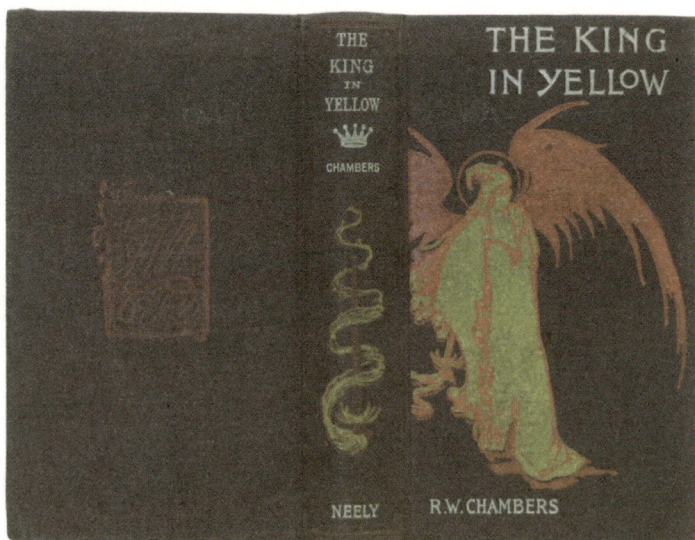

美国 Neely 出版公司 1895 年"插图"版封面

收藏界就这三个版本究竟哪一个是真正的首版至今争论不休。

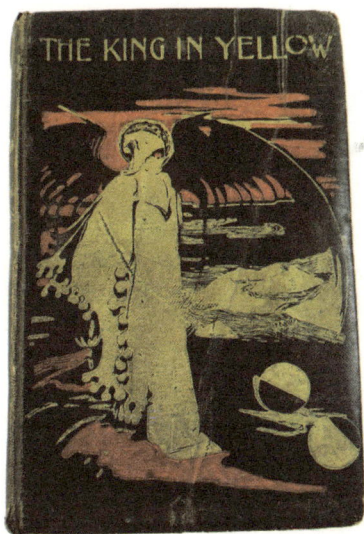

今日已经非常罕见的英国Chatto & Windus出版公司1895年首版。

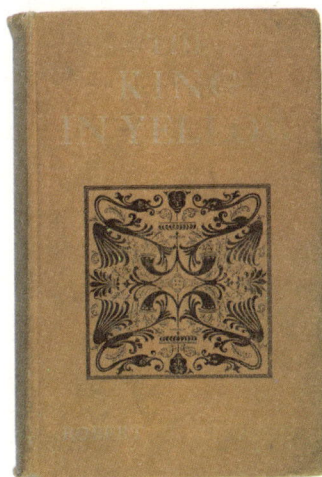

美国Harper & Brothers出版公司1902年插图版。

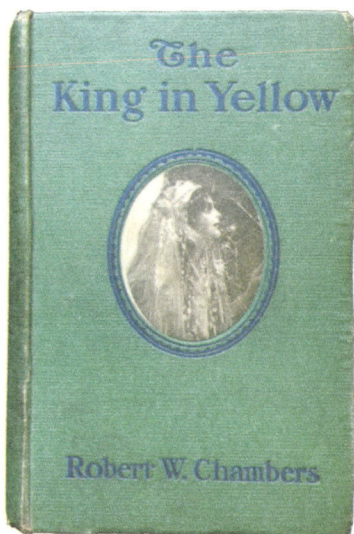

英国 Archibald Constable 出版公司 1909 年插图版。

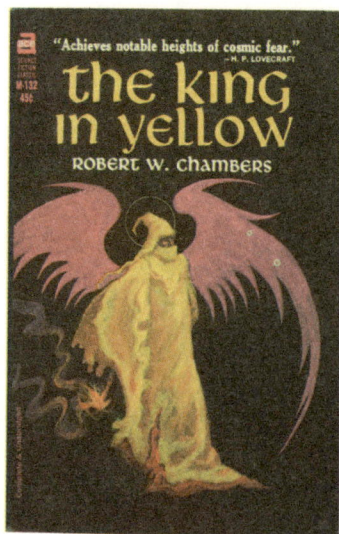

Ace 出版公司著名的廉价平装版。

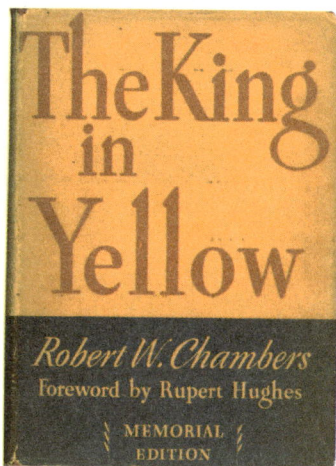

钱伯斯去世后，他的生前好友鲁珀特·休斯（Rupert Hughes）于 1938 年出版的纪念版，并为此版撰写前言。

HASTUR THE UNSPEAKABLE,

　　黄衣之王作为不可名状者哈斯塔的化身，后被 H.P. 洛夫克拉夫特在自己的作品中提及，在"克苏鲁神话"体系中不可或缺，一百多年来一直是备受读者推崇的虚构角色。

　　钱伯斯去世近十年后，《黄衣之
王》中的三篇重要作品《少女德伊斯》
《黄色印记》《面具》，分别在"二战"
时期美国的"纸浆杂志"《著名奇幻
悬疑》（Famous Fantastic Mysteries）
的 1942 年 11 月刊、1943 年 9 月刊和
1943 年 12 月刊上重新发表，非常明
显地提高了"黄衣之王"的知名度。

MASTERS OF FANTASY

1947 年 12 月刊的《著名奇幻悬疑》中，"奇幻大师"栏目致敬钱伯斯，钱伯斯和《黄衣之王》显赫的历史地位自此盖棺定论。

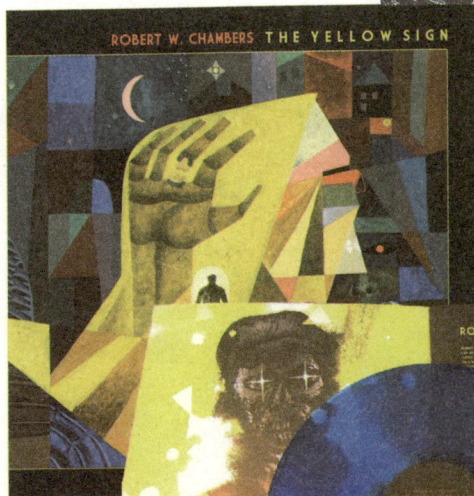

随着近年来流行的复古风尚，众多艺术家以《黄衣之王》为蓝本或灵感源泉创作的声音作品，也被压制成 LP 唱片或 CD 唱片出售，包含有声书、氛围音乐和死亡金属等，在小众市场备受青睐。

出自《克苏鲁神话：众神典藏图集》

出自《克苏鲁神话：众神典藏图集》

由中国青年旅日艺术家刘尚先生
创作的雕塑作品哈斯塔。

© John Coulthart

《黄衣之王》包含一系列诡异的短故事，故事之间有隐约的关联。其中，最著名的几篇故事在恐怖文学爱好者心目中被奉为经典。本书的前六篇故事通过一条共同的线索，在不同程度上都涉及一部神秘的邪恶书籍——读者只要瞥一眼这部书就足以导致疯狂和死亡。后面的故事或多或少是以巴黎市拉丁区的波希米亚年轻艺术家的生活为主题的现实主义故事，这条主线贯穿了多个恐怖传说。尽管《黄衣之王》在同类书爱好者之中非常有名，但在过去的数十年里，它很少被出版发行，就连曾经出版的旧书也很难找到……

原始编辑手记

W. Z. T.

罗伯特·W. 钱伯斯与"黄衣之王"

一位陨落的巨人——兼有合适的天资与才学，却鲜有正确运用之时。

—— H.P. 洛夫克拉夫特

写在前面

我们知道，"克苏鲁神话"中种类繁多的诸神来自洛夫克拉夫特及其身边多位相识作家的合力创作。而在这其中有一个特殊的例子，便是"黄衣之王"。这一形象的诞生有些特殊，它的原创作者另有其人，洛夫克拉夫特虽然将其引入了自己的"神话"中，却没有机会和这位名叫罗伯特·W. 钱伯斯的原作者联系。后来，洛夫克拉夫特将钱伯斯列入了自己关于恐怖文学研究的大师名单中，他在著名的论文《文学中的超自然恐怖》中对钱伯斯的怪奇创作大为赞叹，同时又深深地惋惜于钱伯斯此后在创作上的转型。

对"黄衣之王"这一怪奇形象的创造，于钱伯斯本人来说犹如昙花一现，虽然他一生著书甚多，但最终被后世所铭记的也仅仅是读者目前手捧的这一本书而已。这本名为《黄衣之王》的书，是罗伯特·钱伯斯1895年出版的一部短篇小说集，共包含十篇小说。其中头四个短篇里提到了一部名为《黄衣之王》的剧本，据说读到它的人都会发疯；而这部剧本又与一个名叫"黄衣之王"的超自然生物有关。洛夫克拉夫特到1927年才读了《黄衣之王》，并将其中的一些元素，如"哈利湖"和"黄色印记"，加入他的作品《暗夜低语者》中。"黄衣之王"本身则以哈斯塔的形象出现了"克苏鲁神话"中。所以严格意义上来说，"黄衣之王"是一个包含了多层次含义的怪奇形象，伴随着其被纳入"克苏鲁神话"，也就跟随着"克苏鲁神话"的脚步一起发展了（比如在元素论划分中，"黄衣之王"被赋予了风元素等）。

虽然钱伯斯本人作品繁多，但怪奇类的创作稀少，由于文学本身的抽象性，以及文字表达含义的限制性，使得《黄衣之王》这本怪奇小说集中有很多值得深挖之处，一个多世纪以来全世界读者的不断解读和传扬，便能证明这本书的文学价值，也足以使罗伯特·W.钱伯斯跻身现代怪奇小说大师之列。

罗伯特·W. 钱伯斯生平

罗伯特·W. 钱伯斯（1865—1933），出生于美国纽约市的布鲁克林。他的族谱很有历史渊源，祖辈中很多人都是北美大陆殖民时期的重要人物。钱伯斯的曾祖父威廉·钱伯斯（生卒年不详）是英国皇家海军的一名中尉，后与罗得岛州议会成员、罗得岛州西风镇创办人的曾孙女阿米莉亚·桑德斯（1765—1822）结婚。婚后二人从西风镇离开，先后搬至马萨诸塞州的格林菲尔德和爱尔兰的戈尔韦，最后定居纽约，他们的儿子、罗伯特·W. 钱伯斯的祖父威廉·钱伯斯（1798—1874）就在纽约出生。威廉十八岁从纽约的联合学院毕业，后于波士顿报考了一所大学的医学专业。毕业后，他与伊莱扎·P. 艾伦（1793—1880）成婚，而伊莱扎·艾伦则是美国历史上著名的宗教领袖人物、罗德岛州普罗维登斯最早的殖民者罗杰·威廉姆斯的直系后裔。

罗伯特·W. 钱伯斯最早在纽约大学坦登工程学院接受教育。他爱好绘画，在二十岁左右的时候，进入纽约艺术学生联盟学习。著名插画艺术家查尔斯·达纳·吉布森（1867—1944）是他的同学，二人成为好友，并且在日后还互有影响。钱伯斯1886年至1893年在法国巴黎国立高等美术学院学习美术，并在那里获得了一定的成就，1889年还在巴黎举办了个人艺术作品沙龙展。

1893 年回到纽约后，他在《生活》《真理》《时尚》等几家著名杂志担任插画编辑，同时将自己的插画卖给了这几家杂志。他的插画风格受到友人吉布森的影响，后者最著名的作品是"吉布森女孩"，这一系列的插画作品影响力非常大，甚至成为美国社会 20 世纪早期美丽独立女性的标志性形象。钱伯斯的插画受其影响，画中女性形象也被当时的人们戏称为"钱伯斯女孩"。

　　同一时期，钱伯斯不知出于什么原因，突然决定要当一名作家。他把自己的时间都花在了写作上，创作了他的第一部小说《在居住地》（*In the Quarter*），是一部反映巴黎学生生活的言情小说，小说于完稿后的第二年成功出版。

　　与钱伯斯出版自己的处女作差不多同一时间，安布罗斯·比尔斯（1842—1913？）的两本小说集也相继出版，并且反响巨大。比尔斯的作品影响到了钱伯斯的创作，钱伯斯开始把注意力转向了超自然与恐怖怪奇这类题材的创作上。于是在 1895 年，钱伯斯出版了他最著名的，后世流传最广的作品：短篇小说集《黄衣之王》。这本书包括多部著名的怪奇短篇小说，这些短篇小说的共同主题都是关于一部虚构的戏剧剧本，该剧本有着使人发疯的神奇力量，还涉及一些神秘恐怖的超自然之物。

　　美国著名编辑、书目学家、科幻幻想文学学者埃弗里特·富兰克林·布莱勒把《黄衣之王》称为"美国超自然题材文学中最重要的作品之一"。后来 H.P. 洛夫克拉夫特和其文学圈内的很多作者也对钱伯斯的这部作品赞赏有加。

《黄衣之王》的成功使得钱伯斯彻底放弃了绘画，从此只专注于写作。然而，《黄衣之王》的成功是没办法复制的。虽然此后钱伯斯也继续创作过一些怪奇类的小说，可是大多反响平平。作品依旧保持了他在《黄衣之王》中那种怪异的新艺术风格，同时也包含了一些科幻元素，另外钱伯斯也在其中尝试了一些幽默诙谐的写作风格，不过从反响来看，这些尝试都不成功。哪怕是畅销于市并一再加印的《黄衣之王》，也不招主流文学批评家们的待见。所有这些这让钱伯斯很受打击，于是开始转而创作历史题材的作品。

他的历史题材小说在 20 世纪初获得了很大的成功，声誉和销量齐高，有些作品甚至被译介到了欧洲。从此之后，钱伯斯就以历史浪漫和社会言情题材作为自己的主要创作方向。有人认为，那段时期是钱伯斯整个文学生涯中的巅峰。他写的书不仅销量好，成为当时的畅销书；同时他在不同的杂志上连载多部作品。

第一次世界大战期间，他开始写作战争冒险小说与战争报导，其中有些作品的风格开始明显地回归到钱伯斯早期的怪奇风格，甚至之后他还重新捡起了怪奇题材的创作。不过，洛夫克拉夫特认为钱伯斯后期写作的怪奇作品大不如前，称或许是作者多年来写作畅销书的经历导致的。

1924 年之后，他又开始专注写作历史小说。几年来，钱伯斯把纽约州布罗尔达宾市作为他的避暑别墅。他也撰写了一些关于纽约州布罗尔达宾市与约翰斯顿市的殖民地故事。1933 年 12 月 16 日，在做完肠道手术三天后，罗伯特·钱伯斯病逝于纽约市。他死后被埋葬在布罗尔达宾市的家族墓地。

罗伯特·钱伯斯的怪奇文学

直到 1933 年去世，钱伯斯一共写了大约七十部小说，除小说之外，他还涉足其他类型的文学创作，比如戏剧、诗歌和一些儿童读物。可以说，钱伯斯是一个非常高产的作家，并且成绩斐然。不过，虽然他创作的大部分历史浪漫题材和都市言情题材小说畅销一时，但又很快被人们遗忘了。站在一个世纪后的今天来看，最后真正广为流传的恰恰是他这本怪奇题材的《黄衣之王》。

钱伯斯的怪奇和幻想故事传承至今，被反复再版，也多次被其他奇幻文学选集收录。从 1970 年代开始，钱伯斯的怪奇作品得到人们广泛的翻译和传播：他的《黄衣之王》被翻译成了意大利语

（1975）、荷兰语（1976）、德语（1982）和西班牙语（2000）等，在中文世界也有多个译本问世。洛夫克拉夫特曾在给克拉克·阿什顿·史密斯的信中这样评价钱伯斯：……钱伯斯也是一位陨落的巨人——兼有合适的天资与才学，却鲜有正确运用之时。尽管钱伯斯后来完全抛弃了怪奇题材的创作，但由于洛夫克拉夫特在其著名论著《文学中的超自然恐怖》中详细讨论了钱伯斯的怪奇作品，同时还将钱伯斯的作品广泛介绍给其他人阅读，才使得钱伯斯早年的怪奇文学得以传播至今，而不至于被时间埋没。洛夫克拉夫特在《文学中的超自然恐怖》中写道：

十分逼真，但也不乏 1890 年代特有的夸张的便是罗伯特·W. 钱伯斯的早期恐怖作品，不过作者如今却因在另一毫不相干的题材中的杰出演绎而闻名于世。《黄衣之王》，一系列间接相连的短篇故事有着同一个背景——一本细读后会招来惶恐、疯狂与恐怖惨剧的诡异禁书。虽然其中收录的作品质量参差不齐，况且由于刻意营造因杜穆里埃的《软毡帽》而流行的法式学院派气息而显得着实繁琐，但这些作品仍然达到了宇宙恐惧的高度。印象最为深刻的当属《黄色印记》，其中出现了一位缄默可怖、面庞如同臃肿的蛆虫一般的守墓人，一个与这怪物有过争执的男孩在回忆某些细节时依然面带嫌恶，惶恐不安："当我推他的时候，他抓住了我的手腕。先生，当我扭过他那黏糊糊、软绵绵的拳头时，他的一根手指断在了我手里。"一位画家在看见他之后，当晚便做了个有关一辆午夜驶过的灵车的怪梦，之后更是被守墓人的声音所惊扰：那声音模糊不清，好似从炼油缸中飘出的浓厚而又油腻的烟雾，又或是腐烂的恶臭一般充斥着他的脑海——而这模糊不清的低语仅仅是"你找到黄色印记了吗？"

　　一个刻有奇怪象形文字黑玛瑙护身符，被这位画家的友人在街上发现，并赠给了画家。在无意间发现并阅读了这部邪恶的禁书之后，两人终于得知——除了其他各种心智健全之人不应得知的秘密以外——这个护身符的确就是那不可名状的黄色印记，经由哈斯塔的渎神邪教世代相传——从贯穿于整部合集中的上古之城卡尔克萨，与在全人类的潜意识中潜伏着的梦魇般的不祥记忆之中而来。很快他们便听到了那架黑色灵车的响动，而面庞如死尸般苍白臃肿的守墓人随即冲入夜幕下的房屋寻找黄色印记，一切门闩锁链在他的触碰之下均迅速生锈朽烂。当人们终于在一声非人的尖叫之后涌进屋内时，他们看到地上躺着三具躯体——两人已死，一人奄奄一息。其中一具死尸早已高度腐烂——他便是那位守墓人，而医生惊呼道："这个人肯定已经死了好几个月了。"值得注意的是，作者笔下与源自记忆中的恐怖之地相关的名称与典故，均来源于安布罗斯·比尔斯的作品。钱伯斯先生其他具有怪奇恐怖元素的早期作品包括《月亮的制造者》与《未知的探求》，不过他未能继续在这一领域发展着实使人惋惜——凭他的天赋，成为举世闻名的恐怖大师并非难事。[†]

钱伯斯的怪奇作品很大程度上受到了安布罗斯·比尔斯的影响，而比尔斯的作品中经常涉及的恐怖和死亡，则又可以追溯到爱伦·坡。钱伯斯在自己这部最有代表性的作品《黄衣之王》中，便引用了多个出自比尔斯作品中的特有名词，比如哈斯塔、卡尔克萨、哈利湖等。

钱伯斯到了晚年，创作过一些回归过去风格的怪奇小说，比如1920年时，他写出了怪奇作品《屠魂者》（*The Slayer of Souls*）。然而，洛夫克拉夫特在读过后对此的评价却是："着实令人失望——二十五年的畅销书经历使他再也无法回到《黄衣之王》时期的心境了。"抱有此类看法的并不止洛夫克拉夫特一人，编辑及作家库珀（Frederic Taber Cooper）也对钱伯斯有过类似的评价："钱伯斯先生的很多作品都令人恼火，因为他明明可以写得更好。"

钱伯斯的怪奇作品得到了广泛的研究，除了上面提到的洛

[†] 翻译 Setarium，译文引自《死灵之书》，H.P. 洛夫克拉拉夫特著，北京时代华文书局 2018 年出版。

夫克拉夫特之外，英国科幻作家布莱恩·斯塔布尔福德（Brian Stableford）在《圣詹姆斯恐怖、幽灵和哥特式作家指南》（*St. James Guide to Horror, Ghost and Gothic Writers*）一书中，以及 S.T. 乔希的怪奇文学研究书籍《怪奇故事的演变》（*The Evolution of the Weird Tale*）中都用专门的篇章来论述钱伯斯的怪奇文学。《黄衣之王》毫无疑问是钱伯斯最有影响力的作品，受这部作品影响的作家众多，包括 H.P. 洛夫克拉夫特、C.A. 史密斯、卡尔·爱德华·瓦格纳等数十位优秀作家。

"黄衣之王"与"克苏鲁神话"

《黄衣之王》是罗伯特·钱伯斯于 1895 年出版的短篇小说集，包括十篇短故事，整个合集的多篇故事以一个松散的结构串联起来保持着一种令人毛骨悚然的基调。故事中涉及众多人物，有艺术家也有流浪者，故事的范围横跨欧美大陆。前四个故事关系紧密，故事中的"黄衣之王"有三个层次的含义：

一、一部以书面形式写成的两幕戏剧的剧本《黄衣之王》，第一幕戏剧平平无奇，但是从第二幕开始剧本中的内容变得令人毛骨悚然，看过的人都发疯或者被吓死。

二、一个超自然的、神秘的、邪恶的未知物，被称为"黄衣之王"。

三、一个被称为"黄色印记"的神秘符号。

第一篇和第四篇故事是以想象中的 1920 年代的美国为背景，第二篇和第三篇故事发生的背景则是巴黎，这些故事的主题都涉及一个神秘的"黄色印记"，故事里的角色都在试图寻找它。而在后面的六篇故事里，这个怪异而恐怖的"角色"开始被作者逐渐淡化，直到最后，风格转向了钱伯斯最常见的浪漫主义小说风格。这几篇故事都是通过一些生活在巴黎的艺术生角色之间的互动，和前面的故事串连起来。

钱伯斯从比尔斯的《一个卡尔克萨城的居民》和《牧羊人海塔》两部短篇小说里借来了名词，构成了《黄衣之王》的三个主要名词：卡尔克萨、哈利湖和哈斯塔。在《面具》一篇中，"陌生人"被要求摘下面具的情节，被认为是钱伯斯致敬爱伦·坡的《红死病的假面具》，而考虑到爱伦·坡这部作品的影响力，这样的想法不无道理。

随着《黄衣之王》这部作品的影响力不断扩大，越来越多的作者都向其致敬和借鉴，于是它的内涵越来越丰富。H.P. 洛夫克拉夫特在 1927 年第一次读到《黄衣之王》后，便在自己 1931 年的作品《暗夜低语者》中引用了"哈利湖"、"哈斯塔"和"黄色印记"。洛夫克拉夫特沿用了钱伯斯的创作方式，仅仅只是含糊地提及这些超自然的地点、实体和事件。除此之外，洛夫克拉夫特也把"黄衣之王"的三重含义完全融入自己的"神话"体系中。在洛夫克拉夫特笔下，《黄衣之王》的戏剧剧本成为足以和《死灵之书》并驾齐驱的神秘著作。（他特别在短篇小说《〈死灵之书〉的历史》中把这两部作品联系了起来，当然这属于后续的补充创作，因为洛夫克拉夫特在读到《黄衣之王》前五年就已经创造了《死灵之书》的概念。）

洛夫克拉夫特完全把钱伯斯的"黄衣之王"纳入自己的作品所构建的世界中，除了上面提到的《暗夜低语者》外，他的十四行诗《犹格斯的真菌》以及小说《梦寻秘境卡达斯》中也都引用了这一形象。

"哈斯塔"这一超自然形象，在洛夫克拉夫特笔下依然含糊不清。洛夫克拉夫特并没有明示"哈斯塔"是什么（他和钱伯斯一样，把这个称呼与人名或星系名混用，仅仅当作一种超自然的"存在"来描绘）。但是随着后来的作者们对"克苏鲁神话"的进一步创作，"哈斯塔"的形象也开始发生了变化。比如奥古斯特·德雷斯在由他总结整理并颇具争议的"洛夫克拉夫特宇宙"（Lovecraft's universe）中，把"哈斯塔"归为"旧日支配者"，身披黄袍的国王是其具体形象（化身）。德雷斯赋予"哈斯塔"的形象和具体设定成为模板，并且随着"克苏鲁神话"不断传播，后世的众多衍生创作也由此而来。

除了洛夫克拉夫特之外，尚有很多其他作者向这部作品致敬。雷蒙德·钱德勒在 1983 年创作的一部侦探小说里就提及钱伯斯的《黄衣之王》。同时随着"克苏鲁神话"的不断扩展，与其绑定在一起的"黄衣之王"也不断地被后续创造和引用。斯蒂芬·金在他的小说《瘦到死》（*Thinner*）中就提到了"黄衣之王"，另外他的"黑暗塔"系列中的"血王"形象，在一定程度上也借鉴了"黄衣之王"。

除了文学领域，"黄衣之王"也跟随"克苏鲁神话"的步伐进入了游戏领域。混沌元素公司发行的《克苏鲁的呼唤》桌面角色扮演游戏中，"黄衣之王"是其扩展规则和设定中的一个重要内容。混沌元素公司还进一步地细化和创造出了诸多新的设定——比如写了一段"黄衣之王"取下面具后的原创情节。

游戏设计师罗宾·D.劳尔斯（Robin D.Laws）在佩尔格兰公司（Pelgrane Press）出版的角色扮演游戏《克苏鲁迷踪》（*Trail of Cthulhu*）中，基于钱伯斯的作品续写了一系列故事，取名为《黄印新编》（*New Tales of the Yellow Sign*）。随后，在以四篇钱伯斯的故事为基础的背景下,他还编写了《黄衣之王》的角色扮演游戏。

阿兰·摩尔在他 2015 年至 2017 年出版的系列漫画《普罗维登斯》(*Providence*)中大量引用和借鉴了"黄衣之王"的内容。此系列漫画是阿兰·摩尔编写的以"洛夫克拉夫特"和"克苏鲁神话"为主题的多部系列漫画之一。

HBO 电视频道 2014 年出品的原创电视剧《真探》,其第一季的核心就围绕着"黄衣之王"展开,剧中也大量引用了《黄衣之王》中的语汇。

最　后

每一个处在历史节点中的人,都可以从两个方向被追溯——向前或者向后。洛夫克拉夫特和"克苏鲁神话"更是如此,向后我们可以看到大批的后来者续写或者受到启发而创作的故事。而向前我们也可以追溯那些更加丰富多彩的源头。实际上,这两个方向都是可以无限延伸的,后来者源源不断,先行者也多不胜数。由此看来,钱伯斯在某种意义上也可以算是洛夫克拉夫特创作之路的先驱了。

丑　客

献给我的兄弟

湖水岸边，云浪奔涌崩裂，两颗太阳沉入湖水后面，阴影渐渐延长……这便是卡尔克萨。

奇异之夜，升起黑色繁星，诡怪月轮纷纷绕空而行，但更诡异的是……失落的卡尔克萨。

毕宿星团的歌声唱起，君王的碎布飘摆，必将悄然消逝在……幽暗的卡尔克萨。

吾声已死，吾魂之歌便如未曾洒落的泪滴，不得歌唱，只会干枯，死于……失落的卡尔克萨。

——《黄衣之王》中的"卡西露达之歌"

第一幕，第二场

CONTENTS

目 录

CARCOSA

名誉修复者

The Repairer of Reputations

不要嘲笑那些疯子，他们只不过比我们疯得时间更久……仅此而已。†

---

† 原文为法语。

I

到 1920 年底，美国政府实际上已经完成了温斯罗普总统执政最后几个月开始的计划。[†]当时整个国家都呈现出一片平静祥和的景象。每个人都知道，关税和劳工问题已经得到解决。和德国人的战争，以及对萨摩亚群岛的争夺都没有在公众情绪中留下明显的伤痕。诺福克军港被入侵的军队短时间占领之事也被淹没在了海军不断取得胜利的喜悦中。随后，冯·加登劳贝将军率领的侵略军在新泽西陷入困境的大好消息更是令人欢欣鼓舞。对古巴和夏威夷的投资已经得到了百分之百的回报。萨摩亚群岛作为一个海路储煤站也值得国家付出代价将其占领。现在整个国家都处在一种极佳的状态中，拥有充足的自卫能力。每一座海岸城市都拥有筑垒防御工事。军队依照普鲁士军事体系进行了整编，处于总

---

† 本书原版于 1895 年出版，书中提到的 1920 年代等情节，为作者虚构的未来。

参谋部的严格管控之下。正规军规模扩充到了三十万人，更有上百万人的预备役。由巡洋舰和战列舰组成的六支规模庞大的舰队游弋在控制关键航线的六片海域中。同时还有一支数量充足的蒸汽舰艇后备舰队控制国土近海水域。来自西部的绅士们至少不得不承认，一座用于训练外交官的学院就像训练律师的法律学校一样有必要被建立起来。

因此，我们在国外的代表不再是无能的爱国者。这个国家空前繁荣昌盛。芝加哥在第二次大火之后一度陷入瘫痪，随后又重新屹立在自己的废墟之上，变成一座尽显帝国气派的白色城市，比 1893 年为了世界博览会所建造的那座白城更加美丽。全国各地，优秀的建筑都在取代原先那些劣质简陋的房屋，就连纽约也不例外。公众突然兴起的对于美好事物的渴望将很大一部分现实的恐惧一扫而光。街道被拓宽夯实、铺设平整。路两旁竖起路灯，种植树木。一座座广场被设置在城市各处。杂乱的高架桥被拆除，由地下轨道取而代之。新的政府建筑和军营呈现出优美的外形结构。环绕曼哈顿全岛的一长串石砌码头变成了公园，为在此居住的人们提供了一份意外之喜。州政府对于电影和歌剧的资助获得了丰硕的成果。美国国家设计学院和同类型的欧洲机构已经非常相似。没有人会再羡慕艺术部长的职位，哪怕他在行政体系内有着很高的位阶，甚至在内阁中有自己的一席之地。相比较而言，森林和野生动物保护部长的日子要舒坦得多，这全都要感谢新的国家骑警系统。与法国和英国签署的最新条约让我们获利丰厚；排除外国出生的犹太人，成为国家自我保全的一项重要手段；苏安尼州作为新的黑人独立州得以建成；对移民的审查；新的入籍法案；行政权力的逐渐集中。所有这些都有助于国家的安定与繁荣。当政府解决了印第安人的问题，在一位战争时期前部长的运作下，一支支身穿土著服装的小规模印第安骑兵队代替了那些看似规模庞大，但早已名不副实，严重缺编的印第安人团。这也让整个国家大大松了一口气。在宗教国民大会之后，偏见和狭隘被埋入坟墓，善良和仁慈开始将纷争不断的各教派团结在一起。许多人认为新的千年终于到来了，至少在他们的美洲新世界里是这样。毕竟，这块大陆本身就是一个独立的世界。

对于美国而言，自我保全成为立国的首要律法。但这也让合众国只能满怀歉意，却又无可奈何地看着德国、意大利、西班牙和比利时在无政府的混乱中痛苦挣扎。而高踞于高加索山脉上的俄国则伸出自己的利爪，将它们逐一攫取。

纽约市在1899年夏天的标志性事件是高架铁路的拆除。1900年的夏天作为一个周期的结束，留在了许多人的记忆中。道奇雕像在那一年被移走了。随后的冬季，人们开始鼓动废除自杀禁令。这一活动在 1920 年 4 月取得了最终成果。当时的华盛顿广场上设立了第一家政府开办的死亡屋。

那天我从麦迪逊大街上阿切尔医生的家中走出来——这只是一次礼节性的拜访。自从四年前我从马背上摔下来，就时常会感到脑后和脖颈疼痛难忍。不过现在这些痛楚已经离开我有几个月之久了。医生送我出来的时候说我已经不需要再治疗。这样一句话根本不值得我付给他的诊费，这一点我也知道。但我还是丝毫不吝于这笔钱。一直让我耿耿于怀的是他最初犯的错误。当时我躺倒在硬质地面上，失去了知觉。人们把我抬起来。有人好心地用一颗子弹射穿了我的马的头颅。我被送到了阿切尔医生那里。他宣布我的大脑受到了影响，将我安置在他的私人精神病院里，迫使我作为一名精神失常者接受治疗。直到很久以后，他才认为我一切正常。我当然知道我的脑子一直都像他的一样好，或者可能比他的更好。他却只是开玩笑地说我是"为他付了学费"。在离开精神病院的时候，我微笑着告诉他，我会和他算这笔账。他却由衷地大笑起来，并请我隔段时间就给他打个电话。我照做了，并希望能够有机会把这笔账结清。他一直都没有给我机会。我告诉他，我会等下去的。

我很幸运，从马背跌落并没有给我留下严重的后果。实际上，这次事故反而彻底改变了我，让我的性格变得更好了。我不再是一个懒散的城镇青年，而是变得积极主动、精力旺盛、懂得自我节制，更重要的是——这一点的确远比其他方面更重要——我变得雄心勃勃。现在只有一件事仍然让我感到困扰。我对这件事的担心和不安甚至会让我耻笑自己，但我还是会感到困扰。

　　在身体逐渐康复的过程中，我购买并第一次阅读了《黄衣之王》。我记得读过第一章以后，就觉得自己最好应该停下来。于是，我直接将那本书朝壁炉扔了过去。那本书撞上壁炉口的铁栅，落在炉台上的火光中。如果我没有在敞开的书页上瞥到第二章的词句，我可能再也不会读它了。但当我俯身将那本书捡起来的时候，我的眼睛立刻就盯死在了打开的扉页上。随着一声恐惧的叫喊——或者也许是因为过于锋利的喜悦感刺痛了我的每一根神经，我急忙将这本书从煤块堆中抢出来，浑身颤抖着悄悄溜进我的卧室。我在那里将这本书看了一遍又一遍，又是哭又是笑，因为恐惧而全身颤抖。这种恐惧直到现在还是会向我发动突然袭击。这才是最让我感到困扰的——我无法忘记黑色星辰高悬在天空中的卡尔克萨。在那里，人们思想的阴影会在午后逐渐延长。两颗太阳沉入哈利湖中。我的意识将永远无法甩脱关于苍白面具的记忆。

我祈祷上帝诅咒写下那本书的人。因为那个人用他美丽而惊人的创作诅咒了这个世界——这件造物中所陈述的真相是如此简洁，如此充满诱惑，它也因此而变得极尽恐怖——让整个世界都在黄衣之王的面前颤抖。当法国政府控制了刚刚流传到巴黎的译本时，伦敦的人们已经在如饥似渴地阅读它了。人们都知道这本书如何像传染病一样四处传播。从一座城市到另一座城市，从一片大陆到另一片大陆，在这里成为禁书，在那里被查抄销毁，同时被新闻媒体和神职人员公开谴责，甚至被最激进的文学无政府主义者所排斥。这些邪异的篇章里并没有对任何道德准则的实际冒犯。它们也不曾宣扬任何教义和学说。在这本书中找不到任何可以明确让人感到愤慨的内容。人们无法根据任何已知的标准对它进行批判。人们不得不承认，《黄衣之王》中包含着关于艺术的至高无上的注解，但所有人都感觉到，人类弱小的心灵不可能承受书中内容所造成的压力，更无法从这部书中找到健康和成长的力量，因为潜伏在这一字一句之间的乃是最纯粹的剧毒。的确，这部书的第一章看似平淡无奇，天真无邪，但这只是为了让随后的冲击具有更加可怕的效果。

我记得是在 1920 年 4 月 13 日，第一座政府死亡屋出现在华盛顿广场的南侧边缘，就位于伍斯特街和南第五大道之间。这个

THE KING IN YELLOW

© M. Grant Kellermeyer

街区原先有许多老旧的建筑被改造成招待外国人的咖啡馆和餐馆。1898年冬，这片土地的所有权被政府获得。法国人和意大利人开的咖啡馆和饭店全被推平了。整片街区被镀金的铁栏杆围住。变成了一座遍布草坪、花卉和喷泉的可爱花园。在这座花园的正中央树立起一栋白色的小建筑。它完全符合经典建筑结构。周围被一丛丛鲜花环绕。六根爱奥尼亚风格的圆柱支撑起屋顶。房子唯一的门户用青铜铸就。门前矗立着一组华丽的大理石群像——"命运三女神"。这是年轻的美国雕刻家鲍里斯·伊凡的作品。他二十三岁的时候就在巴黎去世了。

当我走过大学区，进入广场的时候，刚好看到它的开业典礼。我寻隙穿过寂静的观众人群，却在第四大街被一名维持禁行线的警察拦住了。一个团的合众国枪骑兵排列成方形阵列，环绕在死亡屋周围。在一座面对着华盛顿公园的高台上站立着纽约州的州长。他的身后是纽约市长和布鲁克林的长官、警察局长、州属军队司令利文斯顿上校，以及合众国总统的军事助手布朗特将军，其指挥驻地位于总督岛†，还有负责指挥纽约和布鲁克林卫戍部队的汉密尔顿少将、北河舰队司令布夫比上将、卫生部长以及国家

---

† 纽约港中的一座小岛。

免费医院负责人兰斯福德、纽约州参议员怀斯和富兰克林，再加上公共工程专员。那座高台由国家卫队的一支轻骑兵中队环绕着。

卫生部长显然是刚刚做了简短的致辞，现在州长做回应性的讲话，他的发言也到了尾声。我听到他说："禁止自杀并对任何尝试自我毁灭的人施加惩罚的法律已经被废止了。政府承认，人们有可能会感到继续生存下去已经变成无法忍受的苦难——这可能是因为肉体的痛苦，也可能是出于精神的绝望。因而政府也认为，我们应该承认人有权利结束无法忍受的生存状态。我们还相信，将这样的人排除出人群也将有利于社会。自从相关法律颁布以来，合众国的自杀人数并未有所增加。现在政府决定在所有都市、城镇和乡村建立死亡屋。因绝望而陷于自我毁灭的人类生物每天都在死去。至于他们是否会接受这种救济手段，还有待观察。"他停顿一下，转向那幢白色的死亡屋。讲台下面依然是一片绝对的寂静，"没有痛苦的死亡就在那里等待着再也无法承受此生哀伤的人。如果那样的人欢迎死亡的到来，那么他就能在那里找到解脱之道。"然后，他猛然转向总统的军事助手，"我宣布死亡屋向公众开放。"最终，他再次面对人群，用清晰的嗓音高声说道，"纽约和美利坚合众国的公民们，我在此代表政府宣布死亡屋正式开始运营。"

肃穆的沉默被一声严厉的喝令打破。轻骑兵们列队跟随在州长的座车后面。枪骑兵转向沿第五大街列队，等待卫戍司令官的命令。骑警跟随在他们身后。围观的人们都还在耷拉着脑袋，仔细端详用白色大理石建成的死亡屋。我离开人群，走过第五大道，沿着大道西侧前往布利克街，然后向右一转，停在了一家形制简朴的商店前面。这家店的招牌上写着：

霍伯克，盔甲匠人

我向店门里瞥了一眼，看见霍伯克正在他的小店铺深处忙碌着。就在我的目光投向他的时候，他也抬起头，一下子便看到了我。他浑厚而热情的嗓音立刻响了起来："进来，卡斯泰涅先生！"他的女儿康丝坦斯起身来迎接刚刚走过门槛的我，伸出她的一只漂亮的小手来搀扶我。但我能够从她面颊上失望的红晕看出来，她等待的是另一位卡斯泰涅，我的堂亲路易斯。我向困惑的她露出微笑，赞扬了一条她正在依照一幅彩色拼图进行刺绣的彩带。老霍伯克正坐在那里，铆接一副破旧的护胫甲。那应该是一套古代盔甲的组件。他手中的小锤子在这家古香古色的店铺中不断发出令人愉快的叮当声。他放下锤子，又拿起一把小扳手忙活了一阵。甲片轻微的撞击声让我全身涌过一阵战栗的喜悦。我喜欢听到钢

14

铁相互摩擦的旋律、木槌敲打在护胫甲片上的圆润声音，还有锁链甲凌乱的细碎声响。这是我来看望霍伯克的唯一原因。他这个人从没有引起过我的兴趣。康丝坦斯对我也没有什么吸引力。对我而言，她最重要的意义就是爱恋着路易斯。这一点的确引起了我的注意，有时候甚至会让我在夜晚无法入睡。但我心里明白，一切都会变好。我应该安排好他们的未来，就像我要安排妥当我的好医生约翰·阿切尔。无论如何，就像我说过的那样，如果不是那些敲敲打打的旋律对我有着莫大的吸引力，我是绝不会费力在这个时候拜访他们的。我会在这里坐上几个小时，聚精会神地听了又听，直到一缕西斜的阳光落到这些镶嵌钢甲上。这个地方给我的感觉太强烈了，几乎让我无法承受。我的全部身心都沉浸在喜悦之中。一双眼睛失神地凝视着前方，不由自主地越睁越大。这喜悦延伸到了我的每一根神经里，几乎让我的精神彻底崩溃，直到那位老盔甲匠人的一些动作遮住了阳光。我便暗自战栗着，向后靠坐在椅子里，仔细倾听抛光布摩擦甲片的声音——"嗞！嗞！"锈斑被从铆接好的甲片上打磨下来。

康丝坦斯将彩带放在膝头，继续她的刺绣，不时会停下来，更加仔细地查看来自大都会博物馆的那幅彩色拼图。

"这是做给谁的？"我问道。

霍伯克告诉我，他得到委任，成为大都会博物馆的盔甲艺术家，所以现在他的主要工作之一就是修缮那家博物馆的盔甲藏品，另外他还得到了几位富有的收藏家的委托。现在他正进行修理的是一副著名盔甲上遗失已久的护胫甲。是他的一名委托人在巴黎塞纳河畔凯多赛码头上的一家小店里找到的。霍伯克亲自去与那家店主谈判，才争取到了这副护胫甲，让整套盔甲得以恢复完整。他越说越高兴，不由得放下了小锤，和我聊起了这副盔甲的历史。它能够一直追溯到 1450 年，从一个主人之手换到另一个主人之手，直到托马斯·班布里奇最终获得了它。当班布里奇的豪华收藏被出售的时候，霍伯克的这名委托人将它买下。从那时起，霍伯克就一直在寻找失踪的护胫甲，直到几乎是在偶然的情况下，他终于在巴黎如愿以偿。

"你甚至还不确定这副护胫甲是否真的存在，但仍然一直在坚持寻找它？"我问道。

"当然。"他毫不在意地回答道。

这是我第一次对霍伯克这个人产生了兴趣。

"你一定是知道它值不少钱吧。"我又试探着说道。

"并不，"霍伯克笑了起来，"我寻找它的乐趣在于它本身就是我的奖品。"

"难道你对财富没有野心吗？"我微笑着问。

"我的一颗野心是成为这个世界上最优秀的盔甲工匠。"他严肃地回答道。

康丝坦斯问我是否看到了死亡屋的开业仪式。她今天早晨注意到骑兵从百老汇经过。那时她就很想去看看在华盛顿广场举行的仪式。但父亲要求她留下来把彩带绣完。她只好服从了父亲的命令。

"你在那里看到你的堂亲卡斯泰涅先生了吗？"她问道。我察觉到她柔软的眼睫毛在以最微弱的幅度颤抖。

"没有，"我有些不太在意地回答道，"路易斯的团正在被调往韦斯特切斯特县。"说完我就站起身，拿起了帽子和手杖。

"你还想去楼上看看那个神经病么？"老霍伯克笑着问道。如果霍伯克知道我是多么不愿意听到"神经病"这个称呼，他肯定绝不会在我面前这样说。这个词总是会引发我内心中一种特殊的情绪，一种我不想去解释的情绪。不管怎样，我还是低声做了回答：

"我觉得，我应该去看一下怀尔德先生。"

"那个可怜人，"康丝坦斯一边说，一边摇了摇头，"生活对他来说一定非常艰难。一个人孤苦伶仃地过了一年又一年，贫困、残疾，还几乎精神失常。你的心真好，卡斯泰涅先生，愿意常常来看看他。"

"我觉得那个家伙不是什么好人。"霍伯克说着，再次抡起了他的锤子。我听到护胫甲片上再次响起那美妙的叮当声。等到他敲打了一番之后，我才说道：

　　"不，他并不坏，而且没有半点精神失常。他的意识就像一个神奇的房间。他能够从那里拿出珍贵的宝物。如果能取得那样的宝物，你和我会宁愿付出数年的生命。"

　　霍伯克大笑起来。

　　我有些失去耐心了，不过还是继续说道："他知道许多其他人一无所知的历史。无论多么琐碎细微的东西，都无法逃脱他的搜寻。他的记忆是绝对不会有错漏的，可以精确到每一个细节。如果人们知道在纽约有这样一个人，他将会得到无穷无尽的荣誉和尊敬。"

　　"胡说。"霍伯克喃喃地说着，一边在地上寻找一颗丢失的铆钉。

　　"那么这会是胡说吗？"我努力抑制住自己的心情，"当他说，通常被称为'王子纹章之甲'的镀珐琅盔甲遗失的腿甲和护腿能够在一个塞满了生锈的剧院道具、破烂的炉子和拾荒者堆放垃圾的阁楼里找到，而那个阁楼就在佩尔街的时候，这还会是胡说吗？"

　　霍伯克的锤子掉在了地上。不过他极为镇定地将锤子捡起来，并问我是怎么知道那副腿甲和左侧护腿与"王子纹章之甲"分离了。

　　"是怀尔德先生向我提起，我才知道的。他说它们就在佩尔街

998号的阁楼里。"

"胡说。"霍伯克喊道。但我注意到他的手在皮围裙下面微微颤抖。

"那这也是胡说吗？"我愉快地问道，"当怀尔德先生不断称你是阿文郡侯爵，称康丝坦斯小姐……"

不等我把话说完，康丝坦斯已经站起身，满脸都写着恐惧。霍伯克看着我，慢慢抚平了他的皮围裙。"这不可能，"他说道，"怀尔德先生也许知道许多事情……"

"比如关于盔甲的事情，关于'王子纹章之甲'。"我微笑着插口道。

"是的，"霍伯克继续缓慢地说道，"也许他也懂得盔甲。但他对阿文郡侯爵的事讲错了。就像你所知道的，阿文郡侯爵在多年以前杀死了诽谤他妻子的人，然后去了澳大利亚。在那里，他先于妻子去世了。"

"怀尔德先生错了。"康丝坦斯也喃喃地说着。她的嘴唇一片苍白，但她的声音甜美而平静。

"如果你们高兴，那我们尽可以达成一致，在这件事上，怀尔德先生错了。"我说道。

II

　　我爬上三段残破的楼梯。在这里,我爬上爬下已经有许多次了。然后我敲了敲走廊尽头的那道小门。怀尔德先生打开门,我走了进去。

　　他将门上的两把锁闩好,又推过一只沉重的箱子将门顶住,然后才坐到我身边,用他那一双浅色的小眼睛看着我的脸。他的鼻子和面颊上出现了五六道新的伤痕,支撑起他的人工耳朵的银丝也错了位。我觉得他的样子从没有这样迷人,又这样令人毛骨悚然。他没有耳朵,那双套在细银线上的人工耳朵突出在他的头侧,是他的弱点之一。它们是用蜡做成的,被涂成略带浅黄的粉红色。但他的整张脸是黄色的。他也许可以因为自己左手上的那几根人工手指而感到得意。其实那只手根本就没有手指,但看样子这丝毫没有造成他的任何不便。而且他对自己的蜡质耳朵似乎也很满意。他的个子很矮小,几乎比十岁的孩子高不了多少,但他的手臂肌肉相当发达,大腿更是像运动员一样粗壮。而怀尔德先生最令人感到奇异的还是他的头——一个拥有惊人智力和学识的人竟然会有这样一颗头颅。他的前额扁平,头顶尖小,就像是许多因为弱智而被关在精神病院里的不幸的人们一样。有许多人说他是疯子，但我知道，他就像我一样心智健全。

我并不否认他有些古怪。他固执地留下了那只母猫，还有些狂热地不断逗弄它，直到它像魔鬼一样扑到他的脸上。这一点肯定相当怪异。我从来都不明白为什么他会豢养那只猫，也不知道他将自己和这只脾气又坏又凶的食肉兽一起关在房间里有何乐趣可言。我曾记得有一次，我正在牛油蜡烛的光亮下研读一份手稿，当时我抬头瞥了一眼，看见怀尔德先生正一动不动地蹲在他的高脚椅上，眼睛里闪耀着兴奋的光芒。那只猫从火炉前站起来，匍匐着向他爬过去。她的肚子贴在地上，蜷缩起来，身体微微颤抖。不等我有所动作，她猛地向怀尔德先生的脸上蹿过去。一人一猫嚎叫着、吐着白沫在地上翻滚，抓挠踢打，直到那只猫尖叫一声，逃到了橱柜下面。怀尔德先生仰面朝天躺在地上，四肢紧缩在身体旁边，就像是濒死蜘蛛的腿。他可真是奇怪。

怀尔德先生这时又爬上了他的高脚椅，将我的脸仔细审视了一番，拿起一本页角卷起的账簿，将它打开。

"亨利·B. 马修斯，"他念道，"怀索特簿记员，怀索特公司，教堂装饰品商人。于四月三日来访。名誉在赛马场受损。被别人知道是一名逃债者。名誉将于八月一日得到修复。预付费用五美元。"他翻过一页，用人造指节划过密密麻麻的字迹。

"P.格林尼·杜森博里，新泽西州菲尔比奇的福音牧师。名誉在博维利受损。要求尽快修复。预付费用一百美元。"

他咳嗽了一下，又念道："于四月六日来访。"

"看样子你不会缺钱了，怀尔德先生。"我带着探询的口气说道。

"听着。"他又咳嗽了一声。

"C.汉密尔顿·切斯特太太，纽约市切斯特公园。四月七日来访。名誉在法国迪耶普受损，将于十月一日得到修复。预付费用五百美元。

"注意：C.汉密尔顿·切斯特，美国'雪崩号'船长，预定十月一日从南海中队返家。"

"看样子，"我说道，"名誉修复者的收入还真不错。"

他的浅色眼睛盯住了我。"我只是想向你证明，我是对的。你说当一位名誉修复者不可能成功。即使我完成了特定的案例，我所付出的也会超过获得的。到现在为止，我已经雇佣了五百人。他们的薪水很低，但他们的工作热情都很高——这份热情有可能来自他们的恐惧。这些人会进入每一片阴影，每一个社会阶层。其中一些甚至是最高级的社会神殿的支柱；另一些则是金融世界的支撑和骄傲；还有一些人在梦幻与才华的世界中拥有毋庸置疑的影响力。从回应我的广告的人们之中，我可以从容不迫地把他们挑选出来。这很容易，他们全都是懦夫。如果我愿意，我能够在二十天之内将我的雇员数量扩充三倍。所以你看，那些人保住了自己良好公民的声誉，我则获得了我的报酬。"

"他们也许会与你为敌。"我做出合理的推测。

怀尔德先生用拇指揉搓了一下变形的耳朵，调整了这件蜡制品的形状，若有所思地喃喃说道："我觉得不会。我很少会使用鞭子，而且也只会用一下。更何况，他们喜欢他们的报酬。"

"你是怎样使用鞭子的？"我问道。

片刻间，他的脸色看起来很糟糕，一双眼睛仿佛缩小成了两点绿色的火花。

"我邀请他们过来，和我聊聊天。"他轻声说道。

一阵敲门声响起。怀尔德先生立刻恢复了那种和蔼可亲的表情。

"是谁？"他问道。

"思泰莱特先生。"门外的人应道。

"明天再来。"怀尔德先生说。

"不可能。"门外的另一个人开了口。但怀尔德先生的一声厉喝让他立刻恢复了沉默。

"明天再来。"怀尔德先生重复道。

我们听到有人从门前走开，转过了楼梯拐角。

"那是谁？"我问道。

"阿诺德·思泰莱特，伟大的《纽约日报》的所有者兼主编。"

他用没有手指的手轻轻敲了一下手中的账簿，又说道："我给他的薪水非常低，但他认为这是一笔好交易。"

"阿诺德·思泰莱特！"我惊愕地重复了一遍。

"是的。"怀尔德先生得意地咳嗽了一声。

在他说话的时候，那只猫又走了过来，抬起头看着他，发出一声咆哮。怀尔德先生从高脚椅上爬下来，蹲在地上，将那只怪物抱在臂弯里，轻轻爱抚它。猫停止了咆哮，转而发出响亮的"呜呜"声。随着怀尔德先生的抚摸，这种声音也越来越大。

"那些记录在哪里？"我问道。他朝桌上一指。我第一百次拿起了那一捆手稿，看到上面的标题：

美利坚王朝

我一页一页地阅读着这些磨损严重的手稿。它们的磨损全部来自我。虽然从一开始，我就已经对这些手稿中的内容了然于心，从"来自毕宿星团的卡尔克萨，哈斯塔，以及毕宿五"到"路易斯·德·卡瓦多斯·卡斯泰涅，出生于 1877 年 12 月 19 日"，我无不熟知。但我还是会如饥似渴、全神贯注地阅读它，偶尔会将它的某一部分朗读出来。尤其让我凝神细读的是"希尔德雷德·德·卡瓦多斯，第一继承人"等。

我读完之后，怀尔德先生点点头，又咳嗽起来。

"说到你合法的野心，"他问我，"康丝坦斯和路易斯如何了？"

"康丝坦斯爱他。"我只回答了这样一句。

怀尔德先生膝头的那只猫忽然转身来抓他的眼睛。他将猫扔掉，爬上我对面的椅子。

"还有阿切尔医生！不过这件事你随时都可以处理掉。"他又说道。

"是的，"我说，"阿切尔医生的事情可以等一等。我现在要注意的是我的堂亲路易斯。"

"是时候了。"他从桌上拿过另一本账簿，迅速翻看里面的内容。

"我们现在和一万人有联系，"他嘟囔着，"在第一个二十八小时里，我们能够依靠的有十万人，到了四十八小时，这个州会被完全调动起来。随后是这个国家。但这一部分不行，我说的是加利福尼亚和西北部。那里也许再也不应该有居民了。我不会给他们黄色印记的。"

血涌上了我的头顶。但我只是说道："一把新笤帚可以把房间打扫干净。"

"恺撒和拿破仑的野心也无法与他相比。除非控制了所有人的意识，甚至是他们还没有出现的想法，否则它绝不会善罢甘休。"怀尔德先生说。

"你是在说黄衣之王。"我颤抖着呻吟了一声。

"他是一位以皇帝为奴仆的君王。"

"侍奉他将令我满足。"我回应道。

怀尔德先生用自己残疾的手揉搓着耳朵，忽然猜测道："也许康丝坦斯并不爱他。"

我想要说话，但下方的街道上突然奏响的军乐淹没了我的声音。是第二十龙骑兵团。他们原先驻扎在圣文森特山，现在他们从韦斯特切斯特县换防回来，要前往东华盛顿广场的新军营。这是我的堂亲所在的团。他们团里都是一些好小伙子，头戴威武的毛皮高帽，穿着浅蓝色的紧身上装和有黄色双条纹的马裤。这让他们的四肢显得更加强壮有力。团里的每支骑兵队都装备着骑枪，金属枪尖上飘扬着黄色和白色的燕尾旗。军乐队走过街道，演奏着团队行军曲。随后是上校和参谋。他们的坐骑排成密集队形，马蹄有节律地踩踏着地面。他们动作一致地点着头，燕尾旗在他们的枪尖上飞舞。骑兵们坐在漂亮的英国马鞍上，因为在韦斯特切斯特的农田中进行的那些不流血的战役，现在他们的面孔看上去就像浆果一样紫红而健康。他们的佩剑撞击马镫，形成一种整齐的奏鸣。马刺和卡宾枪的轻微撞击声混杂在其中，让我感到异常愉悦。我看到路易斯和他的中队走在一起。他是我见过的最英俊的军官。怀尔德先生骑坐在窗前的一把椅子上，也在一言不发地看着路易斯。路易斯在队伍中转过头，直盯着霍伯克的店铺。我能够看到他被太阳晒黑的面庞上泛起了红晕。我相信康丝坦斯一定也在透过窗户看着他。一排排士兵从我们面前经过。终于，最后一面燕尾旗也消失在南第五大道中了。怀尔德先生从椅子上爬起来，将顶门的箱子拽开。

"好了，"他说道，"你应该去看看你的堂亲路易斯了。"

他打开门锁。我拿起帽子和手杖，进入走廊。楼梯一片漆黑。我摸索着，一脚踏在一团柔软的东西上。那东西嚎叫一声，朝我吐口水。我朝那只猫发出充满杀意的一击。但我的手杖抖动了一下，在楼梯扶手上撞碎了。那只怪物跑回到了怀尔德先生的房间里。

再次走过霍伯克的房间门口，我看见他还在敲打盔甲。但我没有停下脚步，而是径直来到布利克街上，又一直走到伍斯特街，从死亡屋旁边穿过华盛顿花园，回到我在本尼迪克的家里，舒服地吃了一顿午餐，看了《先驱日报》和《流星日报》。最后我来到卧室的钢制保险柜前，设置好时间组合。这三又四分之三分钟是必须等待的。当时间锁打开的时候，那将是我的黄金时刻。从我设置好时间的那一刻，直到我抓住把手，将牢固的钢制门板拉开的时候，我都处在一种狂喜的期待中。在天堂中度过的时刻一定就是这样的。在这段时间结束时，我知道自己会找到什么。我知道这个巨大的保险箱里为我收藏着什么——只为我一个人。当保险柜门打开时，这种来自等待的强烈喜悦不可思议地进一步得到了加强。这时我会从天鹅绒软垫上捧起一顶纯金铸造的王冠，上面镶嵌的钻石让它更加光辉灿烂。我每天都会这样做，而这种等待和终于触碰到王冠的喜悦每天都在增强。这是万王之王的冠冕，它只属于皇帝的皇帝。黄衣之王也许对它不屑一顾，但他忠实的仆人终将戴上这顶王冠。

我将王冠抱在怀中，直到保险箱上的闹钟发出刺耳的铃音。随后我只能温柔而骄傲地将它放回到保险箱里，关上钢制箱门，再缓步走回到我的书房中，俯身在窗台上，眺望对面的华盛顿广场。下午的阳光透过窗户倾泻在房间里。一阵微风拨动了公园中的榆树和枫树的树枝。现在那些树枝上还都是幼芽和嫩叶。一群鸽子在耶德逊纪念教堂的塔楼周围盘旋，有时落在紫色屋瓦上；有时一直转着圈飞到大理石拱门前的莲花喷泉旁边。园丁们正在喷泉周围的花床上忙碌着。刚刚被翻过的土壤散发出有些刺激性的甜美气味。一部除草机被一匹肥壮的白马牵拽着，叮叮当当地驶过翠绿的草坪。洒水车将细雨般的清水洒落在沥青道路上。那个应该是代表朱塞佩·加里波第的怪异雕像[†]，已经在 1897 年被彼得·史蒂文森[††]的雕像所取代。现在许多孩子正在那座雕像旁的春日阳光中玩耍。一些照顾婴儿的年轻女孩子推着精致的婴儿车，却丝毫不在意车中那些面色苍白的小婴儿。她们的注意力也许都在那六个懒洋洋地坐在长椅上的龙骑兵身上。透过树梢，我还能看见华盛顿纪念馆在阳光中像白银一样闪闪发亮。更远处，位于广场的东部边缘就是用灰色石料建成的龙骑兵军营。旁边的白色花岗岩炮兵马厩里显得非常热闹。各种色彩正在那里不停地往来穿梭。

我看着广场对面角落里的死亡屋。有一些满怀好奇的人还在镀金的铁栏杆外面流连。不过通向白色小屋的道路上空无一人。我看着水光粼粼的喷泉。麻雀们已经找到了这个新的浴池。现在喷泉的池子里挤满了那种铁锈色羽毛的小东西。两三只孔雀正走过草坪。一只色彩单调的鸽子一动不动地站在一位命运女神雕像

[†] 现在仍然是纽约的著名雕像之一，位于华盛顿广场。

[††] 1647 年至 1664 年担任新阿姆斯特丹（纽约前身）的主管将军。

的手臂上，看上去就像是那座石雕的一部分。

就在我不经意地转过头的时候，死亡屋围栏门口那些好奇的看客中间发生了一点骚乱。我的注意力也立刻被吸引了过去。一位年轻人走进了镀金的铁栏杆，正沿着通向死亡屋青铜门户的碎石小路前进。我能看出他的步伐很紧张。在命运女神的雕像前，他停了一下，抬起头看向那三副神秘的面孔。那只鸽子从雕像的手臂上飞起来，转了几圈，向东方飞去了。年轻人用双手捂住面孔，犹豫着跳上了大理石台阶。没过多久，青铜门就在他的身后关闭了。半个小时以后，那些在外面观望的人全都没精打采地走开了。只有那只受到惊扰的鸽子回到命运女神的手臂上。

在晚餐前，我戴上帽子，去公园稍作散步。当我走过广场中央的大道时，一队军官从我身边经过。他们之中的一个人喊道："你好，希尔德雷德。"然后他走回来和我握手——是我的堂亲路易斯。他微笑着，用他的马鞭轻敲着带马刺的鞋跟。

"我们刚刚从韦斯特切斯特回来，"他说道，"过了一阵田园生活，你知道的，许多牛奶和酸奶油，戴着太阳帽的挤奶姑娘。你对她们说她们很漂亮，她们就会说'是吗？我可不这么觉得'。我在吃一大块肉眼牛排的时候差点儿被撑死。有什么新闻吗？"

"什么都没有，"我愉快地回答，"今天上午我看到你的团回来了。"

"是吗？我没有看见你。你在哪里看到的？"

"在温德尔先生家的窗口。"

"哦，天哪！"路易斯变得有些急躁起来，"那个人根本就是个疯子！我不明白你为什么……"

他看出了自己的失言让我感到气恼，便急忙请求我的原谅。

"真的，老伙计，"他说道，"我不是要诽谤一个你喜欢的人，但根据我的人生经验，我完全看不出你和怀尔德先生有什么共同之处。就算是说得再好听，他也不是一个教养良好的人。他畸形得可怕，只有犯罪的疯子才会有他那样的头。你自己也知道，他曾经在精神病院待过……"

"我也在那里待过。"我平静地打断了他。

片刻之间，路易斯显得既惊讶又困惑。不过他很快就恢复了过来，在我的肩头重重地拍了一下。

"你被完全治愈了……"他的话刚说到一半，又被我打断了。

"我想，你的意思应该是医生也承认，我从来没有发过疯。"

"当然，这……这就是我的意思。"他笑着说。

我不喜欢他的笑声，因为我知道他是在强迫自己笑出来。不过我还是和蔼地点点头，问起他要去哪里。路易斯抬头看看他的兄弟们。现在那些军官已经快要走到百老汇了。

"我们想要去尝尝布鲁斯维克鸡尾酒。不过和你说实话，我很想找个理由去看看霍伯克。来吧，你来当我的理由好了。"

我们发现霍伯克正穿着一身整洁的春装，站在他的店铺门口嗅着空气。

"我刚决定在晚饭前带康丝坦斯去散散步。"他如此回答了路易斯一连串的问题，"我们想要在北河边上的公园台地走一走。"

就在这时，康丝坦斯出现了。当路易斯俯身亲吻她戴着手套的纤细手指时，她的脸色忽而变白，忽而又变成幸福的蔷薇色。我想要找个借口离开，宣称我在上城区还有一个约会。但路易斯和康丝坦斯完全不听我说些什么。我意识到，他们想要我留下来，吸引霍伯克的注意。不过这样我也能盯住路易斯。于是，当他们叫住了一辆马车要去春日街的时候，我便跟他们上了车，坐到盔甲匠的旁边。

公园的景色相当漂亮，尤其是能够俯瞰北河码头的花岗岩台地。它从1910年开始修建，到1917年秋季才告竣工。现在这里已经成了这座大都市中最受欢迎的休闲散步场所之一。它从炮台一直延伸到109号大街。从这里不单能够欣赏河岸的景色，还能一直眺望到新泽西岸边的风光，甚至于对面的高地。这里的树林中零星分布着不少咖啡馆和饭店。每周两次，驻防在这里的军乐队会在工事矮墙上的凉亭中演奏乐曲。

我们坐在谢里丹将军骑马的雕像脚下的长椅上晒太阳。康丝坦斯让遮阳伞倾斜过来，遮住眼睛，和路易斯轻声絮语。别人根本不可能听到他们在说些什么。老霍伯克倚在自己的象牙头手杖上，点燃了一支上等雪茄。他也递给我一支雪茄，被我礼貌地拒绝了。我的脸上挂着空洞的微笑，看着太阳渐渐低垂到史坦顿岛的林地上方。整片港湾被染上了一层金色的光晕。水面上的船帆映射着阳光，变成一个个温暖的亮点。

双桅船，纵帆船、游艇、笨重的渡船。所有这些船的甲板上都站满了人。铁路驳船上面承载着一串串褐色、蓝色和白色的货运车厢。豪华庄重的游轮、外观简陋的货轮、近海小火轮、挖泥船、平底船，还有港湾中无所不在、肆意横行的小拖船不停地喷着白烟，拉响汽笛。目力所及之处，波光粼粼的水面不断被这些船只搅动着。只有一支白色舰队默默地停泊在水面上，一动不动，和这些匆匆忙忙的帆船、轮船形成了有趣的对比。

康丝坦斯快活的笑声将我从白日梦中惊醒过来。

"你在看什么？"她问我。

"没有……在看舰队。"我微笑着说。

路易斯开始向我们讲解那些舰船。他以总督岛上的红堡为基点，依照舰船的远近位置逐一进行解说。

"那艘像雪茄一样的小家伙是鱼雷艇。"他说道，"这里一共有四艘这样的鱼雷艇，分别是'大海鲢'、'猎鹰'、'海狐'，和这艘'章鱼'号。前面的炮艇是'普林斯顿'号、'查普兰'号、'静水'号和'伊利'号。旁边是巡洋舰'法拉格特'号和'洛杉矶'号。前面是战列舰'加利福尼亚'号和'达科他'号。'华盛顿'号是旗舰。停在威廉姆城堡旁边的那两艘体型短粗的是双炮塔浅水重炮舰'可怖'号和'壮丽'号。后面是撞击舰'奥西奥拉'号。"

康丝坦斯看着他，一双美目中闪耀着深深的赞许。"一个军人竟然要懂得这么多东西。"她说道。我们全都笑了起来。

路易斯站起身，向我们点了一下头，随后就向康丝坦斯伸出一只手臂。他们沿着河边的矮墙向远处漫步而去。霍伯克看了他们一会儿，然后向我转过头。

"怀尔德先生是对的。"他说道，"我找到了'王子纹章之甲'丢失的腿甲和左侧护腿，就在佩尔街一个堆满旧垃圾的破烂阁楼里。"

"998 号？"我微笑着问。

"是的。"

"怀尔德先生是一个非常聪明的人。"我说道。

"对于这个极为重要的发现，我要向他致以感谢。"霍伯克说道，

"我还打算请他享受这件事为他带来的名誉。"

"他不会为此而感谢你的。"我严厉地说道,"请不要对此多费唇舌。"

"你知道它的价值有多大吗?"霍伯克问。

"不知道,也许五十美元吧。"

"它价值五百美元。而如果有人能够让'王子纹章之甲'恢复完整,它的拥有者愿意付给那个人两千美元。这份奖金也应该属于怀尔德先生。"

"他不想要!他拒绝接受!"我恼怒地说道,"你对于怀尔德先生有什么了解?他不需要这笔钱。他很富有——或者如果他愿意,他会比除了我以外的任何活人都更加富有。我们为什么要在乎钱……我们所在乎的,他和我,只要等到,等到……"

"等到什么?"霍伯克惊疑地问道。

"你会看到的。"我又恢复了警惕。

他眯起眼睛看着我,很像阿切尔医生的样子。我知道他认为我的精神有些问题。不过他没有说出"神经病"这个词。这也许是他的运气。

"不,"我回答了他没有说出口的问题,"我并非是精神有缺陷。我的意识就像怀尔德先生一样健康。我只是不屑于细说还没有到手的东西。这项投资的回报可不仅仅是黄金、白银和珍贵的宝石。它将确保一个大陆，半个地球的快乐与繁荣！"

"哦。"霍伯克说道。

"而且最终，"我压低声音继续说道，"它将确保整个世界的快乐。"

"顺便也能成就你自己和怀尔德先生的快乐与繁荣？"

"没错。"我微笑着说道。但这名盔甲匠的腔调真让我想要掐死他。

他静静地看了我一会儿，然后以非常温和的口吻说："卡斯泰涅先生，为什么你不放弃你的书本和研究，去山里或者其他地方做一次远足？你曾经很喜欢钓鱼。你可以在兰利奇钓几条鳟鱼啊。"

"我已经不再喜欢钓鱼了。"我的声音中已经没有了任何火气。

"你曾经对许多事情都感兴趣，"他继续说道，"运动、游艇、射击、骑马……"

"自从那次落马以后，我就再也不对骑马有兴趣了。"我平静地说。

"啊，是啊，那次落马。"他重复着我的话，将目光从我身上转开。

我感觉这些胡说已经够多了，便将话题转回怀尔德先生。但霍伯克再一次审视我的脸，而且他的态度显得非常无礼。

"怀尔德先生。"他说道,"你知道他今天下午干了什么?他来到楼下,在前厅大门上钉了一块招牌。就在我的招牌旁边。那上面写着:

怀尔德先生

名誉修复者

第3道铃

你知道名誉修复者能做些什么吗?"

"我知道。"我压抑住内心的怒火回答道。

"哦。"他又这么说了一声。

路易斯和康丝坦斯不紧不慢地走了回来,问我们是否愿意和他们一起走走。霍伯克看了看自己的表。与此同时,一股青烟从威廉姆城堡的窗口喷射出来。落日炮的轰鸣在水面上翻滚而过,又得到了对面高地的回应。旗帜从旗杆顶上落下。战舰的白色甲板上响起了喇叭声。新泽西岸边亮起了第一批电灯。

当我与霍伯克返回城里的时候,我听到康丝坦斯低声对路易斯说了些什么。具体内容我完全没有听清,不过路易斯悄声说了一句"亲爱的"作为回应。通过广场的时候,我再一次与霍伯克走在前面。我听到身后又传来喃喃的"甜心"和"我的康丝坦斯"。我知道，是时候和我的堂亲路易斯说些重要的事情了。

III

五月初的一个早晨，我站在卧室里的钢制保险柜前面，试着戴上了那顶黄金宝石王冠。我转向镜子，看到那一颗颗钻石映射着火光。精心打造的金冠如同我头顶上一只燃烧的光环。我记得卡米拉痛苦的尖叫，还有回荡在卡尔克萨昏暗街道上那些恐怖的辞句。它们是第一章的结尾。我不敢去想后面的内容。即使是在春日的阳光中，在我自己的房间里，被熟悉的物品所包围，窗外传来让人安心的街头噪音，仆人们的声音也不时出现在外面的走廊中，

我还是不敢。那些有毒的一字一句缓缓滴落进我的脑海，就如同死亡的甜蜜汁液滴落在床单上，立刻被吸收干净。我颤抖着，从头上取下王冠，抹了抹前额。但我还是不住地想着哈斯塔和我应有的野心。我回忆起自己上一次离开怀尔德先生时他的样子。他的面孔全都破烂了，被那个邪恶的怪物抓得鲜血淋漓。他所说的——啊，他说的那些话！保险柜中的警铃开始发出刺耳的尖鸣。我知道时间到了。但我不会在意这种事。我将闪闪发光的冠冕戴在头上，挑衅地转向镜子。我在镜子前面站立了很长时间，用我自己的眼睛观察我面孔的变化。这面镜子映照出一张很像是我的脸，但更加苍白，而且是那样消瘦，让我几乎认不出来他是谁。与此同时，我一直紧咬牙关重复着："日子到了！日子到了！"保险柜中的警铃还在吵个不停。钻石闪闪发光，火焰在我的眉毛以上燃烧。我听到一扇门被打开，但并没有留意去看。直到我发现两张脸出现在镜子里——另一张脸来到我的肩膀后面，另外两只眼睛盯住了我的眼睛。我像闪电一样转过身，抓起梳妆台上的一把长匕首。我的堂亲面色苍白地向后跳去，高声喊道："希尔德雷德！上帝啊！"随着我的手落下，他又说道，"是我，路易斯，难道你不认识我了？"我一言不发地站立着。仿佛我一辈子都没有说过话。他走上来，从我手中拿走了匕首。

"这到底是怎么回事？"他温和地问道，"你生病了吗？"

"没有，"我回答道。但我怀疑他是否会认真听我的话。

"来吧，来吧，老伙计，"他喊道，"摘下这顶黄铜王冠，到书房去待一会儿。你要参加化装舞会吗？这些戏台上的玻璃珠又是怎么回事？"

一方面，我很高兴他以为这顶王冠是用黄铜和玻璃制造的。但我还是不喜欢他这样想。我让他从我的手中将王冠拿走，知道现在迎合一下他才是最好的办法。他将华美的王冠抛向半空，再用手接住，然后微笑着转向我。

"它至少值五十美分，"他说道，"它是做什么用的？"

我没有回答，只是从他的手中拿过王冠，放进保险柜，关紧厚重的钢制门……地狱般的警铃声立刻停止了。他好奇地看着我，却似乎没有注意到突然中止的警铃。而且他似乎认为那个保险柜只是饼干盒子。我害怕他会检查保险柜的密码组合，便领着他走进我的书房。路易斯倒在沙发上，用他从不离手的马鞭挥赶着苍蝇。他还穿着那套军人制服——穗带装饰的上衣和华丽的帽子。只不过现在这身衣服显得有些凌乱，我注意到他的马靴上全都是红色的泥点子。

"你去哪里了？"我问他。

"去新泽西的小溪里跳泥巴来着。"他说道,"我还没有时间换衣服。不过我更着急来见你。难道你这里就没有一杯喝的?我快渴死了。我在马鞍上坐了二十四个小时。"

我从药箱里拿了些白兰地给他。他喝了一口,面露苦涩。

"这东西真该被诅咒。"他说道,"我给你一个地址,那里能买到真正的白兰地。"

"这已经可以满足我的需要了。"我冷漠地说,"我会用它按摩胸口。"他愣了一下,又挥起鞭子赶走了一只苍蝇。

"听着,老伙计,"他改换了话题,"我有些话想对你说。你把自己像猫头鹰一样关在这里已经有四年时间了。现在你不去任何地方,不参加任何有益健康的活动,除了把头埋进壁炉台上的那些书本里,你该死的什么事情都不做。"

他朝壁炉台上的一排书架瞥了一眼。"拿破仑、拿破仑、拿破仑!"他一本本地念着书脊上的标题,"老天在上,难道你这里除了拿破仑以外什么都没有了?"

"我希望它们都是用金线装订的,"我说道,"不过等等,是的,这里还有另一本书,《黄衣之王》。"我不动声色地看着他的眼睛。

随后我又问道:"你读过吗?"

"我?没有,感谢上帝!我可不想变成疯子。"

41

我看到他话刚一出口，就为自己的失言而感到后悔。这世界上只有一个词让我比"神经病"更加痛恨，那就是疯子。但我控制住了自己，并询问他为什么认为《黄衣之王》是危险的。

　　"哦，我不知道。"他急忙说道，"我只记得它曾经在公众中造成异常的兴奋，并且被神职人员和新闻杂志严厉批驳。我记得这本书的作者在搞出这个怪物以后吞枪自杀了。对不对？"

　　"我知道他仍然活着。"我回答道。

　　"可能吧，"路易斯嘟囔了一句，"子弹也杀不死这样的魔鬼。"

　　"这是一本关于伟大事实的书。"我说道。

　　"是的，"他没有退让，"正是那些'事实'让人们发了疯，毁掉了自己的生活。我不在乎这东西是不是像他们说的那样，是至高无上的艺术精华。写下它就是一种犯罪。我绝不会翻开它的任何一页。"

　　"这就是你要来告诉我的？"我问道。

　　"不，"他说，"我来是要告诉你，我打算结婚了。"

　　我相信自己的心脏在这一刻停止了跳动。但我还是紧盯住了他的脸。

　　"是的，"他继续说着，脸上露出幸福的微笑，"和地球上最甜美的女孩结婚。"

　　"康丝坦斯·霍伯克。"我机械地说道。

"你怎么知道的？"他惊讶地喊了一声，"我还是直到四月份的最后一个晚上才明白的。就是我们那次晚餐前在路堤上的散步。"

"什么时候？"我问道。

"本来预定在九月份。不过一个小时以前，我们团收到一份调令，要去圣弗朗西斯科的普雷西迪奥。我们明天中午出发。明天！"他将这个时间重复了一遍，"想想看，希尔德雷德，明天我就会成为这个有趣的世界中能够呼吸的生命里最快乐的一个。康丝坦斯会和我一起走。"

我向他伸出手，以示祝贺。他用力握住我的手，完全像是他伪装成的那种好心肠的傻瓜。

"而且我要晋升成队长了，这会是我们的结婚礼物。"他还在喋喋不休地说着，"路易斯·卡斯泰涅队长及其夫人。如何，希尔德雷德？"

然后他告诉了我婚礼会在哪里进行，都有谁参加，还要我承诺会去，并且一定要保持最好的仪态。我咬牙听着他孩子气的唠叨，没有显露出我的心情。但我实际上已经到了忍耐的极限。当他跳起身，把马刺撞得叮当作响，说他必须走了的时候，我没有挽留他。

"有一件事我想请你答应。"我平静地说道。

"说吧，我会答应的。"他笑着说。

"我想要你在今晚和我见一面，聊上一刻钟。"

"当然，如果你愿意，"他不无困惑地说道，"在哪里？"

"就在公园里吧。"

"什么时候，希尔德雷德？"

"午夜。"

"这是怎么回事？以上帝……"他话说到一半就住了口，然后赞同地向我笑了笑。我看着他走下楼梯，快步离开。他的佩剑随着迈开的大步左右摇摆。他拐弯走进了布利克街。我知道他是要去见康丝坦斯。我给了他十分钟。等他的身影消失之后，我便跟到了他后面。这一次我戴上了宝石王冠和绣有黄色印记的丝绸长袍。没过多久，我也拐进了布利克街，不一会儿便走进了那道熟悉的门户。门上还挂着那面招牌：

怀尔德先生

名誉修复者

第3道铃

我看到老霍伯克在他的店铺中忙活，觉得自己听到康丝坦斯的声音从他们的客厅中传出来。但我避开他们两个，快步走上摇摇晃晃的楼梯，来到怀尔德先生的公寓。敲门之后，我没有等待里面的人应声就走了进去。怀尔德先生正躺在地上呻吟着。他的脸上全是血，衣服被撕成了碎片。地毯上到处洒落着血滴。明显是刚刚发生不久的打斗把这块地毯也撕破了几处。

"那只被诅咒的猫。"他停止了呻吟，将几乎无色的眼睛转向我，"我睡觉的时候，它攻击了我。我相信它是要把我杀死。"

这太过分了。我走进厨房，从储藏柜中拿出一把短柄斧，开始寻找那只来自地狱的怪兽，准备一劳永逸地把它解决掉。我的搜寻毫无成果。过了一会儿，我放弃寻找，回到房间里，发现怀尔德先生正蹲踞在桌边他的高脚椅上。他已经洗过了脸，又换了衣服，用火棉胶敷上了猫爪子在他的脸上留下的深深伤口，又用一块布捂住了喉咙上的伤口。我告诉他，如果我遇到那只猫，就会杀了它。但怀尔德先生只是摇摇头，又专心地去看面前那本账簿了。他读出一个接一个的名字。这些人都是为了自己的名誉来找他的。他所做出的成绩真是令人吃惊。

"我会不时把这些螺丝钉拧上。"他解释说。

"总有一天，他们之中会有人能够帮到你。"我坚持说。

"你这样认为？"他一边说，一边揉搓着残缺的耳朵。

和他争论是没有用的。于是我拿起了那份标题是"美利坚王

45

朝"的手稿。上一次我就应该在怀尔德先生的书房里把它抄录下来。我仔细阅读它，因为喜悦而战栗不已。等我读完之后，怀尔德先生接过手稿，转身走进了从他的书房通向卧室的黑暗过道，同时高声喊道："万斯。"这时我才第一次注意到一个人正蜷伏在那里的阴影中。我在找猫的时候怎么会没有注意到他？这一点我完全无法想象。

"万斯，进来。"怀尔德先生喊道。

那个人站起身，蹑手蹑脚地向我们走过来。当他向我抬起头，面孔被自窗口透进来的光线照亮的时候，我就再也无法忘记这张脸了。

"万斯，这位是卡斯泰涅先生。"怀尔德先生说道。不等他把话说完，这个人就扑倒在桌子前面的地上，喘息着哭喊道："哦，上帝啊！哦，我的上帝啊！救救我！原谅我……哦，卡斯泰涅先生，让那个人离开。你不可能，你不可能是这个意思！你不一样……救救我！我已经崩溃了……我曾经在精神病院里，而现在……当一切即将恢复正常……当我已经忘记了那位君王……黄衣之王……但我又要疯了……我要疯了……"

他的声音随着一阵窒息的咯咯声结束了。因为怀尔德先生跳向他，用自己的右臂环绕住了那个人的喉咙。当万斯瘫倒在地板上的时候，怀尔德先生又灵巧地登上了自己的椅子，用拇指揉搓自己变形的耳朵，然后转向我，要我把账簿拿给他。我从书架上取下账簿交给他。他将它打开，在优美的字迹中搜寻片刻，满意地咳嗽一声，指住了"万斯"这个名字。

"万斯，"他高声念道，"奥斯古德·奥斯沃德·万斯。"随着他的声音，地上的那个人抬起头，将抽搐的面孔转向怀尔德先生。他的眼睛因为充血而变得通红。他的嘴唇肿胀起来。"4 月 28 日来访，"怀尔德先生继续念道，"职业，锡福斯国家银行出纳，曾因犯伪造罪在兴格监狱服刑，后又从那里被转送至精神病罪犯收容所。在 1918 年 1 月 19 日被纽约州长赦免，从精神病收容所被释放。名誉在羊头湾受损。有传闻说他的收入远远无法维持他的生活方式。名誉立刻得到修复。预付费用 1500 美元。

"注意：从 1919 年 3 月 20 日至今，贪污款项已经高达三万美元。有着杰出的家人。因为叔叔的影响才得以获得现在的职位。父亲是锡福斯银行的董事长。"

我看着地上的这个人。

"起来，万斯，"怀尔德先生温和地说道。万斯仿佛被催眠一样站起身，"他现在会完全按照我们的话行事。"怀尔德先生打开手稿，读过整部美利坚王朝的历史，然后用充满抚慰感的温和声音向万斯逐一讲述重点。万斯则只是呆愣地站在原地。他的眼神茫然空洞。我觉得他已经失去了智力。我将这个想法告诉怀尔德先生。他说这没有关系。我们非常耐心地向万斯指出在这件事中他要担当什么样的角色。过了一段时间，他似乎是理解了。怀尔德先生仔细讲解了手稿，利用大量纹章学的知识支持他的研究成果。他提到了卡尔克萨王朝的建立，能够连接到哈斯塔的湖泊，毕宿五和毕宿星团之谜。他提起卡西露达和卡米拉，玳瑁状云雾缭绕的深渊，还有哈利湖。"黄衣之王的一条条褴褛袍服中一定永远隐藏着耶提尔。"他喃喃地说道。但我不相信万斯听到了他的声音。然后，他又在一定程度上引领万斯了解了这个王朝家族的分支，直到乌欧特和塔勒，从瑙塔巴和真相幻影到奥登尼斯。然后他将手稿和注解都扔到一旁，开始讲述关于最后君王的神奇故事。我在迷醉和战栗中看着他。他扬起头，伸出一双长长的手臂，尽显高傲和力量。他的双眼深陷在眼窝里，如同两枚光芒璀璨的翡翠。万斯愚钝地倾听着。但我的感受则全然不同。当怀尔德先生终于讲述完毕，向我一指，高声说道："王的亲属！"我的头立刻兴奋地摇晃起来。

我用超人的力量控制住自己，向万斯解释为什么只有我有资格戴上这顶王冠，为什么我的亲戚必须被流放或者死亡。我让他明白了，我的堂亲绝对不能结婚，哪怕他宣布放弃自己的一切权利。而他最不应该做的就是娶阿文郡侯爵的女儿，让英格兰卷入这一问题。我向他展示了一张有成千上万个名字的名单。这是由怀尔德先生拟就的。上面的每一个人都接受了黄色印记——这是任何活人都不敢轻视的印记。这座城市，这个州，这一整片大陆都已准备好在苍白面具之前起身颤抖。

时刻到了。人们应该知道哈斯塔之子。整个世界都要向高悬在卡尔克萨天空中的黑色星辰拜倒。

万斯靠在桌边，将头埋进双手。怀尔德先生用一只铅笔头在昨天的先驱日报边缘画了一张草图。那是霍伯克家的房间布局。然后他写下命令，盖上印章。我颤抖得像中风的病人一样，在我的第一份处决令上签下我的名字——希尔德雷德·雷克斯。

怀尔德先生爬到地上，打开橱柜上的锁，从第一层架子上拿出一个长方形的盒子，放到桌上打开。一把崭新的匕首就躺在盒子中的棉纸上，我将它拿起，递给万斯，还有我的命令和霍伯克家的布局草图。然后怀尔德先生告诉万斯可以走了。万斯蹒跚着走出房间，就像是贫民窟中的一个流浪汉。

我又坐了一段时间，看着太阳一点点隐没在耶德逊纪念教堂的方形塔楼后面。终于，我收拾起手稿和注释，又拿起我的帽子，

©M. Grant Kellermeyer

向门口走去。

　　怀尔德先生静静地看着我。我踏进走廊的时候又回头看了一眼。怀尔德先生的小眼睛还在紧盯着我。在他身后，阴影正随着消褪的阳光而变得愈发浓重。我关上门，一直走到昏暗的街道上。

　　自从早饭之后我就什么都没有吃。但我并不感觉到饿。一个可怜的，看上去已经快饿死的家伙正站在死亡屋的街对面，看着那幢白色建筑。他注意到了我，便向我走来，告诉了我一个悲惨的故事。我给了他一些钱。我不知道为什么要这样做。他没有感谢我就走开了。一个小时以后，另一名流浪汉走过来，开始哭诉他的故事。我的衣兜里有一张白纸，上面画着黄色印记。我将那张纸递给他。他愚蠢地对着那张纸看了一会儿，然后有些不太确定地瞥了我一眼。以在我看来是过分夸张的小心态度将那张纸叠好，放进胸前的口袋里。

　　街上的电灯亮了起来。新月闪耀在死亡屋上方的天空中。在广场上等待实在令人感到疲惫。我从大理石拱门溜达到炮兵马厩，又回到莲花喷泉前。这里的花草散发出的馥郁芳香让我感到有些不舒服。喷泉的水流在月光中摇曳。水滴落下时响起的旋律让我回忆起霍伯克店铺里锁链甲的叮当声，但落水声远没有那样迷人。月光照在水面上形成的昏暗涟漪也不像霍伯克膝头的胸甲钢片在太阳下闪耀时给我带来的那种精致的愉悦感。我看到蝙蝠在喷泉池的水生植物上面飞舞穿梭。它们急骤的飞行让我感到神经紧张。我再一次向远处走去，漫无目的地穿行在树木之间。

炮兵马厩一片黑暗。不过骑兵营房中军官宿舍的窗户还是灯火通明。营房大门口全是穿着工作制服的士兵。他们扛着稻草和马具，还有装满餐具的篮子。

营房门口的骑马哨兵已经换了两批。我还在柏油路上来回踱步。我看看自己的表，时间快到了。营房里的灯光正逐一熄灭。栅栏营门也关闭了。每过一两分钟，都会有一名军官从侧门走过，在黑夜中留下一阵装备和马刺磕碰的嘈杂声音。广场上变得格外安静。最后一个无家可归的流浪汉已经被穿灰衣的公园警察赶走。沿着伍斯特街的车道上空荡荡的。只有骑马哨兵的坐骑踢踏蹄子和佩剑撞在马鞍上的声音偶尔会打破这里的宁静。在军营里，军官宿舍还亮着灯。窗口处能看到他们的仆人来回走动的影子。圣方济各·沙勿略大学的新尖塔上传来十二点的钟声。随着那韵调哀伤的钟鸣结束了最后一响，一个人影走过军营侧旁的小门，同哨兵迎面而过，随后就穿过街道，进入广场，朝本尼迪克公寓楼走去。

"路易斯。"我喊道。

那个人转动带马刺的鞋跟，径直朝我走来。

52

"是你吗，希尔德雷德？"

"是的，你很准时。"

我握了握他伸过来的手。然后我们两个朝死亡屋缓步走去。

他还在不停地念叨着他的婚礼和康丝坦斯有多么可爱。他们会有怎样美好的未来。他还让我看他的队长肩带，他袖子上和高帽子上的三道金色花饰。和他这种孩子气的喋喋不休相比，我倒是更喜欢他的马刺和佩剑发出来的叮叮声。终于，我们站到了第四大街角落里，死亡屋正对面的榆树下。他笑着问我找他有什么事。我示意他坐到电灯下的长椅上，自己也坐到了他身边。他好奇地看着我。那种探寻的眼神就和那些医生们一样，让我既恨又怕。我感觉到了他的目光的冒犯，他却对此一无所知。我只好小心地隐瞒下自己的心情。

"嗯，老伙计，"他问道，"我能为你做些什么？"

我从衣袋里拿出"美利坚王朝"的手稿和注释，看着他的眼睛说道：

"我会告诉你的。但你先要以自己的军人身份起誓，答应我会从头到尾读完这份手稿，不要问我任何问题。答应我以同样的方式读完这些注释。答应我随后认真听我必须对你说的话。"

"我答应，如果你想要这样。"他愉快地说道，"把那些纸给我吧，希尔德雷德。"

他开始阅读。因为困惑而挑起眉弓，让他的表情显得异常古怪——这也让我不得不为了压抑住怒火而全身颤抖。随着他一条条读下去。他的眉毛紧锁在一起，嘴唇一开一合，看样子仿佛是在说："垃圾。"

然后他变得有些无聊，显然是为了我才不得不继续读下去。他也想对手稿中的内容产生兴趣，最终却变成无效的努力。他在密集的文字中看到自己的名字时愣了一下。看到我的名字时，他放下了手稿，用犀利的目光审视了我一会儿。但他没有食言，继续阅读了下去。我任由他的疑问卡在他的双唇之间，没有给他任何回答。最后，他看过了怀尔德先生的签名，便将手稿仔细叠好，交还给我。我又把注释递给他。他坐进长椅里，将军帽从前额推上去。我清楚地记得他这个孩子气的动作——他在学校的时候就是这样。当他阅读的时候，我看着他的脸。他一读完，我就收回了注释，将它和手稿一同放进衣袋里。然后我打开一张有黄色印记的卷轴。他看到了黄色印记，却仿佛没有认出来。我用有些严厉的语气让他仔细看着这个印章。

"嗯，"他说道，"我看到了。这是什么？"

"这是黄色印记。"我恼怒地说。

"哦，正是，可不是么。"路易斯用那种奉承的语调说道。阿切尔医生就是这样对我说话的。如果我不把他处理好，他也许还会这样对我说话。

我压抑住怒火，用尽可能稳定的声音回答道："听着，你要履行你的诺言吗？"

"我正在听，老伙计。"他带着安慰的口吻对我说。

我开始非常镇定地说了下去。

"阿切尔医生通过某种手段，得到了关于王朝继承人的秘密。他企图剥夺我的权利。他宣称之所以要这样做，都是因为四年前我从马背上摔落下来，导致精神出现缺陷。他图谋将我囚禁在他的房子里，希望以这种手段将我逼疯，或者是毒杀我。我没有忘记这件事。昨天晚上，我拜访了他，那是我们最后一次见面。"

路易斯的面色变得非常苍白。但他没有动。我继续以胜利者的姿态说道："现在还有三个人需要处理。因为他们也关系到了怀尔德先生和我的利益。他们就是我的堂亲路易斯、霍伯克先生、还有他的女儿康丝坦斯。"

路易斯跳起身。我也站了起来，同时将带有黄色印记的纸扔在地上。

"哦，我不需要用这个来告诉你我必须说的事情。"我带着胜利的笑声嚷道，"你必须放弃王冠，将它让给我。听到了吗，让给我！"

路易斯带着一种惊诧的情绪紧盯住我。但他很快就恢复了平静，温和地对我说："当然，我放弃……我必须放弃什么？"

"那顶王冠。"我怒不可遏地说。

"当然，"他回应道，"我放弃它。好了，老伙计，我们走走，我陪你回你的房间去。"

"不要用那种医生的伎俩来对付我。"我在怒火中颤抖着，高声喊道，"不要以为我是个疯子。"

"那真是胡说，"他说道，"来吧，现在已经很晚了，希尔德雷德。"

"不，"我喊道，"你必须听我的。你不能结婚。我禁止你这么做。你听到了吗？我禁止。你要放弃王冠。作为回报。我允许你流亡，但你拒绝的话，就只能死掉。"

他竭力想要让我冷静，但我终于爆发了。我抽出长匕首，挡住了他的去路。

然后我告诉了他，阿切尔医生就在一间地下室里，喉咙已经被割开了。我想到万斯和他的匕首，还有我签署的命令，不由得冲着他的脸大笑起来。

"啊，你现在是王，"我喊道，"但我将成为王。你是什么人？竟然想要让我远离帝国，远离那宜居的土地。我出生时是一位王的堂亲，但我将会成为王！"

　　路易斯面色苍白，身体僵直。突然间，一个人沿着第四大街跑过来，冲进了死亡圣殿的黄金围栏，全速向那道青铜门跑去，发疯地喊叫着进入了那致命的房间。我大笑着，抹去眼睛上的泪水。我认出了那是万斯，知道霍伯克和他的女儿已经不再是我的障碍了。

　　"去吧，"我向路易斯喊道，"你已经不再对我构成威胁了。你永远也不可能和康丝坦斯结婚了。如果你在流亡中娶了另一个人，我会去拜访你，就像我昨晚对我的医生那样。怀尔德先生明天会照管你。"然后我转过身，冲进南第五大道。路易斯发出一声恐惧的叫喊，丢下他的腰带和佩剑，像风一样追上了我。在布利克街的拐角处，我听到他逐渐逼近我的背后。我冲过霍伯克招牌下面的门洞。他喊道："停下，否则我开枪了！"但是当他看到我没有进入霍伯克的店铺，而是径直上了楼梯，便没有再管我。我听到他用力的敲门声和叫喊声，仿佛那样就能将死人唤醒。

　　怀尔德先生的屋门敞开着。我冲进去喊道："完成了，完成了！让诸国起来，仰望他们的王！"但我找不到怀尔德先生。于是我先跑到橱柜那里，拿出那顶辉煌灿烂的王冠。我又穿上那件绣有黄色印记的白色丝绸长袍，将王冠戴在头顶。我终于是王了，以我对哈斯塔的权利而成了王。因为我对毕宿星团的知识而成了王。

我的意识已经触及了哈利湖的深渊。我是王！第一缕黎明时的灰线将掀起一场震撼两个半球的暴风雨。就在此时，我的每一根神经都达到了最紧张的状态。我因为喜悦而感到晕眩，我的思想中充满了光辉。但在黑暗的过道里突然传来了呻吟声。

我抓起牛油蜡烛，朝门口跳过去。那只猫像恶魔一样从我身边经过。牛油蜡烛熄灭了。但我的长匕首要比它的速度更快。我听到它发出一声尖叫，知道我的匕首击中了它。片刻间，我听到它在黑暗中跌倒翻滚的声音。很快，它的狂乱挣扎停止了。我点亮一盏灯，举过头顶。怀尔德先生躺在地板上，喉咙被割开了。一开始，我以为他死了。但就在我的注视下，一点绿色的光亮出现在他深陷的双眼中。他残疾的手在颤抖着。他的嘴随着一阵痉挛，一直咧开到耳根处。片刻之间，我的恐惧和绝望变成了希望，但是当我俯下身，只看到他的眼珠向上翻起。他死了。我站起身，心脏被愤怒和绝望刺穿。我看到我的王冠、我的帝国、所有希望和一切野心、我的整个人生都和这个死去的主人一起僵卧在那里。他们来了，从后面抓住我，把我紧紧捆缚起来，直到我的血管像绳子一样从皮肤下凸起。我说不出话，只是突兀地发出一阵阵狂暴的嚎叫。但在他们的围攻之中，我仍然满心怒火。虽然流着血，我却进行着猛烈的反击。不止一个警察感受到了我锋利的牙齿。

当我无法再动弹的时候，他们才再次靠近我。我看到老霍伯克，他的身后是我满面惊恐的堂亲路易斯。更远处的角落里有一个女人，是康丝坦斯在轻声哭泣。

"啊！我明白了！"我尖叫着，"你们夺取了王位和帝国。你会受苦！尽管你戴上了黄衣之王的王冠，但你注定会承受灾难！"

（原始编辑注：卡斯泰涅先生昨日死在了精神病罪犯收容所。）

CARCOSA

面 具

The Mask

卡米拉：你，先生，应该摘下面具。

陌生人：真的？

卡西露达：真的，时刻到了。除你以外，我们全都除掉了伪装。

陌生人：我没有戴面具。

卡米拉：（在恐惧中对卡西露达低声说）没有面具？没有面具！

—— 《黄衣之王》第一幕，第二场

I

尽管对化学一无所知，但我还是如醉如痴地倾听着。他拿起一束复活节百合。那是热娜维耶芙今天早晨从圣母院带来的。他将百合花放在盆子里。盆中的液体立刻失去了水晶般的清澈。片刻间，花朵被一团乳白色的泡沫包围，泡沫随即消失，整盆液体变成了乳白色。液体表面浮动着一层不断变幻的橙色和猩红色。随后又有一道仿佛是纯净的阳光从盆底百合花所在的地方透射出来。与此同时，他伸手到盆中，取出了那朵花。"没有危险，"他说道，"只需要选对时机。金光就是信号。"

他将百合花递给我。我把它接在手中。这朵花已经变成了石头——最纯粹的大理石。

"看到了吗，"他说道，"毫无瑕疵。有哪一位雕刻家能够呈现出这样的作品？"

这朵大理石花就像雪一样白。但在它的深处能看到百合花的脉络以最浅淡的天蓝色显现出来。在花心的地方还有一片色泽更深的余晕。

"不要问我这是怎样做到的，"他注意到我的惊奇，便微笑着说道，"我不知道为什么这朵花的脉络和花芯会被染上另外的颜色，但它们一直都是如此。昨天我试了热娜维耶芙的一条金鱼。它变成了这个样子。"

这条鱼看上去仿佛是用大理石雕刻而成的。但如果你将它放到光线下细看，就会发现这块石头上布满了美丽的淡蓝色脉络。从它的内部还渗透出一种玫瑰色的光泽。就好像是猫眼石中隐藏的那一线微光。我朝那盆里看去。它似乎是又一次盛满了最纯净的水晶。

"我现在能碰它么？"我问他。

"我不知道。"他回答，"但你最好不要尝试。"

"有一件事让我感到好奇，"我说道，"那道阳光是从哪里来的？"

"那真的很像是一道阳光，"他说，"但我不知道它到底是什么。当我将活物浸没在那里面的时候，它总是会出现。也许……"他继续向我微笑着，"也许那是生物的生命火花从它的源头逃逸了出来。"

我看得出他是在嘲弄我，便挥起一根作画时支撑手腕的杆子威胁他。他却只是笑着改变了话题。

"留下来吃午饭吧。热娜维耶芙会直接过来的。"

"我看到她去望弥撒了。"我说道，"她看上去又清新又甜美，就像这朵百合花被你摧毁以前的样子。"

"你认为我摧毁了它？"鲍里斯严肃地问我。

"摧毁、保存，我们怎么分得清？"

我们正坐在工作室的角落里。旁边不远处就是他还未完成的群像——"命运三女神"。他倚在沙发上，转动着一支石工凿子，斜睨着他的作品。

"顺便说一句，"他说道，"我已经完成了那尊老学院派阿里阿

67

德涅的细节雕琢。我想只能将它送到沙龙去了。今年我只做好了那玩意儿。但在圣母像给我带来的成功之后，我觉得做出那样一个东西让我很惭愧。"

圣母像是以热娜维耶芙为原型雕刻的一件精美的大理石作品，曾经在去年的沙龙展出中轰动一时。我看着这尊阿里阿德涅，它是一件工艺精湛的华丽艺术品，但我同意鲍里斯的看法，这个世界正在期待他给出一件比这个更优秀的东西。比如我身后那一组仍然半埋在大理石中，精彩得令人惊悸的群像。但想要让它及时参加沙龙的展出简直是不可能的。"命运女神"们还要再等一段时间。

我们都为鲍里斯·伊凡感到骄傲。我们称他是我们的人，他也将他的力量归于我们，因为他出生在美利坚。但他的父亲是法国人，母亲是俄罗斯人。高等艺术学院的每一个人都称他为鲍里斯。但他以同样亲热的方式称呼的人只有两个：杰克·斯科特和我。

也许我和热娜维耶芙的恋爱也导致了他对我的喜爱，虽然我们两个从没有正式承认过这段关系。但在一切尘埃落定之后，她眼含泪水地告诉我，她爱的是鲍里斯。我去了鲍里斯家，向他表示祝贺。我们在这次会面中表现出的热忱和诚挚没有欺骗我们之中的任何一个人。不过我一直都相信，至少这样做能给我们之中的一个人带来莫大的安慰。我不认为鲍里斯和热娜维耶芙谈起过这件事，但鲍里斯心里明镜儿似的。

热娜维耶芙是一位可爱的女子。她脸上那圣母一样纯洁的神采总会让人想到歌剧作曲家古诺的弥撒曲中的《圣母颂》。不过，我一直都很喜欢她神情突变的样子。正因为这一点，我们都叫她"多变的四月"。她真的就像四月的天气一样变幻无常。上午的时候还是那么严肃、庄重和甜美，到了中午就笑声连连，任性胡闹；日近黄昏的时候又变得更加出人意料。我更喜欢她的这种样子，而不是像圣母那样的恬静安宁——她的这种神情总是会在我的心底深处引起阵阵波澜。我正在做着关于热娜维耶芙的梦，鲍里斯忽然又说话了。

"你觉得我的发现如何，阿莱克？"

"我觉得它棒极了。"

"要知道，它对我真的没什么用。也许只能满足一下我的好奇心。终究这个秘密会和我一起死去。"

"这对于雕刻艺术可是一个打击，不是么？我们画家因为照相术而失去的可远比得到的要多。"

鲍里斯点点头，一边摩挲着凿子的锋刃。

"这个新的邪恶发现会腐化艺术界。不，我绝不会向任何人吐露这个秘密。"他缓缓地说道。

大概很难找到比我对这种现象更缺乏了解的人了。当然，我听说过树叶和细枝在掉进溶解硅达到饱和的矿泉水一段时间之后会变成石头。我能够模糊地理解这个过程——硅取代了植物组织，一个原子接一个原子，结果就是植物消失，一件完整的石头复制品出现。我承认，我对这种事从没有过很大的兴趣。至于说由此产生的古代化石，那简直令我感到厌恶。看样子，鲍里斯对此并不反感，而且还很有兴趣。他对这一课题进行过深入的调查，在偶然间找到了一种溶剂，能够以一种前所未闻的激烈方式将被浸没的物品在眨眼间就转变成了自然环境下要经过许多岁月才会形成的产物。对于他向我展示的怪异现像，我只能做出这样的解释。

经过一段长时间的沉默，他才再次开了口。"仔细思考自己到底发现了什么，我差一点被吓坏了。科学家们一定会为这个发现而发疯的。这是如此简单——我是说这个发现本身。尤其是当我想到它的分子结构——那种新产生的金属元素……"

"什么新元素？"

"哦，我还没有想好该怎么给它命名。我觉得自己肯定做不好这件事。现在世界上已经有足够多的贵金属惹得人们相互残杀了。"

我竖起了耳朵。"你炼出金子了，鲍里斯？"

"没有，比金子更好——看看这个，阿莱克！"他笑着看向我，"你和我拥有了在这个世界上所需要的一切。啊！你的眼神是多么危险和贪婪啊！"我也笑了。我告诉他，对于黄金的贪婪已经将我彻底吞噬了，我们最好谈些别的。所以，当热娜维耶芙在不久之后回来时，我们已经将炼金术抛在了脑后。

热娜维耶芙从头到脚穿了一身银灰色的衣服。当她将面颊转向鲍里斯的时候，我看到她柔软的金色发卷上跳动的光彩。然后她才看到我，并回应了我的问候。她以前总是会向我伸出她雪白的指尖，让我亲吻一下，现在却没有这样做。我立刻对此表示不满。她便微笑着伸出手，却几乎不等我吻到就让手落了下去。然后她看着鲍里斯说道："你一定要让阿莱克留下来吃午餐。"这也和以前不一样了。她一直都是亲自请我留下来的。

"我和他说了，"鲍里斯简短地回应道。

"我希望你答应了。"她带着永远都是那么有魅力的微笑转向我。我就像是一个她前天才认识的熟人。我向她深鞠了一躬，说道："这是我的荣幸，夫人。†"我没有使用我们惯常的戏谑语气。她又喃喃地说了一句招待客人的客套话，就消失了。鲍里斯和我互看

---

† 原文为法语。

了一眼。

"我最好还是回家去，你觉得呢？"我问道。

"在我看来，你应该留下！"他直白地说道。

就在我们讨论我留下来是否明智的时候，热娜维耶芙又出现在门口。这时她已经摘下了头上的无沿帽。真是美得惊人。不过她的肤色有些太深了，那双可爱的眼睛也有些太明亮了。她径直走向我，挽住了我的胳膊。

"午餐已经准备好了。我生气了吗，阿莱克？我觉得我有些头痛，但我没有生气。来吧，鲍里斯。"她伸出另一只手，挽住鲍里斯，"阿莱克知道，除了你以外，这个世界上再没有其他人能够像他那样让我喜欢了，所以，如果他有时候觉得被冷落了，他一定不会觉得有什么问题。"

"为了幸福！[†]"我喊道，"谁说四月份没有大雷雨？"

"你准备好了吗？"鲍里斯用吟诵般的语调说道，"准备好了。"我们手挽着手，跑进餐厅，把仆人们都吓坏了。这不应该怪我们。那时热娜维耶芙刚刚十八岁，鲍里斯二十三岁，我还不到二十一岁。

---

† 原文为法语。

II

那时我正在为热娜维耶芙的闺房做一些装饰。这让我常常会去圣塞西尔街的那家古香古色的小房子。在那些日子里，鲍里斯和我总是工作得很辛苦，但我们也很高兴。情况并非总是如此。再加上杰克·斯科特，我们三个也一同度过了很多空虚的时光。

一个安静的下午，我正一个人在那幢房子里检查各种小物件，探索偏僻的角落，把甜食和雪茄从奇怪的隐藏地点拿出来。最后，我在浴室停下脚步。全身都是黏土的鲍里斯正在那里洗手。

这个房间是用玫瑰色的大理石建成的，只有地板铺着玫瑰色和灰色的拼花彩砖。房间中央有一个沉在地面以下的方形水池。一道阶梯一直通到池底。带有雕刻纹饰的圆柱支撑起彩绘天花板。一个美貌的大理石丘比特仿佛刚刚降落在房间一端的大理石基座上。这个房间里全是鲍里斯和我的作品。穿着白帆布工作服的鲍里斯正在从他颀长秀美的手上刮去粘土和红色铸模蜡的痕迹。一边还在和身后的丘比特调笑。

"我看见你了。"他坚持说道，"不要把眼睛转到别的地方，装作没有看见我。你知道是谁造出了你，小骗子！"

在这样的对话中，我一直都是丘比特感情的诠释者。轮到我说话的时候，我的回答让鲍里斯一把抓住我的手臂，向水池拖过去，扬言要淹死我。但转眼之间，他又丢下我的手臂，面色变得煞白。"好家伙！"他说道，"我忘了这个池子里现在全是那种溶剂！"

我稍稍打了个哆嗦，一本正经地建议他要牢牢记住将那种珍贵的溶剂储存在了什么地方。

"老天在上，为什么你要在这里弄这么一个装满这种可怕东西

74

的小池子？"我问道。

"我想要试验一些大东西。"他说道。

"比如说试验我！"

"啊！这就是开玩笑了，不过我的确想要看看这种溶剂对于更复杂的生命体会有什么作用。这里就有一只大白兔。"他一边说，一边跟随我走进工作室。

杰克·斯科特穿着一件满是颜料污渍的短上衣，悠悠然走了进来，拿走了他能找到的东方甜食，又劫掠了一番香烟盒。最终他和鲍里斯一起消失了——他们去了卢森堡公园的画廊，那里由罗丹新创作的一尊白银青铜雕像和莫奈的一幅风景画正在引起法国艺术界的格外关注。我回到了工作室，继续我的工作。我正在绘制一幅文艺复兴风格的屏风。鲍里斯希望用它来装饰热娜维耶芙的闺房。但那个当模特儿的小男孩在为我摆出各种动作的时候总是显得不情不愿。今天他更是拒绝了我的各种诱惑。他从不会在同一个位置上安静哪怕一个瞬间。只是五分钟的时间里，我就看到了这个小乞丐许多不同的形态。

"你是在摆造型吗？还是在唱歌跳舞，我的朋友？"我质问他。

"只要先生喜欢。"他带着天使般的微笑回答道。

当然，我放他离开了，而且我当然付了他一整天的工钱。我们就是这样把我们的模特儿都宠坏了。

　　那个小鬼离开之后，我对我的作品做了一些敷衍的涂抹，但我又觉得这一点也不好笑。于是我又用了一整个下午的时间消除掉我造成的破坏。到最后，我刮干净调色板，将画刷塞进一只盛着黑肥皂的碗里，信步走进了吸烟室。我真心相信，除了热娜维耶芙的公寓，这幢房子里没有任何房间能够像这里一样让我摆脱烟草的香气。这里有一幅磨损得露出了经线的挂毯，上面到处都是线头，看上去简直一团乱。床边立着一架韵律甜美的旧式小钢琴。这里还有摆放武器的架子。一些武器很陈旧，没有了锋刃；不过也有一些崭新锃亮。壁炉架上装饰着印度和土耳其盔甲。另外这个房间里还有两三幅好画，以及一副烟斗架。正是从这里开始，我们会在烟雾中寻找新的灵感。我相信这里的烟斗架上摆放过存在于这个世界上的每一种烟斗。我们选好一支烟斗以后，就会立刻将它拿到别的地方，开始抽烟。因为这个房间实在是比这幢房子里的任何其他地方都更加阴暗，更令人感到不适。不过在这个下午，这里昏暗的光线让我感到安慰。地板上的棕褐色地毯和皮毛看上去很柔软，让人想要睡在上面。宽大的软椅上堆满了垫子。我找到我的烟斗，蜷缩在软椅上，开始了一番在吸烟室中陌生的吸烟经历。我挑选了一支有着可以弯曲的长烟杆的烟斗，将它点燃，随后便进入梦中。过了一会儿，烟斗熄灭了，但我没有动弹，只是继续做着梦，就这样真正地睡了过去。

我在自己听到过的最哀伤的乐曲中醒来。房间里已经很黑了。我不知道现在是什么时候。一道月光在小钢琴的一侧边缘镀上了一片银白。抛光的木制钢琴仿佛在自己发出声音，随着烟气飘浮在一只沉香木盒子上面。有人在黑暗中站起身，低声哭泣着过来。我愚蠢地喊了一声："热娜维耶芙！"

随着我的喊声，她倒在地上。我骂了自己一句，点亮灯盏，想要把她从地上扶起来。她低声呼痛，躲开了我，然后又用非常小的声音问鲍里斯在哪里。我将她抱到矮沙发上，转身去寻找鲍里斯，但他不在房子里。仆人们也都上床入睡了。我感到困惑又焦虑，匆忙回到热娜维耶芙身边。她还躺在我离开她的地方，面色看上去极为苍白。

"我找不到鲍里斯，也找不到一个仆人。"我说道。

"我知道，"热娜维耶芙虚弱地说，"鲍里斯和斯科特先生去画廊了。我不记得刚刚让你去找他。"

"但现在来看，他在明天下午之前都不可能回来。而且……你受伤了吗？是不是我把你吓到，你才会跌倒的？我真是个可怕的傻瓜。不过我当时还没有完全清醒。"

"鲍里斯以为你在晚餐前就回家了。请原谅我们把你一个人扔在这里这么长时间。"

"我睡了很久，"我笑着说，"而且睡得很香。当我发现自己正盯着一个走过来的人影时，我甚至不知道自己是睡着还是清醒着。我叫了你的名字。你刚才是在弹钢琴么？你的琴声一定非常轻。"

为了看到她脸上宽慰的神情，我愿意再说一千个谎言。她露出迷人的微笑，用她天然率真的声音说："阿莱克，我是在地毯的狼头上绊倒的。我觉得我的脚踝扭到了。请叫玛丽过来，然后你就可以回家了。"

我照她吩咐的去做，等女仆过来后，我也就走了。

III

第二天中午，我走进那幢房子的时候，看到鲍里斯正焦躁不安地在他的工作室中来回踱步。

"热娜维耶芙刚刚睡下，"他告诉我，"那个扭伤没什么大事，但为什么她会发那么高的烧？医生找不到原因，否则他就是不愿意说。"鲍里斯低声嘟囔着。

"热娜维耶芙发烧了？"我问道。

"可以这么说。实际上，她一整晚都有着间歇性的轻微晕眩。理想主义的、快乐的小热娜维耶芙，对什么都是无忧无虑。而她现在却一直在说她的心碎了，她想要去死。"

我的心脏一下子停止了跳动。

鲍里斯靠在工作室的门边上，低垂着头，双手插在口袋里。他和善而敏锐的眼睛里现在出现了重重阴霾。一条代表着苦恼的新纹路出现在他常常微笑的嘴唇边。他已经命令女仆，只要热娜维耶芙一睁开眼睛，就立刻来叫他。我们等了又等，鲍里斯越来越烦躁不安地来回踱步，翻动铸模蜡和红色的黏土。突然间，他向隔壁房间走去，一边高声喊道："来看看我充满死亡的玫瑰色浴池吧。"

"那是死亡吗？"为了迎合他的情绪，我这样问道。

"我想你还没有准备好称它为生命。"他回答道，同时从一只球形鱼缸里拽出一条不停挣扎扭动的金鱼，"我们要把这个送到其他东西那里去——无论是哪里。"他说道。他的声音中散发出一种兴奋的高热。一股迟钝而沉重的热流压住了我的身体、我的头脑。我跟随他来到那个盛满水晶液体的粉色水池边。他将金鱼丢了进去。金鱼在半空中不断下落，身体还在激烈地拧转抽搐，鳞片也随之光芒闪烁。当它碰到池中的液体时，身子立刻变得僵硬，重重地沉向池底。牛奶状的泡沫随即泛起。液体表面放射出灿烂的光晕。一道纯净安宁的光仿佛从无限的深渊中透射出来。鲍里斯伸手到液体中，拿出一件精致的大理石雕塑。蓝色的脉络、玫瑰色的底蕴，上面还有闪光的乳白色液滴不停地落下。

"小孩子的把戏。"他喃喃地说着，将疲惫而又充满渴望的双眼转向我，仿佛我能够回答他的全部问题。但杰克·斯科特走进来，加入了这场"游戏"——他就是这样称呼这种行为的，而且语气中还充满了热情。现在他们已经打定主意要用那只白兔进行试验了。我不愿意看到生命离开一只温暖的、活生生的动物，便告辞走出浴室，随意拿了一本书，坐到工作室里开始阅读。天哪，我找到的是《黄衣之王》。过了仿佛是几个世纪之久的一段时间，正当我一边紧张地颤抖着，一边将那本书阖上的时候，鲍里斯和杰克带着他们的大理石兔子走进了房间。与此同时，我们头顶上方的铃响了，一阵喊声从病人的房间里传出来。鲍里斯像闪电一样冲了出去。随后就听他喊道："杰克，去找医生，跑步去，马上带医生过来。阿莱克，你快过来。"

我赶过去，站到她的屋门口。一名被吓坏的女仆急匆匆地跑出来，逃去寻找应急药品了。热娜维耶芙笔直地坐在床上，面颊通红，双眼明亮，不停地说着什么，同时还抗拒着鲍里斯轻柔的搂抱。鲍里斯叫我去帮他按住热娜维耶芙。我刚一碰到她，她就叹息一声，倒卧下去，闭上了双眼。也就在此时，这个可怜的、因为高热而昏聩的女孩对着鲍里斯说出了她的秘密。此时此刻，我们三个人的生命进入了新的通道。原先帮助我们相处了那么久的羁绊永远断裂了。一种新的羁绊被打造出来。她说出了我的名字。在高热的折磨中，她的心抛出了全部隐藏的哀伤。我低下头，在惊愕中哑口无言。我的脸在猛烈燃烧，就像一块活的煤炭。血液涌进我的耳朵，掀起巨大的噪音，让我神智昏沉。我无法活动，无法说话，只能听着她因为羞耻和哀伤倍感痛苦的热病话语。我没办法让她安静，也无法去看鲍里斯。这时，我感觉到一只手臂抱住了我的肩头。鲍里斯将一张没有血色的面孔转向了我。

"这不是你的错，阿莱克，不要因为她爱你而如此哀伤……"但他没办法把话说完。医生恰在此时快步走进房间，一边说着："啊，是热病！"我抓住杰克·斯科特，快步把他领到街上，对他说："鲍里斯现在需要一个人待一会儿。"我们走过街道，在我的公寓里度过了那一晚。杰克觉得我也要病了，就又去找了医生。我隐约记得的最后一件事就是杰克在说："老天在上，医生，他得了什么病？怎么脸色变成了这样？"我想到了《黄衣之王》和苍白的面具。

我病得很重。两年前那个致命的五月清晨，热娜维耶芙最终喃喃地对我说："我爱你，但我觉得我最爱的还是鲍里斯。"这两年里，我承受的全部压力都崩塌了。我从没有想象过自己会无法承受这份压力。我在外表上显得平静轻松，以此来欺骗自己。一个又一个晚上，我孤独地躺在自己的房间里，内心不停地交战，我觉得鲍里斯配不上热娜维耶芙，却又因为这种不忠的念头而咒骂自己。清晨的到来总会让我松一口气，回到热娜维耶芙和我亲爱的鲍里斯身边，相信自己的心灵已经被昨晚的暴风雨洗涤干净。

　　和他们在一起的时候，我从没有任何言辞、行动和想法暴露我的哀伤，甚至连我自己也被隐瞒了。

　　自我欺骗的面具对我而言已经不再是面具，而是我的一部分。黑夜会将它掀起，暴露出下面那令人窒息的事实。但除了我自己之外，没有人会看到。当阳光初现，面具就会落回到它的位置上。这些想法缠绕着卧病在床的我，穿透了我饱受困扰的意识。而它们之中又纠缠着许多绝望的、白色的生物，沉重得好像石头，趴伏在鲍里斯的盆中。还有那颗狼头，吐着白沫向热娜维耶芙咬过去。她则微笑着躺倒在狼头旁边。我还想到了黄衣之王，被他色彩诡异、破烂不堪的斗篷包裹着。卡西露达发出痛苦的呼喊："不要压我们，哦，王啊，不要压我们！"我在高热之中挣扎着要将

它取下来。但我看见了哈利湖，浅薄而空旷，没有一丝涟漪，也没有半点风去搅动它。我看到了卡尔克萨的高塔出现在月亮后面。毕宿五、毕宿星团、阿拉尔、哈斯塔，滑过云层的裂缝。那些云朵不断地翻腾着，就好像黄衣之王身上飘飞的褴褛碎布。在所有这些狂乱变化中，一点理智仍然被我牢牢留在了脑子里。尽管我的神智正在溃乱流散，这一点却没有半点动摇。我存在的首要原因是为了鲍里斯和热娜维耶芙，尽管我现在还不太清楚自己到底应该对他们负有什么责任。有时候，我似乎应该是保护他们，有时候可能是在重大的危机中支持他们。无论这一次我应该做什么，我都感觉这次的责任异常沉重。而我却从没有感到自己如此病弱，如此衰颓，让我的灵魂甚至无力应对这份责任。我的眼前出现了许多人的面孔，大部分都很陌生，但其中有几个我的确认识。鲍里斯也在他们之中。后来他们告诉我，鲍里斯根本没有来过，但我知道，至少有一次，他在俯身看我。那只是一次轻微的碰触，他的声音的一点微弱回响。然后乌云又遮住了我的意识。我看不见他了。但他的确曾经站在我身边，向我俯下身。至少有一次。

终于，我在一天早晨醒过来，发现阳光洒落在我的床上。杰克·斯科特正在我的身边读书。我没有足够的力气高声说话，甚至也无法进行什么思考，更不要说回忆之前的事情了。但我能够露出无力的微笑。杰克看到我，立刻跳起身，急切地问我是否需要什么。我只能悄声说："是的，鲍里斯。"杰克来到我的床头，俯身替我整理枕头：我没有看到他的脸，但能听到他认真严肃的声音："你必须再等一等，阿莱克。你太虚弱了，就算是鲍里斯也不能见。"

我只能等待。慢慢地，我开始恢复力量。再过几天我应该就能见人了。而在此之前，我至少可以思考和回忆。当过去的一切在我的意识中逐渐变得清晰，我便确认了等时刻到来，我应该做些什么。对此我绝不怀疑。而且我相信，鲍里斯一定也会下同样的决心。至于怎样做对我才是最好的，我知道他一定也和我有着同样的看法。我不再向任何人问起他们。我从没有质疑过为什么他们没给我任何消息，为什么我已经在这里躺了一个星期，耐心等待，体力也逐渐复原，却从不曾听到有人提起他们的名字。我知道，正确的道路只能靠我自己去寻找。虽然身体虚弱，但我在坚定地和绝望作战。关于他们的情况，杰克始终对我守口如瓶。我也只能默许他对我的隐瞒，认为他是害怕提起他们会扰乱我的心情，让我不服从管束，坚持要见到他们。与此同时，我一遍又一遍地对自己描述，等到我们的生活重新开始的时候，会是什么样子。我们会完全恢复热娜维耶芙生病以前的关系。鲍里斯和我可以正视彼此的眼睛，我们的眼眸中不会有怨恨、懦弱和猜忌。我会和他们继续共处一段时间，在他们的家中享受彼此的关怀和亲昵。然后，我不会找任何借口，也不会做任何解释，只是会永远地从他们的生活中消失。鲍里斯会明白我。热娜维耶芙唯一的安慰就是她永远也不会知道这是为什么。看样子，随着我的仔细思考，我已经找到了在我的昏梦中持续始终的那份责任感的意义，以及唯一可能的答案。所以，我为此做好了准备。终于有一天，我将杰克召唤到床前，对他说："杰克，我想要立刻见到鲍里斯，还请向热娜维耶芙转达我最珍重的问候……"

当他终于让我明白，他们两个都已经死去的时候，我陷入了极度狂乱的愤怒，将我好不容易恢复过来的一点力气全部挥霍殆尽。我开始胡言乱语，诅咒自己，以至于重新陷入重病。几个星期以后，当我从这种状态中爬出来的时候，一个二十一岁的男孩相信自己的青春已经永远逝去了。我似乎已经没有力量再承受苦难。有一天，杰克交给我一封信和鲍里斯家的钥匙。我用不再颤抖的双手接过它们，要他把全部事实告诉我。我这样问实在是一种残忍的行为，但我无法克制自己。他用自己瘦弱的双手撑住身子，重新撕开了那永远无法完全愈合的伤口，开始低声讲述。

"阿莱克，除非你掌握某个我完全不得而知的线索，否则你也不可能明白到底发生了什么。我怀疑你宁可从未听到过这些事，但你必须明白，我们没办法对它们视而不见。上帝知道，我真希望不必告诉你这些。我会尽量说简短一些。

"那一天，医生来照顾你之后，我离开了你，回到鲍里斯那里去。我发现他正在雕刻'命运三女神'。他说热娜维耶芙已经在吃药之后睡了。他还说，她完全失去了理智。那以后他就不停地工作，不和任何人说话。我也只能在旁边照看他。不久以后，我看到了那三女神之中的第三个——那雕像直视前方，看着鲍里斯脸上的

86

那个世界。你肯定从没有见过那种景象，但那雕像仿佛一直看到了那个世界的尽头。我很想为这件事找到一个解释，但我恐怕永远都无法如愿了。

"是的，他就这样工作着，我则默默地看着他。我们保持这种状态，直到接近午夜。然后他听到一扇门打开，又猛然关闭。旁边的房间里仿佛有人在飞速奔跑。鲍里斯冲出了屋门，我紧随在后。但我们去得太晚了。她就躺在那个水池的底部，双手抱在胸前。鲍里斯则开枪打穿了自己的心脏。"杰克停止叙述，一滴汗水出现在他的眼睛下面。他消瘦的面颊不住地抽搐着，"我将鲍里斯抱到他的房间。又泄掉池子里的溶剂，把溅到大理石上的每一滴溶剂都擦干净。当我最终走下水池的台阶时，我看到她躺在那里，就像雪一样白。过了很久，我才想好应该做些什么。我走进实验室，首先将那种溶剂全部倒进污水槽里。然后我又洗干净了每一个烧杯和烧瓶。火炉里还有木柴，我就升起一堆火，砸开鲍里斯柜子上的锁，把里面的每一张纸、每一个笔记本和每一封信都烧了。我还从工作室中找到一把锤子，回到实验室，砸碎了那里的每个药剂瓶，把它们扔进炭斗里，拿到地下室，把它们都扔进了红热的熔炉。我这样往返了六次。最终，我确定没有任何蛛丝马迹能够让其他人找到鲍里斯发现的新元素了，我才敢去找医生。

那位医生是个好人，我们一同对当时的情况进行了保密，没有让公众知道。如果没有那位医生的帮助，我肯定做不到这一点。然后，我们付给了仆人薪水，让他们先到乡下去。老罗希尔会让他们保持沉默，顶多告诉别人，鲍里斯和热娜维耶芙去遥远的地方旅行了，可能几年之内都不会回来。我们将鲍里斯埋葬在赛弗尔的小墓地里。那位医生真是好人，懂得怜悯一个已经无法再承受生活苦难的人。他为鲍里斯开了一份心脏病的证明，也没有再问我任何问题。"

这时，杰克从手上抬起头，对我说："打开那封信吧，阿莱克，那是写给我们两个人的。"

我将信封撕开。信上的日期是一年以前，是他的遗嘱。他将一切财产都留给了热娜维耶芙。如果热娜维耶芙去世的时候没有孩子，我将负责管理位于圣塞西尔街的房子。杰克·斯科特管理画廊的事务。我们死后，全部财产归于他在俄罗斯的母亲一家。只有他制作的那些大理石雕塑——他把它们全部留给了我。

这一页文字在我们的眼睛中变得模糊。杰克站起身，向窗口走去。片刻之后，他又转身回来，再次坐下。我不敢听他将要说的话，但他仍然用那种温和而简洁的辞句说道：

"热娜维耶芙就躺在那个大理石房间的圣母像前面。圣母温柔地向她俯下身。热娜维耶芙也向圣母露出微笑。圣母的脸安详宁静，那只可能是热娜维耶芙的面容。"

他的声音变得沙哑。但他握住我的手说："要有勇气，阿莱克。"第二天早晨，他便去了卢森堡公园，承担起鲍里斯对他的信任。

IV

那天晚上，我拿起钥匙，走进无比熟悉的那幢房子。那里的一切都井井有条，只有弥漫在其中的寂静令人感到恐惧。我两次来到那个大理石房间的门前，却找不到力量走进去。这绝不是我能够做到的。我走进吸烟室，坐到那架钢琴前面。钢琴的琴键上放着一小块蕾丝手帕。我转过身，抑制不住自己的哽咽。很明显，我不可能继续留在这里了。于是我锁上每一道屋门、每一扇窗户，还有房子的三道前门和后门。第二天早晨，阿尔希德整理好了我的小旅行包。我将自己的公寓交给他保管，随后就踏上了前往君士坦丁堡的东方快车。在随后的两年里，我游历了东方各地。在我和杰克的通信中，我们从没有提到过热娜维耶芙和鲍里斯。但渐渐地，他们的名字又出现在我们的笔下。我尤其清楚地记得杰克给我的一封回信。

　　你告诉我，当你卧病在床的时候，曾经见到鲍里斯
向你俯下身，感觉到他碰触你的脸，听到他的声音。这
当然令我深感困扰。你所描述的事情一定就发生在他去
世后的两个星期里。我对自己说，你是在做梦，是因为
发烧而神智昏聩。但这个解释无法令我满意。肯定也无
法让你满意。

　　到第二年快结束的时候，我在印度收到了杰克寄来的一封信。
那封信和他以前写给我的文字都不一样。于是我决定立刻返回巴
黎。他在信中写道："我很好，卖掉了我所有的画，就像所有艺术
家那样。艺术家不需要钱。我对自己也没有什么可以忧虑的地方。
但我变得更加坐卧不宁了。我没办法摆脱掉一种奇怪的焦虑——
关于你的焦虑。我不是在为你担忧。更确切地说，这应该是一种
令人喘不过气的期盼。只有上帝知道我在期盼什么。我只能说，
这种焦虑让我精疲力尽。每天晚上，我总是会梦到你和鲍里斯。
上次和你的交谈之后，我再也没有能回忆起任何新的东西，但我
每天早晨都会因心跳过速而惊醒。一整天时间里，这种兴奋的情

绪会不断增加，直到我晚上入睡，回忆起那时的体验。我的身体要被这种循环耗尽了。我决定打破这种病态的状况。我必须见到你。是我去孟买，还是你回巴黎？"

我给他发了电报，告诉他我会乘下一班轮船回国。

当我们见面的时候，我觉得他没有多少变化；他则坚持说我看上去好极了，一定非常健康。能够再次听到他的声音感觉真好。我们坐在一起，闲聊着我们仍然拥有的生活，感觉到能够活在这个明媚的春季实在是一件令人高兴的事情。

我们一同在巴黎逗留了一个星期，然后我又和他一起去卢森堡公园住了一个星期。不过我们首先去了赛弗尔的墓地。鲍里斯就埋葬在那里。

"我们应该将'命运三女神'放在他面前的小树林中吗？"杰克问道。我回答他，"我觉得只有'圣母像'可以照看鲍里斯的坟墓。"

就算我回来了，杰克的情况也丝毫没有好转。他无法忍受的那些梦境仍然在继续，没有丝毫缓和的迹象。他说，有时候那种让他喘不过气的期盼感可能真的会将他憋死。

"你也看到了，我对你只有害处，没有好处。"我说道，"改变一下，试试看没有我的生活吧。"于是他一个人去了海峡群岛†，我

_____

† 法国西北海岸附近。

则返回了巴黎。从回来直到现在，我都没有走进过鲍里斯的房子，也没有回过我的家。但我知道，这件事一定要有一个了结。杰克一直妥善管理着鲍里斯的房子，一直有仆人住在里面。所以我没有回自己的公寓，而是住进了鲍里斯的房子里。走进那里的时候，我发现自己的心中并没有像我所害怕的那样生出惊惧和不安。我发现自己甚至能够安静地在那里作画了。我去了那里的所有房间——只有一间除外。我没办法走进热娜维耶芙所在的大理石房间。不过我能感觉到心中的渴望在与日俱增。我想要看看她的脸，想要跪倒在她身旁。

四月的一个下午。我正在吸烟室做着白日梦——就像两年以前的那一天。我的双眼茫然地看着那些棕褐色的东方地毯，寻找那颗狼头。我觉得自己梦到了热娜维耶芙就躺在狼头旁边。那些头盔仍然挂在被磨出经线的挂毯上面。我看见了那顶老旧的高顶西班牙头盔。我还记得当我们用那些古代盔甲相互打趣的时候，热娜维耶芙曾经把那顶头盔戴在头上。我将目光转到小钢琴上。每一只黄色的琴键仿佛都映照出热娜维耶芙轻轻爱抚它们的小手。我站起身，从我的生命火焰中汲取出力量，来到大理石房间被封死的门前。沉重的门扇被我颤抖的双手推动，向内开启。阳光从窗户中照射进来，为丘比特的翅膀镀上了一层黄金，在圣母像的头顶上留下一圈光环。圣母柔美的面孔低垂着，满怀怜悯地注视着一尊极尽纯净的大理石像。我跪倒下去，凝神细看。热娜维耶芙平躺在"圣母像"的阴影中。在她雪白的手臂上，我看到了浅蓝色的脉络。她的双手轻轻叠在一起，手掌下的裙子略微透出一点玫瑰的色彩，仿佛她的胸中正有某种微弱而温暖的光芒透射出来。

© M. Grant Kellermeyer

我心碎地俯下身，用自己的双唇触碰她衣服上的褶皱。然后又回到这幢寂静的房子里。

　　一名女仆走过来，递给我一封信。我坐在一间小阳光房里，正准备将信封拆开，却看到那名年轻的女仆逗留不去。我便问她想要什么。

　　她有些踌躇地说，仆人在这幢房子里捉住了一只白兔。问我该怎么处理。我告诉她，把兔子放进房子后面花园的围墙里，然后就打开了信。信是杰克写的，但信中的文字越发显得语无伦次，甚至让我觉得他一定已经失去理智了。杰克似乎是在不停地祈祷，希望我没有离开这幢房子，直到他赶回来。他还说没办法告诉我是为什么。只是他做了很多梦。他说——他什么都解释不了，但他坚信，我绝对不能离开位于圣塞西尔街的这幢房子。

　　读过信之后，我抬起眼睛，又看到那名女仆站在门口，手中还捧着一个玻璃碗，里面有两条正游来游去的金鱼。"先把鱼放到缸里，再告诉我为什么又要来打扰我。"我说道。

　　她压抑住想哭的冲动，将手中碗里的水和鱼都倒进了阳光房深处的一个鱼缸里，然后转过身，问我是否可以离开了。她说有人在戏弄她，很明显是要找她的麻烦。那只大理石兔子被偷走了，房子里却出现了一只活兔子。两只美丽的大理石金鱼也不见了。

95

她却在客厅的地板上看到了两条正在扑腾的普通金鱼。我安慰了她，让她先离开，说我能够照顾好自己。然后我走进工作室。现在那里只有我的画布和一些铸模，以及那束大理石复活节百合。我看到它就在房间深处的桌子上，便恼怒地大步走过去。但我从桌上拿起的那朵花新鲜又脆弱，向空气中散发出一阵阵幽香。

突然间，我恍然大悟，立刻冲过走廊，奔向大理石房间。屋门被我撞开，阳光倾泻在我的脸上。透过这明艳的光辉，我看到圣母在微笑，显示着天堂的辉煌。热娜维耶芙仰起她红润的面庞，睁开了惺忪的睡眼。

巨龙之庭

In the Court of the Dragon

哦，你心中的火焰燃烧着那些人，

在地狱里，燃烧自己的人才能得喂养；

"怜悯他们吧，上帝！"这哭喊持续了多久？

为什么，你要教导谁？上帝为何又要知道？

在圣巴纳贝教堂里，晚祷已经结束，神职人员们都离开了圣坛。唱诗班的小孩子结队走过圣所，在自己的位置上站好。一名身穿华丽制服的看门卫兵正沿着教堂南侧的走道前进，每走四步就会用手杖敲响一次脚下的石板路面。他的身后走来了雄辩的布道者和大善人——主教C某。

我的椅子靠近圣坛栏杆，于是扭头向教堂西侧看去。圣坛和小讲坛中间的其他人都朝这里走过来。当教众们重新落座的时候，只响起了轻微的窸窣声。布道者一走上小讲坛的台阶，演奏的管风琴便自动停止了。

我一直都对圣巴纳贝的管风琴演奏有着很大的兴趣。虽然我很好学，而且颇有科学素养，但这些演奏对于我的微薄学识而言还是太复杂了。我只能感受到它表达出了一种生动而又冷酷的智慧。此外它还具有一种法兰西的气韵——品位至上、克制庄重、沉默寡言。

　　只不过，今天我从它的第一个和弦开始就感觉有些不对。它出现了变化，不好的变化，险恶的变化。在晚祷中，正是圣坛的管风琴成就了唱诗班优美的诗歌。但现在，就在那架大型的管风琴所在的西廊，仿佛有一只巨大的手毫无规律地伸过整座教堂，击打这清澈童音所造就的宁静气氛。这比刺耳的强烈噪音更加可怕，揭示出管风琴演奏非常缺乏技巧的事实。这种情况一次又一次地发生，让我不由得想到我的建筑书籍中提到过早年间的习俗。当唱经楼刚刚建起来的时候，就应该接受祝福。而这座正厅的完工比唱经楼还要晚大约半个世纪。它们都没有得到任何祝福。我禁不住有些无聊地想，这会不会是因为圣巴纳贝这个地方本应该是一座天主教堂，但一些不应该以此为家的东西可能已经不被察觉地进入了这里，占据了这里的西廊。我也在书中读到过这种事情。不过不是在建筑学的书籍里。

　　我回忆起，圣巴纳贝的历史刚刚超过了一百年。想到中世纪的迷信和这种风格欢快的十八世纪洛可可艺术是多么不协调地被我捏合在一起，我不由得笑了一下。

　　不管怎样，在晚祷结束之后，管风琴应该演奏出一些平静的曲调，可以配合我们等待布道时进行的冥想。但现在，这种不协调的声音随着神职人员的离去而从教堂较低的一端爆发出来，仿佛再没有什么东西能够克制住它了。

我属于年龄更大、更单纯的那一代人。我们这一代人不喜欢在艺术中寻求微妙的心灵感受。我也曾经拒绝在音乐中寻找任何意义，只是将它们当作悦耳动听的旋律。但在这架管风琴发出的迷乱声音中，我感觉到仿佛有什么东西正在遭到猎杀，管风琴的踏板上下跳跃，在追踪那东西，而用手指按压的琴键也在高声应和。可怜的恶魔！无论他是谁，似乎都没有希望逃走了！

我的精神从烦躁渐渐转变为愤怒。是谁在干这种事？他怎么可以在这种神圣的场合弹奏出这样的声音？我向身边的人瞥了一眼。没有人显示出哪怕是一星半点的困扰。向圣坛跪倒的修女们仍然眉目祥和，在她们白色头巾的浅淡影子中，虔诚的面容一如平日。坐在我身边的是一位穿着时髦的女士。她正满脸期盼地看着主教C某。如果从她的面容判断，无论是谁都会认为管风琴只是在完美地演奏着《圣母颂》。

终于，布道者在胸前画出十字礼，发出了演奏停止的命令。我高兴地将全部注意力都转向了他。从这个下午走进圣巴纳贝到现在，我都还没有能像自己希望的那样安心休息一下。

连续三个晚上的肉体磨难和精神困苦让我疲惫不堪。最后一个晚上尤其可怕。现在的我早已精疲力竭，意识麻木，却又变得异常敏感。于是我来到自己最喜爱的教堂寻求治疗。这一切都是因为我刚刚读了《黄衣之王》。

"日头一出，兽便躲藏，卧在洞里……"[†] 主教 C 某以平静的口吻开始了他的宣讲，同时不动声色地将教众们扫视了一遍。不知为什么，我的眼珠又向教堂较低的那一端转过去。风琴师正从那些长管后面走出来，沿着走廊向外面走去。我看到他消失在一道小门后面。那道门外的阶梯直接通向下方的街道。他的身材瘦长，面色苍白，和他的一身黑衣形成了鲜明的对比。"走得好！"我心中想，"赶快把你那邪恶的音乐带走吧！希望结束曲会由你的助手来演奏。"

我的心顿时放松下来，一种深沉的宁静感觉油然而生。我的目光再次转向小讲坛上那张平静的面孔，开始安心倾听布道。我的意识终于得到了久违的抚慰。

"我的孩子们，"布道者说，"有一个事实，是人类的灵魂最难以了解的，那就是灵魂没有任何值得畏惧的东西。它永远无法被看到，也就没有任何东西能够真正伤害它。"

[†] 见《圣经·旧约·诗篇》104:22。

"真是奇怪的学说！"我心中想，"一位天主教神父怎么会说这种话。让我们看看他要如何让这个说法符合圣父的约吧。"

"没有任何东西能够真正伤害灵魂，"他继续用那种最冷冽、最清澈的声音说道，"因为……"

但我再没有听到他随后的演讲。我的眼睛离开了他的脸。仍然不知是为什么，我又一次看向教堂较低的那一端。又是那个人，从管风琴后面走出来，以同样的方式经过了那道长长的走廊。但是，他根本不可能在这么短的时间之内走回去，而且我根本就没有看见他走回去啊。我感到一阵轻微的战栗。我的心在下沉。但不管怎样，他的来去和我没有关系。我看着他，无法让自己的视线离开他的黑色身躯和白色面孔。当他走到我正对面的时候，突然转过身，看向教堂，直盯住我的眼睛。他的眼神中充满了恨意，仿佛迸发出一种致命的强烈光芒。我从没有见过这样的眼睛。我只求上帝的保佑，让我再也不会看到他！然后，他就穿过同样的那道门消失了——我在不到六十秒以前刚刚看过他走出那道门。

我坐在椅子上，努力整理自己的思路。我的第一个感觉就像是一个非常幼小的孩子受了严重的创伤，屏住呼吸，马上就要哭出来了。

突然发现自己成为这样一种恨意的目标，真是一件极其痛苦的事情。而且我根本就不认识那个人啊，为什么他会这样恨我？他以前肯定也从没有见过我。片刻之间，其他一切感觉都汇聚在这种痛苦之中：连恐惧也被痛楚压倒了。就在这一刻，我的心中没有半点怀疑。但随后，我开始理性地思考，于是看出了自己的所思所想是多么荒谬。

就像我说过的，圣巴纳贝是一座现代教堂。它的规模不大，照明也很充足。一个人只要一瞥就能将它的内部情况尽收眼底。管风琴走廊就位于一排高大的窗户下面。那排窗户甚至不是彩色玻璃的，充足的阳光将这条走廊照射得相当明亮。

小讲坛位于教堂的正中央，只要我看向小讲坛，就绝不会错过教堂西端的任何动静。所以当那名风琴师走出来的时候，我自然会看到他。我只是算错了他第一次和第二次经过的时间间隔。他上一次出去之后一定是从另一道侧门进来的。至于说那令我深感不安的一眼瞪视，应该压根儿就没有发生过，我不过是一个过度紧张的傻瓜。

我抬眼四望。这哪里是一个会藏匿超自然恐怖的地方！主教C某仪容整洁，神情中充满理性的光辉，一举一动泰然自若，轻松优雅。如果这里真的存在着某种令人胆寒的神秘力量，为什么他丝毫没有受到影响？我向他的头顶上方瞥了一眼，几乎笑出了声。小讲坛的篷盖就像大风中的一块流苏锦缎桌布，一位飘飞的天使正支撑着篷盖的一角。如果真的有一条蛇怪盘踞在管风琴之中，天使一定会用自己的黄金喇叭指向它，一口气便将它吹得不复存在！这种不切实际的想象让我不由得冲自己笑了笑。我坐在教堂里和自己开着玩笑，一边还在大惊小怪。我觉得这非常有趣。栏杆外面的那个老鸟身女妖让我付出了十生丁[†]的价格才给了我这个座位。我告诉自己，和那个有贫血病面色的风琴师相比，她才更像一条蛇怪。我的思绪从那个凶狠的老妇人转回到主教C某的身上。唉！是的，我现在已经没有半点虔敬之心了。我一辈子都没有做过这种事，但现在我觉得自己非常需要开个玩笑。

至于说这场布道，我已经一个字都听不下去了。我的耳边只是凌乱地回响着：

碰到了圣保罗的袍子，

向我们宣讲了那六节大斋期的布道。

他比往日更加虚伪地宣讲道……^{††}

---

† 旧货币单位，一法郎等于一百生丁。
†† 典出英国伟大诗人罗伯特·勃朗宁的诗歌。

我的脑子里只是回旋着那些最神奇和最不敬的想法。

继续坐在这里已经没有任何用处了。我必须走出门去，让自己摆脱这种可恨的精神状态。我知道这样做实在是有失礼仪，但我还是站起身，离开了教堂。

春天的阳光照耀在圣奥诺雷街。我跑下教堂的台阶。街道拐角处有一辆两轮售货车，上面装满了来自里维埃拉的黄色丁香水仙和浅色紫罗兰，还有深色的俄国紫罗兰、白色的罗马风信子。所有这些花朵都被包裹在金色含羞草的云雾中。街道上全是礼拜日出来找乐子的人。我晃动着手杖，和大家一同欢笑。有人从我身边走了过去。他甚至没有回头看我一眼，但我只是从他的身影中感受到了像教堂里那双眼眸一样刻骨的恨意。我一直看着他消失在人群中。他颀长的背影给我一种同样的威胁感。他和我拉远距离的每一步仿佛都在带他去做某一件能够将我彻底摧毁的事情。

我开始缓步前行。我的双脚几乎拒绝移动，但一种责任感在牵引着我，那似乎关系到一件被我忘记很久的事。我渐渐觉得，他对我的威胁似乎并非毫无道理——这要一直追溯到过去，很久很久以前的过去。这些年里，这件事一直处在蛰伏的状态。但它一直都存在着，而现在，它苏醒过来，要与我正面相对。但我会努力逃走。我在里沃利街上竭尽全力、磕磕绊绊地走着，经过协和广场，向堤道走去。我用虚弱的眼睛仰望太阳。阳光穿过喷泉的白色泡沫，倾泻在昏暗的青铜河神们的脊背上。远处的凯旋门如同一片紫水晶的雾气。数不清的灰色树干和光秃秃的枝条上已经隐约泛起了绿色。这时我又看到他向女王路旁边许多红棕色的巷子中的一条走了进去。

　　我离开河边，盲目地快步走过香榭丽舍大街，转向凯旋门。落日正将最后的光芒照射在圆形广场的绿色草坪上。在一片光亮之中，他正坐在一张长凳上，周围全是小孩子和年轻的母亲。看上去，他不过是一个在礼拜日闲逛的家伙，和其他人一样，也和我一样。我几乎把这个想法说了出来。但与此同时，我一直注视着他充满恨意的脸。他没有看我。我悄悄走过去，拖着沉重的双脚走上香榭丽舍大道。我知道，每一次我和他相遇，都会让他更接近于完成他的目标。我的命运也向毁灭更靠近了一步。但我要努力拯救我自己。

　　落日的余晖穿过高大的凯旋门。我从门下经过，面对面遇到了他。我曾经在香榭丽舍大道上甩掉了他，他现在却随着从对面过来前往布洛涅森林公园的人流走了过来。他和我的距离是这么近，实际上我们根本就是擦身而过。他纤细的身躯仿佛一根被宽松的黑色布料包裹的铁柱。他没有表现出任何匆忙的样子，也没有疲惫的感觉。简而言之，他似乎没有任何人类的气息。他的整个存在都只是表达了一件事：摧毁我的意志，以及力量。

我在巨大的苦恼中看着他。他还在人潮汹涌的宽阔大道上行走。大街上到处都是流动的车轮和马匹，还有共和国卫队士兵的头盔。

我很快就看不见他了。他应该是进入了森林公园，然后就不知道去了哪里。我不知道自己该朝哪个方向走。我觉得仿佛经过了很长一段时间，夜幕已经落下，我发现自己正坐在一家小咖啡馆的桌子旁。我也回身走进了森林公园。从我上次遇见他到现在已经过去了几个小时。我感觉身体极度疲乏，饱受困扰的精神让我再没有力量去思考和感受。我累了，实在是太累了！我渴望着能够躲藏进我的巢穴里，我决定回家去，但家距离这里还有很远。

我住在巨龙之庭，一条狭窄的巷子，从雷恩街通到巨龙街。

那里可以说是一处"狭路"，人们只有徒步才能进入。巷子在雷恩街上的出口处有一个阳台，由一头铸铁龙支撑着。巷子两旁全是老旧的高楼。在靠近巷口的地方，两侧的楼房距离更近，让巷子变得更加狭窄。巷子的两个出口都有大门，白天的时候，高大的门扇会被打开，嵌入拱廊深处的墙壁里。在午夜之后大门关闭，

Gaston Poindras

将这条巷子封闭。这时还想要进入巨龙之庭的人就必须拽响侧旁一道小门的门铃。在这里，沉陷的石板路面上能看到不少臭水坑。坡度很陡的台阶向下通往一道道朝巷子里打开的门户。这里房屋的一层都是一些出售二手货品的店铺和铁匠作坊。白日里，这个地方永远不会缺少铁锤敲击和金属碰撞的声音。

虽然街面上散发着臭气，但在艰苦诚实的工作之上，这里的生活还是欢快而舒适的。

五层楼之上是建筑师和画家的工作室。还有像我这样的中年学生想要单独生活的隐秘之地。当我刚刚来到这里居住的时候，我还年轻，而且不孤独。

我必须走上一段路，才能找到交通工具。终于，当我几乎要再次走到凯旋门的时候，一辆空的出租马车从我身边经过，我便坐了上去。

从凯旋门到雷恩街，车子要行驶超过半个小时，尤其是拉着这辆车的已经是一匹经过了一整个周日的劳碌，现在同样疲惫不堪的马。

所以，在我从巨龙的翅膀下走过以前还要经历一段时间，应该会一次又一次地遇到我的敌人。但我再没有看到他。而现在，避难所已经近在眼前了。

在宽阔的大门前，有一小群儿童正在游戏。我们的看门人和他的妻子牵着他们的黑色贵宾犬，也和孩子们在一起，似乎是在维持他们的纪律。一些情侣正在旁边的步道上跳着华尔兹。我回应了他们的问候，然后便匆匆走了过去。

巨龙之庭中的所有居民似乎都到街上去了。现在这个地方显得很有些空旷，只有高高悬挂的几盏煤气灯作为照明，灯中的火苗显得异常昏暗。

我的公寓位于巷子中段一幢楼的顶层。那里的一条楼梯几乎能够一直通到街上，只有几条岔路和它连在一起。我的一只脚踏在了楼梯口的门槛上。这条友善的、老旧的楼梯就在我面前逐级上升。沿着它走上去，我就能得到庇护和休息。我从右侧的肩膀回头看了一眼。我看见了他，就在十步开外。他一定是跟着我进入了巨龙之庭。

这一次，他直接向我走过来，脚步不快也不慢，每一步都在向我逼近，没有任何差错。他的眼睛直视着我。这是我们在教堂中四目相对之后，他第一次和我的正面对峙。我知道，时刻到了。

我向后退去，一步步后退到庭院深处。自始至终，我一直面对着他。我很想从巨龙街那边的出口逃走。他的眼睛却告诉我，我绝不应该转身奔逃。

这个僵局仿佛持续了许多个世纪。我后退，他前进，在绝对的寂静中一步步深入庭院。终于，我感觉到了巨龙街一端拱门的影子。下一步，我已经站到了拱门下方。我要在这里转身，跑进街道中去。但我身后不是一道敞开的大门，而是一间封死的墓室——通向巨龙街的门扇已经关闭了。包裹我的黑暗让我感觉到了这一点。与此同时，我在他的脸上看到了同样的想法。他的面孔怎么会在黑暗中发光，怎么会如此迅速地向我逼近！这个黑暗的门洞，在我身后关闭的大门，门上冰冷的铁闩。所有这一切都成了他的帮凶，他的威胁正在成为现实。毁灭的力量在深不可测的暗影中凝聚，向我压迫过来。而这力量攻击我的起点就是他那双来自地狱的眼睛。我绝望地靠在被封死的门板上，准备迎接他的攻击。

一阵椅子脚摩擦石板地面的声音，随后是教众们起立的窸窣声。我能听到看门卫兵的手杖敲击南侧走道的地板，他将引领主教 C 某前往神职人员的更衣室。

跪在地上的修女们结束了虔诚的冥思，站起身，行礼之后便离开了。我身边的那位时髦女士也以优雅矜持的姿态站了起来。她离开的时候还瞥了我一眼，目光中带着不以为然的神色。

我觉得自己已经是半死的状态了，同时却又能够强烈地感觉到生命的每一点细节。我仍然坐在椅子里，看着人们不慌不忙地移动。片刻之后，我才站起身，向门口走去。

原来我在布道的时候睡着了。我真是在布道的时候睡着了？我抬起头，看到他经过走廊前往他的位置。我只看到了他的侧面。那细长而弯曲的手臂被黑衣包裹，看上去就像恶魔的肢体，或者被丢在中世纪城堡内废弃行刑室里的无名器械。

但我已经逃出了他的威胁。尽管他的眼神在对我说，我不应该这样做。我真的逃过他的威胁了？那个让他有力量摧毁我的东西从沉睡中醒来了，我本来希望它能够一直沉睡下去。现在我认出他了。死亡和迷失灵魂的恐怖之乡——我的软弱早已从那里将他派遣出来。它们改变了他在别人眼中的样子，我却依旧能够将他识别出来。几乎从一开始，我就认出了他。我从没有怀疑过他前来的目的。现在我知道了，当我的身躯安全地坐在这个充满欢乐的小教堂中时，他却在巨龙之庭猎杀我的灵魂。

我悄然向门口走去。管风琴突然在我的头顶上方爆发出洪亮的乐音。灿烂夺目的光芒充满了整座教堂，让我连祭坛都无法看见。所有的人影，拱门和穹顶都消失了。我抬起被灼伤的眼睛，迎上那无法理解的瞪视。我看到黑色星辰高悬在天空中，哈利湖潮湿的风让我的脸感到一阵寒意。

© M. Grant Kellermeyer

现在，隔着遥远的距离，越过云层翻滚的无垠波浪，我看到月光与浪花一同滴落，更远处，卡尔克萨的高塔屹立在月亮之后。

死亡和迷失灵魂的恐怖之乡，我的软弱早已派他前来，还改变了他在其他所有人眼中的模样。现在，我听到了他的声音。那声音从无到有，从弱到强，如雷霆般震撼着这夺目的强光。当我倒下的时候，这光越来越强，如同连续不断的火焰一波波向我涌来。我沉入了深渊，听到黄衣之王对我的灵魂悄声说道："落入活着的神手中，实在是一件可怖的事情！"

CARCOSA

黄色印记

The Yellow Sign

让红色黎明猜测

我们会做些什么，

当蓝色星光熄灭时

一切都将结束。

I

一封寄给作者的无署名信件。

这个世界竟然有这么多根本不可能得到解释的事情！为什么一些音乐的和弦会让我想到褐色和金色的秋日树叶？为什么圣塞西尔教堂的弥撒会让我的思绪游荡在那些墙壁上闪耀着一团团纯银碎片的巨大洞穴中？在百老汇大街六点钟的喧嚣和混乱中，为什么我的眼前却会突然出现静谧的布列塔尼森林透过春天的树叶洒落下来的阳光？西尔维娅俯下身仔细端详一只绿色的小蜥蜴，半是好奇，半是温柔地喃喃道："这也是上帝创造的一个小世界啊！"

当我第一次看到那个看门人的时候，他正背对着我。我对他并没有过多的留意。对我而言，他不过是那天上午在华盛顿广场闲逛的一个普通人。当我关上窗户，转身进入我的工作室时，我已经忘记他了。那天下午接近傍晚的时候，天气相当暖和，我再一次来到窗前，探出身躯想要呼吸一口新鲜空气。一个人正站在教堂的院子里，让我又注意到了他，但还像上午一样，他没有引起我的任何兴趣。我的目光越过广场，落到了喷泉上面。我本就散乱模糊的注意力全在那些树木、柏油路、照顾幼儿的少女和出来度假的人们身上。一段时间之后，我想要回到自己的画架前面。当我转身的时候，我的眼睛却在无意中瞥到了那个还在教堂墓地里的人。现在他的脸正转向我，随着一个完全是下意识的动作，我俯身朝他望过去。与此同时，他抬起头，看向了我。我立刻就想到了棺材里的蛆虫。我不知道那个人为什么会让我如此反感，但我的意识完全被一条肥胖的墓穴里的白色蠕虫充满了。我的心中充满了强烈的厌恶感，而且这种感觉一定在我的表情中流露了出来——那个人转开了自己肿胀的面孔。他的动作让我想到了一条躲在栗子里面，受到惊扰的虫子。

我回到自己的画架前，示意模特重新摆好姿势。工作了一段时间之后，我满意地发现自己正在以最快的速度毁掉自己已经画好的成果。于是我拿起调色刀，再一次刮掉了画布上的油彩。皮肤的色调已经接近于蜡黄色，显得很不健康。我真不明白自己怎么会把如此病态的颜色画进了一个之前还闪耀着健康色彩的形

© M. Grant Kellermeyer

象中。

我看了看黛希。她并没有任何改变。当我皱起眉头的时候，她的脖颈和面颊上便清晰地泛起了一层健康的血色。

"我做了什么事吗？"她问道。

"不，我把手臂画坏了。凭我一生的经验，我都搞不清楚自己是怎么把这种泥巴颜色画在画布上的。"我回答道。

"我的姿势正确吗？"她还在问。

"当然，非常完美。"

"那么就不是我的错了？"

"不是，是我的错。"

"我替你感到伤心。"她说道。

我告诉她可以休息了，然后我拿起抹布和松节油，

要去掉画布上那些不健康的斑点。她出去抽了支香烟，看看《法兰西信使报》上的图片。

我不知道是松节油还是这块画布的问题，我越是擦抹，那块仿佛坏疽一般的痕迹就越是向四周扩展。我像河狸一样努力工作，想要把它去掉，但这块瘢痕却在我眼前从人像的一个肢体扩展到另一个肢体。我心生警惕，越发竭尽全力要控制住它。但现在，人物胸部的颜色也改变了，整个人物仿佛都在吸收这种问题，就好像海绵在吸水。我轮流使用调色刀、松节油和刮刀，想象着应该对卖给我这些画布的杜瓦尔施加怎样的诅咒。但很快我就注意到，这不是因为画布有缺陷，也不是爱德华的油彩不合格。"一定是松节油了，"我恼怒地想，"否则就是我的眼睛变模糊了，被下午的阳光给扰乱了，根本看不清楚颜色。"我叫回了模特黛希。她走过来，靠在我的椅子上，向半空中吹出一个烟圈。

"你对它做了什么？"她惊呼道。

"什么都没做。"我怒气冲冲地说，"一定是这个松节油搞的鬼！"

"这是什么可怕的颜色啊，"黛希继续说道，"你以为我的肤色和绿奶酪一样吗？"

"我当然不这么以为。"我气愤地说，"你以前看到我画出过这种东西吗？"

"的确没有！"

"对啊，那不就得了！"

"一定是松节油，或者其他什么地方出了问题。"黛希附和道。

她披上一件日式长袍，走到窗前。我又是刮又是擦，直到自己也累了。最终，我拿起所有画刷，狠狠地用它们砸穿了这块画布。我的怒骂随即传入黛希的耳中。

她立刻就对我说道："好啦！就知道骂人、做蠢事，还有毁掉你的画刷！你为这幅画已经辛苦了三个星期。现在看看！把画布撕碎又有什么用？画家到底都是些什么样的生物！"

就像每一次这样爆发之后一样，我很为自己感到羞愧。我将被毁掉的画布转向墙壁。黛希帮助我清理了画刷，然后就蹦蹦跳跳地去穿衣服。她从屏风后面向我说着宽慰的话，给了我能够多多少少平息一些火气的建议，直到她可能是觉得我已经受够折磨了，便从屏风后面走出来，求我给她系上背后腰间她够不到的扣子。

"你从窗边回来，谈起在教堂墓地里看到的那个相貌恐怖的家伙之后，一切就都变得不正常了。"她说道。

"是的，有可能是他给这幅画施了魔法。"我说着打了个哈欠。低头看了看表。

"已经过了六点了，我知道。"黛希一边说，一边在镜子前调整帽子。

"是的，"我回答道，"我没想要留你这么长时间的。"我将身子探出窗户，又立刻厌恶地缩回来。那个有一张苍白面孔的年轻人正站在下面的教堂墓地里。黛希看到我激动的反应，也向窗口凑过来。

"你不喜欢的就是那个人？"她悄声问。

我点点头。

"我看不见他的脸，但他看上去的确是又胖又软。不管怎样，"她一边说，一边转过头看着我，"他让我想起了一个梦，一个我做过的很可怕的梦。或者……"她嘟囔着，低头看向自己曲线优美的鞋子，"真是一个梦吗？"

"我怎么知道？"我微笑着说。

黛希也以微笑回应我。

"你也在那个梦里，"她说道，"所以，也许你知道些什么。"

"黛希！黛希！"我表示抗议，"不要说什么梦到过我，这种话没办法讨好我！"

"但我的确做过这样的梦。"黛希坚持说，"我是不是应该和你说说那个梦？"

"好吧。"我说着点燃了一根香烟。黛希靠在窗户敞开的窗台上，非常认真地开了口。

"去年冬天的一个晚上，我正躺在床上，脑子里没有想着什么特别的事情。我白天一直在为你摆姿势，已经累坏了。不过我还是一点睡意都没有。我听到城里的钟楼敲响十点，然后是十一点、午夜。我一定是在午夜时睡着了，因为我不记得听到过随后的钟声。我应该是刚刚合上眼睛，就梦到有什么东西驱使我来到了窗前。我推起一扇窗户，向外探出身去。第二十五大街上看不见一个人影。我开始感到害怕。窗外的一切看上去都是那么……那么黑，让人不舒服。然后车轮的声音渐渐从远方传入我的耳中。我有一种感觉，仿佛那就是我必须等待的。车轮非常缓慢地向我靠近。终于，我能够看到有一辆马车在街上移动。它越来越近。当它从我的窗口下面经过时，我看到那是一辆灵车。我在恐惧中全身颤抖。而那辆车的车夫向我转过来，直盯着我。我醒来的时候，发现自己正站在敞开的窗前，因为寒冷而不停地打着哆嗦。但那辆装饰着黑羽毛的灵车和车夫都已经不见了。我在三月份再一次做了这个梦，再一次在敞开的窗前醒来。昨天晚上，这个梦第三次出现。你一定记得那时正在下雨。我醒来的时候，站在窗前，我的睡衣浸透了雨水。"

"但我又在这个梦的什么地方？"我问道。

"你……你在车上的灵柩里。但你没有死。"

"在棺材里？"

"是的。"

"你怎么知道的？你能看见我吗？"

"不，我只是知道你在那里。"

"你是不是吃了威尔士干酪吐司？或者是龙虾沙拉？"我开始笑了起来，但这个女孩用被吓坏的哭喊声打断了我。

"嗨！出什么事了？"我说道。而黛希已经缩到了窗户旁边。

"那个……下面教堂墓地里的那个人，就是他在赶着那辆灵车。"

"胡说！"我说道。但黛希瞪大的眼睛里充满了恐惧。我走到窗前，向外望去。那个人不见了。"好了，黛希，"我说道，"别犯傻了。你摆了太长时间的姿势，变得有些紧张了。"

"你以为我能忘记那张脸吗？"她喃喃地说道，"我三次看到灵车从我的窗户下面经过。每一次那个车夫都会转过头来看我。哦，他的脸怎么会那么白？浮肿得那么厉害？看上去就好像很久以前就死了。"

我让女孩坐下来，给她倒了一杯马沙拉白葡萄酒，让她喝下。

然后我坐到她身边，试着给她一些建议。

"听着，黛希，"我说道，"你应该去乡下住上一两个星期。那样你就不会再梦到什么灵车了。你摆了一整天的姿势，到了晚上，你自然会感到紧张不安。这不是你能控制的。再加上你在白天的工作结束以后并没有好好睡觉，而是跑去了苏尔泽公园的野餐会，要不就是去了埃尔多拉多或者康尼岛。第二天你回到这里的时候，已经完全精疲力尽了。那根本不是什么真正的灵车，那只是一个关于软壳蟹的梦。"

黛希露出虚弱的微笑。

"那么教堂墓地里的那个人呢？"

"哦，他只是个普通人，不太健康，每天我们都会遇到这种人。"

"我向你发誓，斯科特先生，那个梦就像我的名字是黛希·丽尔顿一样真实。下面教堂墓地里的那个人的脸就是赶灵车人的脸。"

"这到底是怎么回事？"我说道，"我知道你不会骗我。"

"那么你相信我的确看到了那辆灵车？"

"哦，"我以外交辞令说道，"如果你真的看见了，也不太可能是下面的那个人在驾驶马车。不过这种事不管怎么说也没什么意义。"

黛希站起身，展开自己的香味手帕，从里面拿出一块口香糖，放进嘴里，又戴上手套，向我伸出手，直白地说了一句："晚安，斯科特先生。"就走出了房间。

II

第二天早晨，大厦门童托马斯给我送来了《先驱日报》和一点街上的传闻——旁边的那座教堂被卖掉了。我暗自感谢了老天。这并非是因为我作为一名天主教徒对隔壁的教众活动有任何反感，而是那边有一个过度亢奋的布道者简直要把我的神经给扯碎了。他回荡在那座教堂过道里的每一个字仿佛都是在我的房间里喊出来的，而且他永远不变的鼻音让我的每一点直觉都极度反感。而且那里还有一个人形魔鬼——一名风琴师，他会以自己的理解让庄严而古老的韵律扭曲变形。我一直渴望着能够要了那个怪物的命。那家伙能够把对上帝的颂歌割裂成无比琐碎混乱的和弦。就算是刚刚入行的学生也很少能把管风琴演奏成那种样子。我相信那里的神父是个好人，但是当他吼出"主主主主主对摩西说，主主主主主是战争的主宰；主主主主主是他的名。我的怒火将灼热地燃烧，我将用剑杀死你"的时候，我真不知道要经过多少个世纪的炼狱火焰才能让他赎清这份罪行。

"谁把那幢房子买走了？"我问托马斯。

"我不知道，先生。他们说那位绅士还拥有能够从这里直接看到那座教堂的汉密尔顿套房。他也许会在那里建造更多的房子。"我走到窗前，那个面色极不健康的年轻人就站在教堂墓地的大门旁边。只是看了他一眼，那种压倒性的恶心感觉就完全占据了我的心神。

"顺便问一句，托马斯，"我说道，"下面那个家伙是谁？"

托马斯愣了一下。"那边的那条虫子吗，先生？他是教堂的守夜人，先生。他让我很反感。他会整夜坐在台阶上，用冒犯的眼神看着您这里。我真想狠狠给他的脑袋来上一拳。先生，抱歉说粗话了，先生。"

"继续说，托马斯。"

"一天晚上，我和哈利从外面回来——就是另外那个英国男孩。我看到他就坐在那边的台阶上。当时莫莉和简也和我们在一起，先生，就是那两个端盘子的女孩。他用那种冒犯人的眼神看我们。我就走过去说：'你在看什么，你这个肥蛞蝓？'请原谅，先生，但我当时就是这么说的，先生。他没有回话。我就又说道：'过来，让我给你的布丁脑袋来一拳。'然后我就推开墓园门走了进去。他还是什么话都不说，只是用那种冒犯人的眼神看着我们。我就给了他一拳。嘿！他的脑袋真是又冷又黏，只是碰他一下都让我觉得恶心。"

"然后他做了什么？"我好奇地问。

"他？什么都没做。"

"那么你呢，托马斯？"

这个年轻人因为羞愧而满面通红，嘴角露出不安的微笑。

"斯科特先生，我不是懦夫，但我完全搞不清楚自己为什么要逃跑。我曾经在第五骑兵团服役，先生。我在埃及的泰勒凯比尔当过司号手，打过仗，还挨过枪子儿。"

"你不是要说你逃走了吧？"

"是的，先生，我逃走了。"

"为什么？"

"这正是我想要知道的，先生。我抓住莫莉，撒腿就跑。其他人也像我一样害怕。"

"那他们又在害怕什么？"

一段时间里，托马斯拒绝回答我的问题，但现在我的好奇心已经被他勾起，我想要对下面那个令人反感的年轻男子有更多了解，于是我不断地逼问他。托马斯已经在美国旅居了三年，这并没有改变他的伦敦东区口音，却给了他害怕被嘲笑的美国人脾气。

"你不相信我吗？斯科特先生？"

"不，我相信你。"

"你会笑话我吗，先生？"

"胡说，当然不会！"

他又犹豫了一下，"嗯，先生，这是上帝见证的事实，我击中他的时候，他抓住了我的手腕，先生。当我从他那只柔软黏腻的手中挣脱出来的时候，他的一根手指也掉下来了。"

托马斯表情中那种纯粹的厌恶和恐惧一定也反映在了我的脸上，所以他才又说道：

"那太可怕了。现在我一看见他就会远远地躲开，他让我感觉很不舒服。"

托马斯走后，我又来到窗口前。那个人就站在教堂的栅栏后面，双手放在栅栏门上。我急忙退回到我的画架前，感到恶心和恐惧——因为我看见他的右手中指不见了。

九点钟的时候，黛希来了。随着一声欢快的"早上好，斯科特先生"，她消失在屏风后面。片刻之后，她走出屏风，登上模特台，摆好姿势。我换了一块新画布。她一定也很高兴我这么做。我作画的时候，她一直保持着安静。但是当炭笔一停，我拿起定影剂的时候，她就开始聊起天来了。

"哦,昨天晚上我真是度过了美好的一夜。我们去了托尼·帕斯托那里。"

"'我们',还有谁?"我问道。

"哦,麦琪,你认识她。是怀特先生的模特,还有小粉红麦克米克。我们叫她小粉红,是因为她有一头你们画家爱得要死的美丽红发,还有丽琦·玻克。"

我将定影剂洒在画布上,一边说道:"那然后呢?"

"我们看到了凯利和跳长裙舞的贝比·巴恩斯——还有其他人。我们痛快地过了一个晚上。"

"然后你就回到我这里来了,黛希?"

她笑着摇了摇头。

"爱德,他是丽琦·玻克的兄弟。他真是个完美的绅士。"

我觉得有必要给黛希一些那种来自父母的教育,比如该如何在外面过夜。对于我的这番苦心,黛希只是给了我一个明媚的微笑。

"哦,我能够处理好和陌生人的聚会。"她一边回答,一边看了看自己的口香糖,"但爱德可不一样。丽琦是我最好的朋友。"

然后,她讲述了爱德怎么从马萨诸塞州洛厄尔的袜子织造厂回来,发现她和丽琦都长大了,而他也成了一个多么有能力的年轻男子。他是怎样想也不想,就用半美元买了冰激凌和生蚝,庆祝他成为梅西百货公司毛纺部门的职员。不等黛希说完，我已经又开始了作画。她重新摆好姿势，微笑着，像一只小麻雀一样继续说个不停。等到中午的时候，我已经将人像多余的线条擦除干净，黛希走过来看了看。

"这样好多了。"她说道。

我也是这么想的。吃午餐的时候，我感到心满意足，感觉一切都好起来了。黛希将她的午餐摆在画桌上，和我相对而坐。我们喝着同一支瓶子里的干红葡萄酒，用同一根火柴点燃了香烟。我非常迷恋黛希。我曾经亲眼看着她从一个瘦弱笨拙的小孩突然就长成了一位亭亭玉立、精致可人的女子。她作为我的模特已经有三年了。在我所有的模特之中，她是我最喜爱的。如果她变得过于"强悍"或者"轻浮"，我肯定会深受打击，不过我还从没有察觉到她的气质有任何恶化的情况，我从心底里认为她很完美。她和我从没有讨论过任何道德问题，我也不打算这么做。一部分原因是我自己也没有什么道德品行可言；另一部分原因是我知道，无论我怎么说，她都只会我行我素。不过我还是希望她能够在这个复杂的世界中安然前行，因为我希望她一切都好。同时我也有很自私的想法，那就是能够一直拥有这个最优秀的模特。我知道她所说的聚会对于像黛希这样的女孩不是什么好事情，而且这种事在美国和在巴黎完全不一样。不过，我不会遮住我的眼睛，我知道总有一天会有人将黛希带走——无论以什么样的方式。尽管我曾经公开声明婚姻就是一种胡闹，但我真心希望黛希在未来的日子里能够站到一位神父面前。我是一名天主教徒，当我望弥撒时，当我奉行与上帝的约，我感觉世间的一切，包括我自己都变得更加美好。当我忏悔时，我感觉受益匪浅。像我这样独身生活的人一定要向某个人忏悔。西尔维娅也是天主教徒，这个理由对我已经足够了。但我是在说黛希，这就完全不同了。黛希同样是天主教徒，而且比我虔诚得多。所以总的来说，我并不是很害怕我美丽的模特会出事，除非她坠入了爱河——我知道，这样的命运将决定她的未来。所以我在心中祈祷，命运能够让她远离像我这样的人，将她的道路引向爱德·玻克和吉米·麦克米克，祝福她甜美的脸蛋吧！

黛希朝天花板吐着烟圈，摇晃手中的玻璃杯，让里面的冰块叮叮当当地响着。

"你知道吗，孩子，我昨晚也做了一个梦。"我说道。有时候我会称她为"孩子"。

"不是关于那个家伙的吧。"她笑着说。

"的确。这个梦和你的梦很相似，而且更加可怕。"

我不假思索地说出这种话，其实很愚蠢，但谁都知道画家是多么不讲究人情世故。

　　"我一定是在大约十点钟的时候睡着的，"我继续说道，"过了一段时间，我梦到自己醒过来了。那时的梦境非常清晰，我听到了午夜的钟声，风吹过树枝的声音，还有港湾中传来的轮船汽笛声。直到现在，我还不太能相信自己那时是在做梦。我仿佛躺在一只箱子里。箱子的盖子是玻璃的。我能够模糊地看见一盏盏街灯从头顶上方经过。黛希，我必须告诉你，盛载我的箱子似乎是被放在一辆带软垫的马车上。我能感觉到车轮在石板路面上的颠簸。又过了一段时间，我开始变得不耐烦，想要在箱子里动一动，但那只箱子太窄了。我的双手交叉放在胸前，所以我无法用它们撑起身子。我仔细倾听，又尝试喊叫。我的声音消失了。我能够听到拉车的马蹬踏地面，甚至能听到车夫的呼吸声。这时又有一种声音传入我的耳中，像是有窗扇被推起来。我努力转过了一点头，发现自己能够看到。我的视线不仅能够透过玻璃箱盖，还能看穿这辆车侧面的玻璃护板。我看到了一些房子，空洞又寂静，里面既没有灯光，也没有生命。但有一幢房子与众不同，那幢房子的一层有一扇窗户被打开了，一个全身白衣的人影在俯视街面。那就是你。"

黛希将脸转开，用臂肘撑住桌面。

"我能够看见你的脸，"我继续说道，"那张面孔显得格外哀伤。马车很快就从你的面前经过，进入了一条黑色的窄巷子，拉车的马停住脚步。我等了又等，在恐惧与急躁中闭上眼睛。但一切都安静得好像坟墓一样，我觉得仿佛已经过了几个小时，这让我越来越不舒服。突然，我感觉到好像有人在靠近，于是我睁开了眼睛，看到车夫苍白的面孔正透过棺材盖看着我……"

黛希的一声呜咽打断了我的叙述。她颤抖得如同一片树叶。我知道自己做了蠢事，只能努力试图修复伤害。

"没什么的，黛希，"我说道，"我告诉你这个只是要让你知道，你的故事有可能会影响到别人的梦。你不会以为我真的躺在棺材里吧？你会吗？你为什么要发抖？难道你没有看出来，这只不过是因为你的梦和我对于那个跟我并没有什么关系的教堂看门人毫无理由的厌恶纠缠在一起，在我入睡的时候对我的脑子造成了影响。"

黛希将头埋在双臂之间，不住地抽噎着，仿佛心都碎了。我简直比驴还要蠢三倍！但我可能还在变得更蠢。我走过去，伸出一只手臂搂住黛希。

"黛希亲爱的，原谅我。"我说道，"我完全不想用这样的胡言乱语吓到你。你是一个很敏感的女孩，是一位坚贞的天主教徒，不应该相信梦里的东西。"

黛希的手紧紧握住我的手，她的头落在了我的肩膀上，但她的身子还在颤抖。我不停地拍抚她，安慰她。

"好了，黛希，睁开你的眼睛笑一笑。"

黛希缓缓睁开双眼看着我。但那两只眼眸中透射出的神情是如此怪异，我急忙又开始努力安慰她。

"我都是在骗你的，黛希。千万不要担心你会因此而受到什么伤害。"

"不。"黛希红嫩的嘴唇还在不停地抖动着。

"那么还有什么可担心的？你还在害怕吗？"

"是的，不是为我自己害怕。"

"那是为了我？"我不以为然地问道。

"为了你，"她用微不可闻的声音喃喃地说道，"我……我在乎你。"

一开始，我想要大笑两声，但是当我明白了她的意思，一阵惊骇立刻涌过我的全身，我坐了下去，仿佛变成了一尊石像。我真是白痴到了极点。时间卡在她的表白和我的回答之间，一分一秒地流逝着。对于这纯洁的告白，我想了一千种回应的方式。我能够打个哈哈就蒙混过去；我能够误解她的意思，在保护好自己的前提下尽量安慰她；我能够简单地向她指出，她是不能爱上我的。但我的回答要比我的想法更快。我也许在思考，也许现在仍然在思考，但思考已经太迟了，我吻了她的嘴唇。

那天傍晚，我像平日里一样在华盛顿公园散步，考虑今天发生的一切。我已经下定了决心，现在没有回头路可以走了，我将正视未来。我不算是好人，甚至算不上恪守道德，但我不想欺骗我自己和黛希。我的一份人生激情还埋藏在布列塔尼阳光下的森林中。它会被永远埋在那里吗？希望在呼喊："不！"三年时间里，我一直都在听着希望的喊声。三年时间里，我一直在等待踏上门槛的这一步。难道西尔维娅已经被我忘记了？"不！"——希望在呼喊。

我说过，我不是好人。这一点千真万确。但我也不是喜剧里的恶棍。我一直过着一种随心所欲、不计后果的生活，尽情享受着让自己高兴的事情，尽管也常常会为了出乎意料的后果而感到惊诧，甚至有时会深陷在苦涩的懊悔之中。只有一件事我是认真的，那就是我的绘画。还有就是那一份藏在布列塔尼森林中的激情了，如果我还没有失去它的话。

现在为今天发生的事情后悔已经太晚了。无论导致这一切的是什么——为了安抚悲伤而突然生出的温柔；还是出于更加兽性的本能，只是为了满足自己的虚荣心——都已经没有差别了。除非我想要伤害一颗无辜的心，否则我的道路就已经清楚地出现在我的面前。火焰和力量，我能想象到的这个世界的一切经验都让我别无选择，只能回应她，或者赶走她。我不知道自己是太懦弱，不敢将痛苦给予其他人，还是我的心中有一个一本正经的清教徒。我只是完全没有想过要拒绝为那个不假思索的吻负责。实际上，我根本没有时间这样想。她心灵的大门早已向我敞开，感情的洪涛向我奔涌而来。有些人习惯于履行自己的职责，却又能让自己和其他所有人不快乐，以此来获得一种阴郁的满足感。我不会这样做，我不敢这样做。当那场风暴平息之后，我的确告诉过她，也许她爱上爱德·玻克，带上一枚普通的金戒指才会更加幸福，但她根本就不听。我觉得，如果她真的一定要爱上一个无法结婚的人，那个人也许最好还是我。至少我能够给她一份睿智的关爱。如果她厌倦了这份爱恋，她也能随时离开，而不是会陷入更糟糕的处境。而我也对自己下了决心，尽管我知道这会有多么难。我知道柏拉图式的恋爱通常会有怎样的结局，每当我听说这种事的时候，都会深感厌恶。我知道自己做过很多不道德的事，我也对未来感到担忧，但我从没有一刻怀疑过她和我在一起会不安全。如果换作其他人，而不是黛希，我根本不会有这样的重重顾虑。因为我从没有想过会像牺牲掉这个世界上的其他女人那样牺牲黛希。认真面对我们的未来，我能看到这段关系几个可能的结局。她会彻底厌倦这件事，或者不再为此而感到高兴。那样的话，我或者只能和她结婚，或者不得不离开她。如果我娶了她，我们都会不快乐。我将有一个不适合我的妻子；而她将有一个不适合任何女人的丈夫。我过去的人生几乎让我没有资格拥有任何婚姻。如果我离开她，她可能会陷入消沉，慢慢恢复，最后和爱德·玻克这样的人结婚。或者她会在冲动之中故意去做一些愚蠢的事情。如果换成另一种情况，她厌倦了我，那么她的整个人生都将向她呈现出各种美丽的风景：爱德·玻克、结婚戒指、二人世界、哈莱姆区的公寓、还有天知道会是什么样的幸福。我沿着广场拱门旁的树林缓步前行，决定让她明白，不管怎样，我都是她真正的朋友，而未来自然能够找到出路。当我回到房间里，打算换上睡衣的时候，我看到了梳妆台上放着一张带有淡淡香水味的小纸条："十一点让一辆出租车等在剧场后门。"纸条的签名是："爱蒂丝·卡米歇尔，大都会剧院，六月十九日，一八九……"

那天晚上，我在索拉里吃了晚餐，或者更确切地说，是"我们"——我和卡米歇尔小姐。我在布伦维克和爱蒂丝告别，独自一人走进华盛顿广场。此时暮色刚刚开始落在纪念教堂的十字架上。现在公园里已经看不到人影了。我在树木间穿行，从加里波第的雕像一直走向汉密尔顿公寓楼。但就在我经过教堂墓地的时候，我看见一个人影坐在那里的台阶顶端。一看到那张苍白肿胀的脸，无论我怎样装作不在意，一股寒意还是掠过了我的身体。我急忙加快了脚步。就在这时，他说了些什么。有可能是对我说的；也有可能只是在自言自语。但突然间，一股强烈的怒火在我的心中燃起。这样一个怪物怎么总是在盯着我？！有那么一瞬间，我很想转回身去，用手杖狠狠敲打他的脑袋。但我只是继续向前迈步，进入了汉密尔顿公寓楼，朝我的住所走去。当我躺倒在床上的时候，还在努力将他的声音赶出自己的耳朵，但我做不到。那声音充满了我的脑壳——那种嘟嘟囔囔的呓语，就像是堆满油脂的大桶燃烧时冒起了黏稠的油烟，或者是一种极度令人厌恶的腐臭气味。我在床上辗转反侧，那声音在我的耳中却越来越清晰，我开始听清了他说出的每一个字。这些言辞缓缓地落向我，仿佛是关于我早就忘记的一些事情。终于，我明白了那句话的意思。他是在说：

"你找到黄色印记了吗？"

"你找到黄色印记了吗？"

"你找到黄色印记了吗？"

我怒不可遏。他到底想要说什么？我向他和他说的话咒骂了一句，随即便翻身睡去了。但是当我醒来的时候，我的样子变得苍白憔悴。我又做了和前一晚相同的梦。我深感困扰，无法不去想它。

我穿好衣服，下楼走进我的工作室。黛希正坐在窗前，我一进房间，她就站起来，用双臂环抱住我的脖子，向我索要一个天真的吻。她看上去是那样甜美俊秀。我再一次亲吻了她，然后来到我的画架前。

"嗨！我昨天开始画的那人像哪去了？"我问道。

黛希的表情显得有些小心翼翼，但她没有回答我的问题。我开始在成堆的画作中翻找，同时说道："快一点，黛丝，做好准备，我们必须充分利用上午的阳光。"

当我终于放弃了搜寻，转头去房间里其他角落寻找那幅失踪的画时，我注意到黛希正站在屏风旁边，身上还穿着衣服。

"出什么事了？"我问道，"你感觉不好么？"

"没有。"

"那就快一点。"

"你想要我……还像以往那样摆姿势么？"

这时我明白了，我遇到了新的情况。当然，我已经失去了我曾经遇到过的最好的裸体模特。我看着黛希，她的面色红润欲滴。天哪！天哪！我们已经吃了智慧树的果实。伊甸园和天真本性都已经成了过去——我说的是她。

我估计她一定是注意到了我脸上失望的神情，所以她说道："如果你愿意，我还会摆出那个姿势。那幅画就在屏风后面，是我放的。"

"不，"我说道，"我们开始一幅新画吧。"我朝衣柜走过去，从里面拿出一件摩尔人的长袍。这件长袍因为装饰着金箔而显得辉煌耀眼，是一件真正的戏服。黛希高兴地接过它，走到屏风后面。当她走出来的时候，我吃了一惊。她的黑色长发被一只镶嵌绿松石的圆环束在额头上。发稍一直垂到闪闪放光的腰带上。她的脚上穿着一双刺绣尖头软鞋。裙摆上用银线绣出奇异的阿拉伯文字，垂落在她的脚踝周围。带有金属光辉的深蓝色马甲上同样绣着银线。莫莱斯库短上衣上装饰的亮

片和绿松石为她增添了一层神奇的光彩。她向我走过来，微笑着扬起面庞。我伸手到衣袋里，拿出一条挂十字架的镀金项链，为她戴上。

"这是你的，黛希。"

"我的？"她有些结巴地问道。

"你的。现在去摆好姿势。"她的脸上洋溢着笑容，向屏风后面跑去，很快又跑出来，手中拿着一只写有我的名字的小盒子。

"我本打算在今晚回家的时候再把它给你，"她说道，"但我等不及了。"

我打开盒子。在盒子中的粉色棉布内衬上躺着一只黑玛瑙胸针，扣环上还镶嵌着黄金符号或者文字。不是阿拉伯文，也不是中文，后来我才发现，它不属于任何人类的文字。

"我只有这个能够给你，作为我们的信物。"她腼腆地说。

我有些气恼，但我还是告诉她，我会对这个小东西倍加珍视，而且我还承诺会一直佩戴着它。黛希将它扣在我的外衣翻领下面。

"你真是傻，黛丝，竟然会为我买这么美丽的东西。"我说道。

"这不是我买的。"她笑着说。

"你从哪里得到的？"

黛希向我讲述了她是如何在炮台公园的水族馆里捡到了这样

东西，又如何在报纸上登了失物招领的广告，甚至为此认真看了一段时间的报纸，但她最终还是放弃了找到失主的希望。

"那是去年冬天的事情了。"她说道，"就在那一天，我第一次做了关于那辆灵车的噩梦。"

我回忆起前一天晚上的梦境，但什么都没有说。不久之后，我的炭笔就开始在一块新的画布上飞舞，黛希一动不动地站在模特台上。

III

随后的一天对于我简直是一场灾难。当我将一幅带框的画作从一个画架挪到另一个画架上的时候，我在光滑的地板上摔了一跤，两只手腕重重地杵在地上，都严重扭伤了。我甚至连一支画刷都拿不起来。于是我只能在工作室里走来走去，瞪视着未完成的画和素描，直到绝望将我紧紧抓住。我坐下来，点燃一支烟，愤怒地揉搓着拇指。窗外的大雨击打着教堂的屋顶，没完没了的雨滴声让我变得格外紧张。黛希坐在窗边缝着什么东西，不时会抬起头，带着那种天真的怜惜看看我，让我不由得开始为自己的焦躁感到惭愧，便想找些事情打发一下时间。我已经读过了所有的报纸和图书室里的每一本书，但我还是不得不来到图书室，朝书柜走去，用臂肘拨开书柜门。只是凭这些书的颜色，我就知道它们里面都写了些什么。但我还是将它们全都察看了一遍。我缓步走过整个图书室，逐一打开书柜，让目光缓慢地扫过一个个书封，吹着口哨让自己振作起来。当我想要转身去餐厅的时候，我的目光落在了一本黄色封皮的书上。它就立在最后一个书柜最顶层的角落里。我不记得这本书。因为它的位置太高，我也看不清书脊上的浅色文字。于是我去吸烟室叫黛希。她从工作室里走过来，爬上书柜去取那本书。

"那本书名字是什么？"我问道。

"《黄衣之王》。"

我愣了一下。是谁把它放在那里的？它是怎么进入我的房间的？我在很早以前就决定，绝不会打开这本书。这个世界上也没有任何人能劝说我购买它。我早就害怕好奇心会诱惑我打开它，所以我在书店里甚至从没有看过它一眼。如果说我真的曾经对它有过好奇心，那么我至少认识年轻的卡斯泰涅先生。他的可怕悲剧足以阻止我掀动那邪恶的书页。我也拒绝去听任何关于它的描述。实际上，从没有人敢于公开讨论它的第二章。所以我也绝对不知道那些书页中到底可能隐藏着什么内容。我凝视着那有毒的黄色书封，就像在盯着一条蛇。

"不要碰它，黛希，"我说道，"下来。"

我的警告当然足以引发她的好奇。不等我出手阻止，她已经拿起那本书，一边笑着，一边蹦蹦跳跳地跑进了工作室。我高声叫她，她却带着那种折磨人的微笑从我无力的双手中溜了出去。我只好有些不耐烦地继续追赶她。

"黛希！"我一边喊，一边又追进图书室，"听我说，我是认真的。把那本书放下。我不希望你打开它！"她不在图书室，我去两间客厅找她，又去了卧室、洗衣房、厨房。最后我回到图书室，开始一个房间一个房间地仔细寻找。她将自己隐藏得很好。直到半个小时以后，我才发现她静静地蜷缩在上面储藏室的格栅窗户后面，脸色惨白。只看了一眼，我就知道她已经因为自己的愚蠢而受到了惩罚。《黄衣之王》就摊开在她的脚边，而且还被翻到了第二章。我看着黛希，知道一切都已经太晚了。她打开了《黄衣之王》。我握住她的手，领着她走进工作室。她显得有些神志不清。当我让她躺在沙发上的时候，她一言不发地服从了。过了一段时间，她闭上眼睛，呼吸也变得深沉而有规律。但我无法确定她是不是睡着了。很长一段时间里，我只是静静地坐在她身边。她只是安静地躺在那里，一动不动。终于，我站起身走进那间一直没有使用过的储藏室，用还算好用的一只手拿起那本黄色的书。这本书沉重得像铅块一样。我将它拿进工作室，坐在沙发旁的地毯上。打开它，把它从头到尾读了一遍。

当我因为情绪过度激动而感到晕眩，丢下手中的书，疲惫地

靠在沙发上时，黛希睁开眼睛看着我。

我们用毫无变化的沉闷语调交谈了一段时间，这时我才意识到我们是在讨论《黄衣之王》。天哪，写下这些文字真的是一种罪行——这些文字像水晶一样清澈透明，像涌动的泉水一样清新怡人，带着动听的旋律。这些文字闪闪发光，耀眼夺目，就像美第奇家族那些有毒的钻石！哦，它的作者是有着怎样一个邪恶而绝望的灵魂，竟然能够用这样的文字引诱和麻痹人类这种生物。无论愚者还是贤者，都能够理解这些文字。这些文字比珠宝还要珍贵，比天堂的乐音更能够安抚人心，比死亡本身更加可怕。

我们不停地说着，对于渐渐聚集过来的阴影毫不在意。现在我们知道了，那枚黑玛瑙上雕刻的典雅符号就是黄色印记。黛希祈求我将黑玛瑙丢掉，我完全不明白自己为什么会拒绝。直到此时此刻，当我在卧室里，写下这份忏悔书的时候，我还是很想知道是什么力量阻止了将黄色印记从胸前扯下，扔进火堆里。我相信自己很愿意这样做，但黛希的一切哀求最终都徒劳无功。夜幕降临，时间一个小时又一个小时地流走。我们还在喃喃地向彼此诉说着王和苍白面具的故事，还有那座被迷雾包裹的城市，乌云遮蔽的尖塔上响起午夜钟声。我们说到了哈斯塔和卡西露达。窗外雾气翻涌，让世界变得一片空白。而云团同样在哈利湖的岸边滚动、碎裂。

房间里变得非常安静。大雾中的街道上也没有任何声音传来。黛希躺在软垫中间，面色如同阴影中的一道灰线。她的双手紧握住我的手，我知道她懂得我的每一个想法，就如同我能够读出她的心意。我们都理解了毕宿星团和真相幻影所呈现出的一切。我们彼此作答，迅速而无声，只以思想进行交流。阴影在我们周围的幽暗中窜动。我们听到远方的街道上有一点声音，越来越近，是沉闷的马车轮声，不断向我们逼近。现在，它在楼门外消失了。我拖着身子来到窗前，看见了一辆用黑色羽毛装饰的灵车。楼门被打开又关上。我颤抖着溜到自己的房门前，将门闩好。但我知道，无论怎样的门闩和门锁都不可能挡住那个为黄色印记而来的怪物。我已经听到非常轻微的脚步声在走廊中移动。他来到了房门前，门闩随着他的碰触腐烂了。他走进房间。我瞪大了双眼凝视面前黑暗的门洞。但他进来的时候，我什么都没有看见。直到我感觉到他冰冷柔软的手抓住了我的脖子，我才开始拼命喊叫，要杀人一般地狂暴挣扎，但我的双手毫无用处。他从我的外衣上扯下黑玛瑙胸针，又狠狠击中我的面孔。我倒下的时候，听到黛希微弱的哭喊。她的灵魂逃向上帝那里了。我在摔倒的同时还渴望着能够跟上她，但我知道，黄衣之王已经敞开了自己破烂的斗篷，基督只能为我哭泣了。

我还可以讲述更多，但我看不出这对于这个世界能有什么帮助。我自己则早已失去了一切希望，绝非人类可以拯救了。我躺在这里，不停地书写，甚至不在意自己是否会在写完之前就死掉。我能看到医生在收起他的酊剂和粉剂，还向我身边的神父打了个含混的手势。我明白这意味着什么。

外面世界中的人们一定会对这个悲剧深感好奇，他们早就为了满足自己的好奇而写了许多书，印刷了数百万份报纸。但我不会再写了。忏悔神父在完成自己的神圣职责之后，将会用神圣封印封锢我最后的遗言。外面世界中的人们会派遣他们的探子进入遭遇灾难的房屋，调查炉火边发生的死亡。他们的报纸会连篇累牍地用鲜血和泪水装点自己。但在我这里，他们的间谍至多也只能停步于这篇忏悔书之前。他们知道黛希死了，我也即将死亡。他们知道这幢房子里的人们是如何被如同来自地狱的尖叫声惊醒，冲进我的房间，发现一个活人和两个死人。但他们不知道我现在要告诉他们的事情。他们不知道医生曾经指着地板上一堆恐怖的烂肉说："我找不到理由，找不到解释，但这个人一定已经死亡好几个月了！"那正是教堂守门人的活尸。

我觉得我要死了。我希望神父能够……

© M. Grant Kellermeyer

少女德伊斯

The Demoiselle d' Ys

但我相信

我当时正在下坠

黑暗中有人在说话

赫拉克利特的真相已被隐藏 †

我所测不透的奇妙有三样，连我所不知道的共有四样：

就是鹰在空中飞的道；蛇在磐石上爬的道；船在海

中行的道；男与女交合的道。††

---

† 原文为法语，出自法国中世纪诗人维庸（François Villon）的诗句；赫拉克利
特（Heraclitus，前540—前480），古希腊哲学家。
†† 典出《圣经·旧约·箴言》（30:18—19）。

© M. Grant Kellermeyer

I

　　这荒凉的景象终于开始对我产生了影响。我坐下来，面对着眼前的局面。尽可能回忆遇到的地标，希望能够想办法让自己摆脱现在的处境。如果我能再看到大海，那一切就都清楚了。我知道能够从海边悬崖上看到格鲁瓦岛。

　　我放下枪，跪坐到一块岩石后面，点燃烟斗，又看了看表。已经快四点了。我天刚亮的时候就从科尔塞莱克出发，现在应该已经走了很远一段路。

　　一天以前，我和古尔温一起站在科尔塞莱克下方的悬崖上，眺望这片阴沉的荒原——就是我现在迷路的地方。那时我觉得这片丘陵旷野就像草地一样平坦，一直延伸到地平线。我知道距离会有怎样的欺骗性，但我在科尔塞莱克完全无法预料到那看上去只是一片青草洼地的地方其实是生满了刺荆豆和毒石南的巨大山谷。远远望去只不过是零星石块的东西实际上是高大的花岗岩断崖。

"对外国人而言，这里绝不是一个好地方，"老古尔温说，"你最好带上一位向导。"而我只是回了一句："我不会把自己丢了的。"但现在我知道，我真的是迷路了。我坐在地上，抽着烟。海风迎面吹来。这片荒原向四周无限地延伸出去。放眼所及，我能看到的只有开花的刺荆豆和石南，还有花岗岩巨石。没有一棵树，更不要说房子了。过了一会儿，我拿起枪，背对着太阳继续前行。

不时会有奔腾的溪流和我前进的道路交错而过，但想要跟随它们找到海岸是完全不可能的。这些溪水并不流向大海，反而都在向内陆流淌，最终汇入这片荒原中的许多芦苇池塘。我已经跟着几条溪水找过路了，但它们都只是将我引到了沼泽地或者寂静的小池塘旁边，看着那里的鸊鹈鸟警惕地站起来，向我窥望，然后转身仓皇逃走。我开始感觉到疲惫，枪带磨痛了我的肩膀，就算是双层护垫也不管用。太阳越来越低。阳光平射在黄色的刺荆豆花和池塘的水面上，映出点点光亮。

随着我的脚步，巨大的阴影在我的面前一直向远处延伸，仿佛我每迈出一步，它们都在变得更长。刺荆豆剐蹭着我的裹腿，被我的靴子踩碎，发出咯咯吱吱的声音，零碎的小花散落在褐色的土地上。路面坑坑洼洼，起伏不定。野兔从野草和灌木中窜出来，又飞快地逃走，消失在茂密的植被后面。在沼泽地带的草丛里，我能听到野鸭困倦的嘎嘎声。有一只狐狸偷偷溜过我的小路。当我再一次俯身到一条湍急的小溪中饮水的时候，一只鹭鸶拍打着沉重的翅膀，从我身边的芦苇丛中飞走了。我转身去看太阳，日轮似乎已经碰到了大地的边缘。当我终于决定再向前走也没有意义，必须想办法在这片荒原上至少捱过一晚的时候，我便一下子筋疲力尽地倒在地上。傍晚的阳光斜射在我的身上，让我感到温暖，但海风正变得越来越强。一阵寒意从我被浸湿的射击靴上传遍我的全身，仿佛给了我一拳。海鸥在我头顶上方的高空中盘旋或者上下翻飞，像是一些白色的纸片。远处的沼泽中有一只孤独的鹬鸟在鸣唱。太阳一点点沉入地底，天穹被落日的余晖染红。我看着天空从最浅淡的金色变成粉红色，最后变得仿佛即将熄灭的火焰。蚊子积聚而成的黑雾在我的身子上方飘舞。更高处，平静的空气中突然有一只蝙蝠猛然飞扑下来。我的眼皮开始发沉，我摇头想把睡意赶走。草叶中一阵突兀的撞击声将我猛然惊醒。我睁开眼睛。一只大鸟正晃动着悬浮在我的面孔上方。我愣了一下，一时间没办法做出任何动作。这时又有什么东西在我身边的草丛里跳了过去。那只大鸟猛然提升高度，转了个圈，朝草丛出现缺口的地方一头扎了下去。

眨眼间，我已经站起身，朝刺荆豆花丛后面望去——不远处的一片石南中传来了搏斗的声音。很快，一切声音又都消失了。我端起枪，向那里走去过。不过我来到石南前面以后，就让枪掉回到胳膊下面。而我只是在惊愕中一动不动地站立着。一只死兔子正躺在地上，兔子身上站立着一只雄壮的鹰隼，它的一只爪子深埋在兔子的脖颈中，另一只爪子牢牢抓住兔子了无生机的躯干。但真正让我吃惊的并不是看到一只隼擒住了它的猎物，我不止一次见到过这种情景。我的眼睛盯住的是拴在隼爪上的皮绳。皮绳上挂着一块仿佛小铃铛一样的圆形金属。这时，隼将它犀利的黄色双眼转向我，随后又俯下身，把锋利的钩状喙啄进猎物体内。就在这时，石南地里响起一阵匆促的脚步声，一个女孩冲了出来。她没有瞥我一眼，直接向隼走去，将戴着手套的手伸到隼的胸脯下面，从猎物上把它捧起来。然后，她熟练地将一只小头套戴在隼头上，用戴着长手套的手臂托起隼，又弯腰捡起了兔子。

　　女孩用一根皮绳困住了兔子的后腿，又把皮绳的另一端固定在自己的腰带上，然后迈步向她刚才冲出来的灌木丛走去。当她从我身边经过的时候，我抬起帽子向她致意。她只是以几乎无法察觉的幅度向我点了一下头。我是如此吃惊，只顾着欣赏眼前发生的这一切，甚至没有想到这正是我得救的机缘。不过，随着她一步步走远，我终于想到，除非我今晚想要睡在一片寒风习习的荒原中,否则我现在最好马上说出几句话来。我终于发出声音的时候,她迟疑了一下。我急忙跑到她面前,却感觉一丝恐惧出现在她秀美的双眸之中。我急忙谦恭地解释了自己所处的困境。她面色一红,有些惊诧地看着我。

"你肯定不是从科尔塞莱克过来的!"她说道。

她甜美的声音中没有任何布列塔尼口音,也没有其他我知道的口音,但还是有着某种我似乎听到过的东西,某种老式的、难以定义的东西,就好像一首老歌的旋律。

我向她解释说,我是一个美国人,对于菲尼斯泰尔省完全不熟悉,是为了找乐子来这里打猎。

"一个美国人。"她仍然用那种带有奇异的古老乐韵的音调说道,"我还从没有见过美国人。"

片刻间,她只是一言不发地站在原地。然后她看着我说:"现在你就算是走上一整夜也到不了科尔塞莱克。就算是有向导也不行。"

这真是一个令人愉快的消息。

"但是,"我恳求道,"只要你能够帮我找到一户农家,让我能够有吃的,有地方睡觉就行。"

女孩手腕上的猎隼抖动了一下翅膀,摇了摇头。女孩抚摸了一下它丝绒般的脊背，又向我瞥了一眼。

"看看周围，"她轻声说道，"你能看到这些荒地的尽头么？看，无论是东、西、南、北，除了空地和野草，你能看见其他东西么？"

"不能。"我说道。

"这个地方野蛮又荒凉。进来很容易，但有时候，进来的人永远也无法离开这里。这里根本就没有什么农家。"

"那么，"我说道，"只要你能告诉我科尔塞莱克在哪个方向，至少明天我就不会走冤枉路了。"

她再一次看向我，表情中几乎显露出了怜悯。

"啊，"她说道，"进来很容易，只需要几个小时；但要出去就不同了——可能需要几个世纪。"

我惊愕地盯着她，但我只能相信自己是误解了她。随后，不等我有时间再说话，她已经从腰带里拿出一只哨子，将它吹响了。

"坐下来，休息一下。"她对我说，"你走了很远一段路，一定已经累坏了。"

她拢起腿上的百褶裙，示意我跟上，然后就迈着优雅轻巧的步子穿过刺荆豆丛，来到草木之间的一块平坦石头旁。

"他们会直接来到这里。"她一边说，一边坐在石头一侧，又邀请我坐到另一侧。现在最后一点阳光已经开始从天空中消失。

一颗星星闪烁着微弱的光亮出现在玫瑰色的云霭之间。一群水禽排成长长的、略有波动的三角形队伍经过我们头顶向南飞去。周围的沼泽中传来一阵阵鸻鸟的叫声。

"其实非常美丽——我说的是这片原野。"女孩低声说道。

"是很美丽，但是对陌生人也很残酷。"我回应道。

"美丽却残酷。"女孩用梦一般的声音重复着我的话，"美丽却残酷。"

"就像女人一样。"我愚蠢地说道。

"哦，"女孩喊了一声，仿佛有些喘不过气一样。她看着我，一双深褐色的眼睛盯住我的眼睛。我觉得她可能是生气了，或者就是被吓到了。

"就像女人一样，"她用很低的声音重复了一遍，"一个人要多么残忍才会这样说啊！"然后，她停顿一下，仿佛是自言自语般地高声说道，"他要多么残忍才会这样说啊。"

我现在都不知道我为这种愚蠢却并没有什么害处的言辞做了怎样的道歉，但我知道，她因为这句话而深感困扰，这甚至让我开始觉得自己的确在无意中说了非常可怕的话。我有些害怕地想起了法语为外国人设下的许多陷阱和圈套。当我开始竭力思索自己到底说了些什么的时候，一阵话语声从荒野的另一边传来。女孩站起了身。

"不,"她白皙的面庞露出一点微笑,"我不会接受你的道歉,先生,但我必须证明你的错误,这是我对你的报复。看,哈斯塔和拉乌尔来了。"

两个男人出现在暮色之中。其中一个肩膀上扛着一只口袋,另一个单手捧着一只圆环,就像一名侍者捧着托盘。这只圆环被皮带固定在他的肩膀上,三只戴头套的猎隼站在圆环上,它们的爪子上都系着铃铛。女孩走到猎隼手的面前,灵巧地一转手腕,将手上的隼放到了圆环上。隼落到圆环上,在它的同伴之间立稳身子。其他隼纷纷转动着戴皮套的头,抖动羽毛,让爪子上的铃铛响个不停。另一个男人这时也走上前,带着敬意弯下腰,摘下女孩腰带上的兔子,丢进猎物口袋里。

"他们是我的助手。"女孩转向我,以一种温和而又庄重的语气说道,"拉乌尔是一名好猎手,总有一天,我会让他成为伟大的复仇者。哈斯塔也不亚于他。"

两个男人在沉默中尊敬地向我行礼。

"我有没有告诉过你,先生,我会证明你是错的?"女孩继续说道,"这就是我的报复。你要接受我的招待,在我的家中享受食物和庇护。"

还没等我答话，女孩就对两名助手说了些什么。那两个人立刻彬彬有礼地请我跟随他们，然后就向远处走去。我不知道是否让女孩明白了，我对她是多么感激涕零。不过她似乎很喜欢我对她说的话。就这样，我们在挂着露水的石南中间走了不算短的一段路。

"你还好吗？是不是很累了？"女孩问我。

在她身边，我早就完全忘记了身体的疲惫。我便把这种感觉告诉了她。

"难道你不觉得对我的殷勤有些太老套了吗？"女孩问道。看到我困惑又谦恭的表情，她低声加了一句，"哦，我喜欢这样。我喜欢所有老式的东西。能听到你说出这么美妙的话来，真是好极了。"

我们周围的荒野完全被一片幽灵般的雾气所笼罩，显得异常寂静。鸽鸟停止了它们的鸣叫，旷野中无所不在的蟋蟀和其他小生物也保持着沉默，不过我似乎能听到它们在我们身后很远的地方又恢复了喧闹。前面那两个高大的身影不断跨过一片片石南，鹰爪上的铃铛发出微弱的声音，传入我的耳中，如同遥远而模糊的钟声。

突然间，一头漂亮的猎犬从前方的迷雾中冲出来，随后又是一头，还有第三头……至少有六头猎犬蹦跳着围绕住我身边的女孩。女孩用戴着手套的手轻轻爱抚它们，让它们平静下来，又用那种老式音调和它们说话。终于，我回忆起自己曾经在古代法国手稿中看到过女孩说的这些辞句。

这时，前方猎隼手捧着的猎隼都开始拍打翅膀，长声鸣叫。在我看不见的地方，一只狩猎号角吹出的旋律飘荡在荒原之上。猎犬向我们的前方蹿去，消失在暮色之中。猎隼扑打着翅膀，不住地在圆环上尖叫。女孩和着号角的旋律哼出了一首歌，清澈柔美的歌声在夜晚的空气中舞动：

> 猎人，猎人，再来一次，
>
> 离开罗赛特和让娜吧，
>
> 啦啦，啦啦，啦呀，啦啦
>
> 或者，在天亮的时候，
>
> 愿爱得以坦白，
>
> 啦啦，啦呀，啦啦。[†]

---

† 原文为法语。

我倾听着她可爱的声音。前方有一团灰色的影子正在迅速变得清晰。号角在猎犬和猎隼的叫声中吹出一段喜悦的旋律。一支火把照亮了一道大门，大门后的房子中有灯光从敞开的门口透射出来。我们走上一道木制吊桥，桥板在我们的脚下晃动。我们过桥之后，桥板就被吱吱嘎嘎地提了起来。跨过庄园前的河面，我们走进一座被石墙围绕的庭院。一个男人从房子的正门走出来，鞠躬行礼，并向我身边的女孩奉上一只杯子。女孩接过杯子，用嘴唇碰了一下，然后放下杯子，转身低声对我说："我向你表示欢迎。"

　　就在此刻，一名猎隼手端来了另一只杯子。他没有将杯子递给我，而是又捧到了那个女孩的面前。女孩尝了尝杯中的饮料，猎隼手又伸出手，似乎是要接过杯子，但女孩犹豫了片刻，然后自己走上前，双手将杯子捧给我。我感觉到这是一种非同寻常的亲切表示，却想不出该如何回应对我盛情相待的主人，所以我没有立刻将杯子举到唇边。女孩的面色有些发红，我知道自己必须快一些采取行动了。

　　"小姐，"我诚惶诚恐地说道，"你从危险中拯救了一个陌生人。如果没有你，他甚至不知道自己会遭遇怎样的磨难。现在他将喝光这杯中的饮料，以此向法兰西最温柔、最可爱的主人致敬。"

"以上帝的名义。"女孩一边喃喃地说着,一边在胸前画了一个十字。我则喝光了杯中的酒。她向房子的正门转过身,以优美的动作指了一下,牵住我的手,带我走进了那幢房子,同时一遍又一遍地说道:"非常非常欢迎你,德伊斯城堡诚挚而热情地欢迎你。"

II

第二天早晨,我在悠扬的号角声中醒来,就立刻跳下样式古典的卧床,来到窗户前。阳光已经透过深深的窗格,照亮了窗帘。当我拉开窗帘,向下方的庭院中望过去时,号声便停止了。

一个男人正站在一群猎犬中间。看相貌,他可能是昨晚那两名猎隼手的兄弟。他的背上绑着一支弯曲的号角,手中拿着一根长鞭。那些狗都在低声地呜呜叫着,充满期待地围绕男子转来转去。在带围墙的院子里还能看见一些马匹。

"上马!"一个声音用布列塔尼话说道。随着一阵马蹄声响起,两名猎隼手的手腕上托着猎隼,策马来到院子里的猎犬群中。然后我听到另一个声音,一个足以让我心潮澎湃的声音:"皮里乌·路易斯，好好对待这些狗，对它们不要用马刺和鞭子。拉乌尔和加斯顿，不要让那只鸟再像雏鸟一样发脾气。如果你们的脑子够清醒，就应该礼貌地对待鸟。管好哈斯塔手腕上的那只笼中小鸟不是什么难事。不过拉乌尔要管好他那只野鸟就没那么简单了，昨天那家伙就犯了两次蠢，丢掉了猎物，就好像把以前的训练都忘了。这只鸟简直像个仍然只能在树枝上蹦跳的小笨蛋。要训练好一只野鸟还真不容易。"

我是在做梦吗？这明明是我在被遗忘的、发黄的古代法国手稿中读到过的猎隼语，现在它竟然活生生地传入我的耳中，还夹杂着真切的犬吠声、鹰爪上的铃铛声和马蹄声。这时，女孩又用那种早被世人遗忘的甜美语言说道：

"拉乌尔，就算是你想把那只野鸟重新系到树桩上，我也没什么可说的。毕竟让一个缺乏训练的鸟破坏了这么好的一个打猎的日子实在是太可惜了。不过，让它多一些实际练习也好——也许这才是最好的办法。你可以把猎物的肾脏给它。也许我对这只鸟的判断还是有些太草率了。毕竟它还需要历练，还需要时间来成长。"

那个名叫拉乌尔的猎隼手踩在马镫上，弯下腰说道："如果小姐愿意，我会带上这只隼。"

"我希望你这样做，"女孩回应道，"我知道猎隼语，但你在训鹰这件事上教会了我很多，我可怜的拉乌尔。皮里乌·路易斯先生，上马吧！"

那名猎人跑进一道拱廊里，很快就骑着一匹雄壮的黑马回来了。他的身后还跟着另一名骑马猎手。

"哈！"女孩欢快地喊道，"跑快些，格莱马雷克·雷恩！快些！都跑快些！皮里乌先生，把号角吹起来！"

狩猎号角如同白银般的旋律充满了整个庭院。猎犬纷纷窜过围墙大门，奔驰的马蹄声震撼着铺着石板的庭院，又在吊桥上变得更加响亮。突然间，马蹄声沉闷下来，随后很快就消失在荒原的草丛中了。号角声也变得越来越远，最终微不可闻，甚至被一只飞翔的云雀发出的叫声完全遮蔽了。我听到楼下传来有人说话的声音，仿佛是在回应另一个人。

"少打一天猎不算什么，我可以下次再去。要对那个陌生人有礼貌，佩拉吉，记住！"

随后有一个略带颤抖的微弱声音从房间深处传来，"有礼貌。"

在我的床脚边，石板地面上有一个硕大的陶土盆，里面盛满了冷水。我脱下睡衣，用盆里的水从头到脚把自己擦洗了一遍，然后想要把外衣穿上。我的外衣都不见了，不过在屋门旁边的一把高背长椅上放着另外一摞衣服。我有些吃惊地看着它们，但既然我的衣服被拿走了，我也只能把它们穿上。看样子他们是把我的衣服拿去洗了。这一套衣服很全，有帽子、鞋子，还有银灰色家织布做的紧身短上衣。不过衣服的紧身款式和无缝式的鞋子肯定都属于上一个世纪。我想起了庭院里那三名猎隼手也都穿着这种奇怪的衣服。我相信，无论是法兰西还是布列塔尼的当代人都不会有这种穿着。不过，我是在把这些衣服穿好，站到两扇窗户之间的镜子前面时才意识到自己现在更像一名中世纪的猎人，而不是今天的布列塔尼人。我犹豫着拿起了帽子，我真的应该穿着这样一身奇装异服走下去吗？但无论我怎么想都已经无济于事了。我自己的衣服已经被拿走了，这个古老的房间里也没有召唤仆人的拉铃，我能做到的只有摘掉帽子上的一根短隼毛，打开门朝楼下走去。

下了楼梯是一个很大的房间。一位布列塔尼的老妇人正坐在靠近壁炉的一根绕线杆旁边忙碌着。她抬起头看看我，脸上带着坦诚的微笑，用布列塔尼语祝我健康。我笑着用法语做了回应。与此同时，城堡的女主人也出现在这座大厅里，我向她致敬的时候，她优雅庄重的还礼让我的心中涌过一阵战栗。今天，她的深褐色卷发被梳成发髻，更加衬托出她的美丽可爱。而我现在这身衣服和她相比也不再显得那么奇怪了。身材修长的她穿了一件家纺布缝制的狩猎长裙,裙摆和衣襟边缘装饰着银线,手上仍然戴着那双曾经托起她喜爱的猎隼的长手套。她天真无邪地握住我的手,领着我走进了庭院中的花园,坐到一张桌子旁边,又以甜美的口吻邀请我坐在她身边。然后她用那种古老的音韵问我昨夜过得如何;老佩拉吉放在我房间里的衣服是否合身。我看到自己的衣服和鞋子正晾在落满阳光的花园围墙上,不由得对它们心生怨念。和我现在穿的这一身衣服相比,它们的样子是多么恐怖啊!我笑着将这个想法告诉了城堡的女主人,她却非常认真地表示了赞同。

"我们会把它们丢掉。"她低声说道。我在惊愕中努力向她解释说,我不可能接受别人的衣服,尽管我知道这也许是这个国家的一种待客习俗,而且我肯定无法想象自己怎么能穿上这样的服装返回法兰西。

她一扬头,大笑起来,同时用旧式法语说了些我根本听不懂的话。这时佩拉吉捧着一只托盘快步走过来。托盘上放着两碗牛奶、一大块白面包、水果、一盘蜂巢和一壶色泽深沉的红酒。"知道吗,我还没有吃早餐,因为我希望和你一同进餐。不过我真的是饿坏了。"她微笑着说。

"我宁可去死，也不愿忘记你说的任何一个字！"我的这句话脱口而出，让我不由得面颊通红。"她一定会以为我疯了。"我又在心中这样告诉自己，但她将一双带着星光的眼眸转向了我。

"啊，"她喃喃地说道，"阁下真是很懂得骑士精神……"

她在胸前画了一个十字，掰开面包。我只是坐在她身边，看着她洁白的双手，却不敢抬起我的眼睛看看她。

"你不吃吗？"她问道，"为什么你看上去如此困扰？"

啊，为什么？我现在知道了。我知道我愿意付出生命的代价，只要能让我的嘴唇碰一碰那玫红色的手掌心。我明白了，就在昨天晚上的荒原中，当我第一次看到这双深褐色的眼眸时，我就已经爱上了她。突然而又强烈的激情让我一时竟哑口无言。

"你还好吗？"她又问道。

随后，就像一个宣告自己末日到来的人一样，我用低沉的声音回答："是的，我很好，因为我得了相思病，对你的单相思。"她没有显得惊慌，也没有做出回答。我知道自己失言了，但同样的力量继续撬开了我的双唇，"我是一个根本不值得你多想一下的轻薄之人；我享受着你的好客之谊，却还在用狂妄的期许回报你的慷慨心胸——我爱你。"

她用双手撑住下巴，轻声回答："我爱你，我喜欢你对我说的话，我爱你。"

"那么我就要赢得你。"

"赢得我吧。"她回答道。

不过我只是静静地坐着，向她转过脸。她也保持着安静，甜美的面孔支在手掌上，和我相向而坐。当她的眼睛看进我的眼睛，我知道，她和我都不需要再用语言交流，她的灵魂已经回应了我。我挺起胸膛，感觉到青春和喜悦的爱情充盈在我的每一根血管中。她可爱的脸上洋溢着明艳的光彩，看上去仿佛刚刚从一场梦中醒来。她的目光带着一种探询的意味投向我的眼睛，让我在快乐中颤抖。我们吃着早餐，开始轻声交谈。我把我的名字告诉她，她也告诉了我她的名字——让娜·德伊斯小姐。

她提起了父亲和母亲的过世。她在十九岁的时候迁居到了这座小城堡中，陪在她身边的只有保姆佩拉吉、猎手格莱马雷克·雷恩和四名猎隼手：拉乌尔、加斯顿、哈斯塔和曾经侍奉过她父亲的皮里乌·路易斯先生。她从没有离开过这片荒野，甚至以前从没有见到过一个外人，她不知道自己是怎么听说过科尔塞莱克这个地方的，也许是猎隼手们提起过。她知道狼人与火焰让娜的故事，那是她的保姆佩拉吉讲给她听的。她在这里所做的只有刺绣和纺麻，猎隼和猎犬是她唯一的娱乐。当她在荒原上第一次遇到我的时候，我的喊声吓得她差一点栽倒在地上。的确，她从悬崖上看到过海面的航船，但她所驰骋游荡的荒原上根本看不到一个人影。老佩拉吉和她讲过一个传说——人们只要在这片蛮荒之地迷了路，就再也无法回去了，因为这片荒原有着自己的魔力。她不知道这是不是真的，也从没有认真思考过这件事，直到遇见我。她甚至不知道那些猎隼手们是否走出过这片荒原，如果他们能出去的话，是否会离开这里。是保姆佩拉吉房间里的书让她学会了阅读，但那些书都已经有数百年的历史了。

她和我讲述这些事情的时候，语气总是那样甜美又认真，一般只有天真的孩童才会这样说话。她觉得我的名字很容易念，也很好记。因为我的姓是菲利普，我一定有法国人的血脉。她对于外部世界似乎并不怎么好奇，我觉得她也许是认为对外部世界询问太多就是不尊敬保姆佩拉吉讲的那些故事。

我们一直坐在桌边。她将一粒粒葡萄扔给那些毫无畏惧地飞到我们脚边的小鸟。

我开始暗示性地提出离开这里，但她根本就不听。我在不知不觉中已经答应在这里停留一个星期，和他们一起飞鹰走犬。我还得到许可，能够从科尔塞莱克再来到这里拜访她。

"天哪，"她天真地说，"真不知道，如果你再也不回来了，我该怎么办。"我知道自己没有权力将她从我造成的爱情美梦里唤醒过来，便只能静静地坐着，甚至连呼吸都不敢。

"你会经常来吗？"她问道。

"特别经常。"我说。

"每天都来？"

"每天都来。"

"哦，"她叹了口气，"我真高兴。来看看我的隼吧。"

她站起身，再一次带着孩子的童真和占有心握住我的手。我们走过花园和果树林，来到一片旁边有小溪流过的绿茵草地上。草地上散落着十五到二十个树桩，有些树桩已经被青草埋住了，它们上面都立着猎隼，只有其中两个是空着的。这些猎隼都被皮绳拴在树桩上，皮绳的另一端系在猎隼腿部的钢环上。一小股清澈的泉水弯弯曲曲流淌过每一个树桩，树桩上的猎隼低下头就能碰到水面。

当女孩出现的时候，这些鸟都兴奋了起来。女孩逐一走到这些鸟的身边，爱抚它们，将它们托在手腕上，或者弯腰调整一下它们的脚环。

"它们是不是很漂亮？"女孩说，"看，这只隼多亲热。我们称它为'不顾一切'，因为它总是直接冲向猎物。这只蓝色的隼，我们用猎隼语称它为'高贵者'。因为它会高高飞翔在天空中，优雅地盘旋，然后从正上方扑向猎物。这只白隼是从北方来的。它也是'高贵者'！这里还有一只灰背隼。这只雄隼是隼里的英雄。"

我问她是怎样学会了古老的猎隼语，她说不记得了，不过她觉得一定是父亲在她很小的时候教过她。

然后她领我离开那些隼，又带我去看了还在巢中的雏隼。"它们在猎隼语中被称为 niais，"她解释说，"branchier 指的是刚刚能够离开巢，在树枝上蹦跳的小鸟。还没有褪去绒毛的小鸟被称为 sors，而 mué 则是褪去绒毛，但还在被笼养的鸟。如果我们捉住一只已经换过毛的野隼，我们就称它为 hagard。拉乌尔第一个教了我如何带隼。我可以教教你么？"

她坐到溪水旁，被猎隼们环绕着。我坐到她的脚边，仔细听她说话。

德伊斯小姐竖起一根玫瑰色的手指，非常严肃地说道：

"首先，你必须抓住那只隼。"

"我已经被抓住了。"我回答道。

她笑得非常美，还对我说，她以为我说不出这样的话来，因为我很高贵。

"我已经准备好被驯服了，"我回答道，"被拴上绳子，系上铃铛。"

她快活地大笑起来，"哦，我美丽的猎隼，那么你会因为我的呼唤而回来么？"

"我就是你的。"我郑重其事地回答道。

她在沉默中坐了片刻，面颊愈发红艳。然后她又竖起一根手指说道："听着，我想要说说猎隼语……"

"我在听，让娜·德伊斯女伯爵。"

但她仿佛又一次陷入遐想之中，她的目光越过了夏日天空中的云团，望向了更加遥远的某个地方。

"菲利普。"她终于说道。

"让娜。"我悄声回应。

"这就是一切……是我想要的一切。"她叹息一声，"菲利普和让娜。"

她向我伸出手。我用嘴唇轻触她的手指。

"赢得我吧。"她说道。这一次，她的身体和灵魂在一同对我说话。

过了一会儿，她又说："我们来说猎隼语吧。"

"开始吧，"我回应她，"我们已经捉住猎隼了。"

就在这时，让娜·德伊斯用双手握住我的手，告诉我让年轻的猎隼站在手腕上需要多么巨大的耐心，要让它一点一点适应带铃铛的皮绳和头罩。

"它们首先必须有好胃口，"她说道，"然后我会一点一点减少它们的食物——我们把给它的食物称作 pât。而野隼更是要在树桩上度过许多个晚上之后才能变得像现在这些鸟一样，那时我才可以将它放在手腕上，教导它去捕捉食物。我将 pât，也就是食物绑在一根绳子上，或者绑在假猎物上，教那只鸟来捕捉。一开始，我会将系住食物的绳子在头顶甩动，当隼飞过来的时候，我就将食物扔在地上，隼会落到地上进食。训练一段时间，它就能捉住被我在头顶上甩动或者放在地上的假猎物。那以后，再要教导隼攻击猎物就比较容易了。永远要记住'礼貌地对待鸟'，也就是说，要让鸟尝到猎物的滋味。"

一只猎隼的一连串尖叫声打断了让娜的话。她站起身，调整了一下系住它的绳子，但那只隼还是不停地扇动着翅膀，发出尖叫。

"出什么事了？"让娜说，"菲利普，你能看出来吗？"

我向四周望去。一开始，我没有看到任何会惊扰那些隼的东西，但现在所有的隼都开始尖叫和扇动翅膀了。这时，我的视线落在溪水旁一块平坦的石头上面——正是女孩让娜坐过的那块石头，一条灰色的蛇正缓缓游过那块石头。它扁平的三角头闪动着黑玉一样的光泽。

"一条库勒夫尔蛇。"女孩低声说。

"它没什么害处吧，是吗？"我问道。

女孩指着蛇颈上黑色的 V 形花纹说："它绝对是致命的。它是一条蝰蛇。"

我们看着这条蛇在光滑的石块表面缓慢地移动，进入了一片被阳光晒暖的地方。

我想要仔细去看看那条蛇，但女孩哭喊着抓住我的手臂，"不要，菲利普，我很害怕。"

"担心我？"

"担心你，菲利普，我爱你。"

我将她抱在怀中，亲吻她的嘴唇，我的口中只能不停地说着："让娜，让娜，让娜。"就在她颤抖着倒在我怀中的时候，有什么东西击中了我踩在草中的靴子，不过我没有在意。随后，我的脚踝再一次遭受了攻击。一股剧烈的疼痛从那里射入我的身体。我看着让娜·德伊斯甜美的面庞，亲吻她，用我所有的力气将她举起来，推到一旁。然后我弯下腰，将蝰蛇从我的脚踝上拽下来，用脚跟狠狠踏中它的头。我记得自己感觉到虚弱和麻木，记得自己跌倒在地上。透过逐渐变得模糊的双眼，我看见让娜苍白的面

孔向我靠近。当我眼睛里的光泽熄灭的时候，我仍然能感觉到她的手臂环抱住我的脖子，她柔软的面颊贴在我失去温度的嘴唇上。

我一睁开眼睛，就恐惧地向周围望去。让娜不见了，我看到了溪水和平坦的石块，看到了身边草丛中被我踩死的蝮蛇，但那些隼和树桩都消失了。我跳起身，花园、果树林、吊桥和有围墙的庭院都不见了。我只是愣愣地看着一堆爬满常春藤的灰色废墟。

大树已经撑破那里的地面，将那些瓦砾推开。我拖着麻木的脚向前挪过去。当我移动的时候，一只隼从废墟中的树梢上飞过，猛然上升，盘旋了几个小圈子，逐渐消失在高空的云层中。

"让娜，让娜，"我哭喊着，但我的声音渐渐消失了。我跪倒在野草中。也许是上帝的意愿，我在不知不觉中正跪在一座坍塌的圣坛前，那上面雕刻着圣母哀子像。我看到马利亚凄凉的面庞呈现在冰冷的石块上面，我看到她脚边的十字架和荆棘，在雕像下面，我看到写着：

为少女让娜·德伊斯的灵魂祈祷，

她死于自己的青春时代，

因为她爱上了菲利普，

一个外乡人。

公元 1573

但在冰冷的石板上，还放着一只依旧温暖的手套，散发着一位女子动人的芳香。

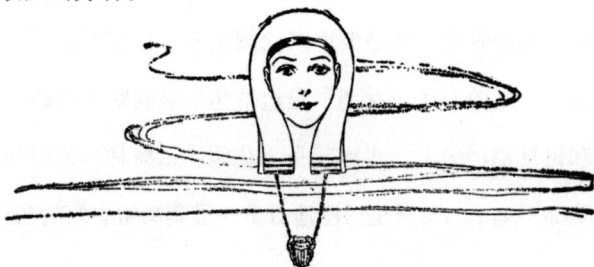

先知的天堂

The Prophet's Paradise

如果葡萄藤与弃爱的乐队在先知的天堂里，唉，我怀疑先知的天堂是否会像一个人的手掌那样空空如也。

工作室

他微笑着说："去全世界寻找她。"

我说："为何要对我谈什么世界？我的世界就在这里，就在这些墙壁之间和这一片玻璃上面。这些镀金的酒壶、暗淡的珠宝兵器、失去光泽的画框和画面、黑色的柜子和有着优雅雕花、蓝色和金色涂漆的高背椅。我的世界就在这里。"

"你在等谁？"他问道。我回答他，"当她来到的时候，我就会认得她。"

在我的壁炉里，一点火舌正向渐渐发白的灰烬悄悄诉说着秘密。我听到下方的街道中响起了脚步声、说话声、还有歌声。

"那么你到底在等谁？"他又问。

我回答："她来了我才知道。"

脚步声、说话声和歌声，就在下面的街道上。我认得那歌声，却不认得脚步声和说话声。

"愚蠢！"他喊道，"那歌声是一样的，但说话声和脚步声已经随着岁月改变了！"

壁炉里，火舌在变白的灰烬上悄声说道："不要再等了。已经都过去了，下面街道上的脚步和话音都远去了。"

然后他微笑着说："你在等谁？去全世界寻找她！"

我回答道："我的世界就在这里，就在这些墙壁之间和这一片玻璃上面。这些镀金的酒壶、暗淡的珠宝兵器、失去光泽的画框和画面、黑色的柜子和有着优雅雕花、蓝色和金色涂漆的高背椅。我的世界就在这里。"

幻　象

过去的幻象不再继续。

"如果这是真的，"她叹息了一声，"你在我身上看到了一位朋友的样子，那就让我们一起恢复成过去的样子。你会忘记，在这里，在夏日的天空下。"

我将她抱住，恳求她，爱抚她。我在白热的怒火中抓住她。

但她在抵抗。

"如果这是真的，"她叹息了一声，"你在我身上看到了一位朋友的样子，那就让我们一起恢复成过去的样子。"

过去的幻象不再继续。

牺　牲

　　我走进一片花海。它们的花瓣比雪更白，花蕊比黄金更纯净。

　　远方的田野中，一个女人在哭喊："我已经杀死了我爱的他！"她将一只罐子里的鲜血浇灌在花朵上。那些花瓣比雪更白，花蕊比黄金更纯粹。

我追随到远方的田野中，从那罐子里听到了一千个名字。罐子里的鲜血溢出了罐口。

　　"我已经杀死了我爱的他！"女子哭喊着，"世界干渴难耐，现在就让它痛饮吧！"她从我眼前经过。在远方的田野中，我看见她将鲜血浇灌在花朵上。那些花瓣比雪更白，花蕊比黄金更纯粹。

命 运

我来到几乎无人可以通过的桥头。

"通过！"看门人喊道。但我大笑着说，"还有时间。"看门人微微一笑，关上了大门。

在几乎无人可以通过的桥头，来了年轻人和老人。所有人都被拒绝了。我无聊地站在一旁，点数着他们，对他们的吵闹和哀伤感到厌烦。我再次来到几乎无人可以通过的桥头。

麇集在大门前的人们尖叫着："他来得太晚了！"但我大笑着说："还有时间。"

"通过！"看门人喊道。我走了进去。他微微一笑，关上了大门。

199

人　群

    在这里，人群最密集的街道上，我和白面丑角站在一起。所有目光都转向了我。

    "他们在笑什么？"我问道。丑角笑了一下，掸去我黑色斗篷上的白灰，"我看不见。一定有一些滑稽的事情，也许是一个诚实的贼！"

    所有目光都转向了我。

"他抢了你的钱包！"他们大笑着。

"我的钱包！"我哭喊道，"丑角，帮帮我！真有一个贼！"

他们大笑着："他抢了你的钱包！"

真相举着一面镜子走出来，高喊道："如果他是一个诚实的贼，丑角就应该在这面镜子里找到他！"但他只是笑了一下，掸去了我黑色斗篷上的白灰。

"你看到了，"他说道，"真相是一个诚实的贼。她送回了你的镜子。"

所有目光都转向了我。

"逮捕真相！"我喊道，忘记了我丢失的不是一面镜子，而是一只钱包。和白面丑角站在一起，在人群最密集的街道中。

小 丑

“她漂亮么？肤色雪白么？”我问道。但他只是嘿嘿笑了两声，仿佛还在听着自己帽子上的铃铛作响。

“那是能杀人的美丽。”他窃笑着说道，“想想那漫长的旅程，那些危险的白天，那些恐怖的夜晚！想想他是如何流浪，只为了她，年复一年，穿越敌意四伏的土地，想念着亲人好友，却只是渴望着她！”

"杀人的美丽。"他窃笑着，倾听着帽子上的铃铛作响。

"她在家门口亲吻了他，"他窃笑着，"但还是在走廊里，他兄弟的迎接才触动了他的心。"

"她漂亮么？肤色雪白么？"我问道。

"那是能杀人的美丽。"他发出咯咯的笑声，"想想那漫长的旅程，那些危险的白天，那些恐怖的夜晚！想想他是如何流浪，只为了她，年复一年，穿越敌意四伏的土地，想念着亲人好友，却只是渴望着她！"

"她在家门口亲吻了他，"他窃笑着，"但还是在走廊里，他兄弟的迎接才触动了他的心。"

"她漂亮么？肤色雪白么？"我问道。但他只是在狞笑，倾听着帽子上的铃铛作响。

绿　室

　　小丑向镜子转过他敷满白粉的脸。

　　"如果肤色雪白就是美丽，"他说道，"谁能够和我白色的面具相比？"

　　"谁能够和他白色的面具相比？"我问身边的死亡。

　　"谁能够和我相比，"死亡说，"我总是会更白一些。"

　　"你很美丽。"小丑叹息一声，将敷满白粉的脸从镜子前转开。

爱情测试

　　"如果你的爱是真的,"爱情说,"那么就不要再等待。把这些珠宝给她,它们会带给她耻辱,也会带给你耻辱,因为你爱上了一个接受耻辱的人。如果你的爱是真的。"爱情说,"那就不要再等待。"

　　我接过珠宝,向她走过去。但她踩碎了它们,抽泣着说:"教会我等待,我爱你!"

　　"那就等待吧,如果这是真的。"爱情说。

CARCOSA

四风街

The Street of the Four Winds

闭上你的眼，

交叉双臂在胸前，

在你昏昏欲睡的心里

永远猎杀所有的目的。

我歌唱大自然，

傍晚的星星，清晨的泪水，

遥远地平线上的落日，

还有对着心说话的天空，现实的未来！†

---

† 原文为法语。

I

那小野兽在门前停住脚步，心中充满猜疑和警惕，准备如有必要就立刻逃走。赛弗恩放下调色板，伸出一只手表示欢迎。那只猫仍然一动不动，黄色的眼睛死死盯住赛弗恩。

"猫咪，"赛弗恩用轻柔喜悦的声音说，"进来。"

细长的猫尾尖端犹疑地抖动着。

"进来。"赛弗恩又说了一遍。

很明显，猫从他的声音中感受到了安慰，便慢慢倒卧下来，只是一双眼睛依然紧盯住赛弗恩，尾巴卷曲到消瘦的肋侧。

赛弗恩微笑着从画架前站起身。猫安静地看着他向自己走过来，弯下腰，伸手抚摸自己的头顶。猫的目光转向了他的手，发出一声虚弱的喵鸣。

赛弗恩早已习惯和和动物交谈。这也许是因为他已经孤身生活了太久。现在他问道："出什么事了，猫咪？"

猫的双眼羞怯地望向赛弗恩的眼睛。

"我明白，"赛弗恩温和地说，"马上就会来。"

然后他就开始安静而迅速地履行起了作为主人的职责，洗净一只茶盘，在里面倒满放在窗台上的剩牛奶，又跪到猫面前，在手里碾碎一个小圆面包。

猫站起身，蹑手蹑脚地向茶盘走过来。

他用一把调色刀将面包屑和牛奶搅拌在一起，然后就向后退去。看着猫将鼻子探进茶盘。他一直静静地看着这只猫。一时间，房间里只剩下了茶盘偶尔摩擦地面的微弱声音。猫一点一点地吃着。终于，面包全部吃光了。紫红色的猫舌头舔过了茶盘的每一片地方，直到整只盘子像抛光的大理石一样闪闪发亮。然后猫坐下去，冷漠地将脊背转向赛弗恩，开始清理身体。

"把它留下吧，"赛弗恩饶有兴致地说，"你需要它。"

猫抖动着一只耳朵，但没有转身，也没有停止清洁。随着它毛发上的脏污渐渐被清理掉，赛弗恩才看出它本应该是一只白猫。它的毛发有几处缺损——可能是疾病导致，也有可能是打斗时负了伤。它的尾巴显得异常干瘦，一串脊椎凸起在背上。但在把身体舔过一遍之后，它曾经的魅力又显现了出来。当它继续清理工作的时候，赛弗恩一直没有再开口。直到它终于闭上眼睛，将胸口伏到前爪上，赛弗恩才非常轻柔地再次说道："猫咪，和我说说你的麻烦。"

听到赛弗恩的声音，猫发出一阵沙哑的咕哝，赛弗恩知道，它其实是想要惬意地呜呜叫两声。赛弗恩俯身轻抚猫的面颊。猫又喵地叫了一声。赛弗恩回应说："当然，你的状况好多了。等你全身的羽毛都长好了，你一定是一只非常漂亮的小鸟。"猫听懂了赛弗恩的赞美，站起身，绕着赛弗恩的腿走来走去，探头到赛弗恩的双脚之间，表示自己的快乐。赛弗恩则以严肃的礼貌态度予以回应。

"那么，你到底是为什么要来到这里呢？"赛弗恩问它，"来到四风街，来到五楼的一扇欢迎你的门前。当我从画布前转过身，看着你的黄色眼睛时，是什么阻止了你立刻逃走？你是拉丁区的猫吗？就像我是拉丁区的人。为什么你的脖子上会有玫瑰色的花带？"现在这只猫已经爬上了他的膝头，正坐在他的大腿上"呜呜"地叫着，让赛弗恩轻轻抚摸它稀疏的毛发。

"如果我有任何粗俗的言谈和举动，还请原谅，"赛弗恩继续用充满慰藉的舒缓语气说着话，与猫的呜呜声很是和谐，"只不过我禁不住会对这玫瑰色的花带感到好奇。这些花的做工是这样精致，扣环还是白银的。我能看到这副扣环边缘的铸造标记，那代表着法兰西共和国法律所保护的高贵地位。那么，为什么这条有着精美刺绣的玫瑰色丝绸花带……为什么这条有着白银带扣的花带会系在你饱受饥馑之苦的喉咙上？如果我询问这条花带的主人会不会就是你的主人——这个问题是否有任何不当之处？她会不会是一位上了年纪的夫人，心中无法忘记年轻时的荣耀与尊贵，再加上对你的宠爱，便用她的私人服饰装扮你？这条花带的长度应该能说明这一点。你的脖子很细，但这条花带的确能戴在你的脖子上。但我会注意到许多事情。我注意到这条花带其实能够被拉长很多。我看到花带上镶着五枚白银扣环。而第五枚小孔被磨损得很厉害。似乎带扣更多是被固定在这里。那么花带原来环绕的东西其实比你的脖子要粗很多。"

猫满足地蜷起脚趾。外面的街道非常安静。

赛弗恩继续喃喃地说道："为什么你的女主人会用一件对她来说非常重要的饰物来装饰你？至少这条花带曾经对她很重要。她是如何将这一点丝绸和白银系在你脖子上的？会不会是因为她一时的心血来潮？当你还有着丰满的身材和美丽的雪白毛发时，有一天你走进她的卧室，用甜美的叫声向她道早安，她便欣然将花带当作礼物送给了你？当然，那时她一定坐在枕头堆里，蓬松的卷发散落在肩头。而你一下子跳到床上，喵喵地说：'早安，我的女主人。'哦，她一定会非常高兴吧。"赛弗恩打了个哈欠，将头枕在椅背上。猫还在"呜呜"地低声叫着，在赛弗恩的膝头不紧不慢地将肉垫爪子收紧又放松。

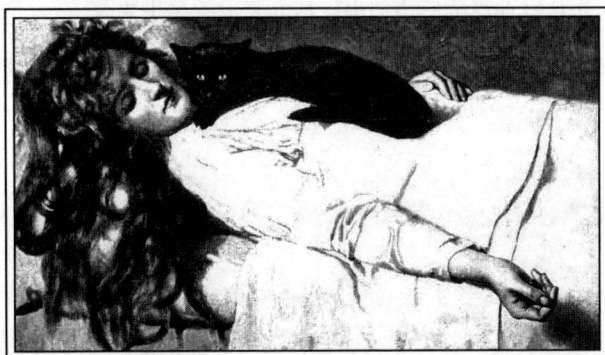

"猫啊，我是不是应该再和你聊一聊她的事情？她一定非常美丽——你的女主人，"赛弗恩昏昏欲睡地嘟囔着，"她的头发很浓密，就像闪闪发光的黄金。我能够把她画下来……不是在画布上……我需要影子、光晕、色调、渲染——所有这一切都必须比灿烂的彩虹都更加艳丽夺目。所以我只能闭起双眼来描绘她。只有在梦里，我才能得到我所需要的颜色。要表现她的眼睛，我必须使用来自天空的蓝色，其中还不能羼杂一丝云彩——必须是梦想王国的天空。要画出她的嘴唇，我需要来自于梦幻乡宫殿里的玫瑰。画她的额头需要用白雪做颜料。不是普通的白雪，而是攀上去就能摸到月亮的奇幻山峰最高处的积雪——那也不是我们看到的普通月亮，而是隐藏在更高处的，梦幻乡的水晶之月。你的女主人，她一定非常非常美。"

话音从赛弗恩的唇边消失。他的眼皮垂了下来。

猫也睡去了。它的面颊枕在自己肋骨上，爪子软绵绵地放松下来。

II

"真是幸运啊，"赛弗恩坐起来，伸了个懒腰，"晚餐时间在我们做梦的时候就过去了，因为我实在没有什么可以给你吃的。不过一个银法郎就能解决这个问题了。"

猫在赛弗恩的大腿上站起身，弓起脊背打了个哈欠，抬起头看着他。

"我们应该吃些什么？烤鸡配沙拉？不？可能你更喜欢牛肉？当然，我可以试试鸡蛋和白面包。现在要决定喝些什么佳酿了。你要牛奶？很好。我可以喝些水，保存在大树躯干里的新鲜水。"他指了指水槽里的木桶。

他戴上帽子，离开了房间。猫跟随他走到门口。赛弗恩关上屋门之后，猫就坐下来，嗅着门板上的裂缝。这座疯狂的老房子每一次发出吱嘎的响声，猫都会竖起一只耳朵。

楼下的门开了又关。猫的表情很严肃。片刻间，它又显露出犹疑的神色。因为紧张的期待，它将耳朵抿在了脑后。突然间，它尾巴一抽，站立起来。开始悄无声息地在这间画室中巡行。一瓶松节油让它打了个喷嚏，匆匆退到桌边。随后一段时间里，桌子上的一根红色塑形蜡满足了它的好奇心。它又回到门边坐下来，眼睛透过门槛上方的一道裂缝向外望去，同时发出微弱而又凄凉的感叹。

赛弗恩回来的时候，面色显得格外凝重。猫则高兴地绕着他转圈，用自己瘦弱的身子磨蹭他的双腿，热心地把头放在他的手心里。激动地发出又长又细的呜呜声。

赛弗恩将一点用牛皮纸包着的肉放到桌上。用一把小折刀把肉切碎。又拿出一只盛满牛奶的小药瓶，把牛奶倒进壁炉前的茶盘里。

猫蜷缩在茶盘旁边，一边舔着牛奶，一边呜呜地叫着。

赛弗恩煮好自己的一颗鸡蛋，配上一片面包，一边吃一边看着正在埋头吃肉的猫。他吃完蛋和面包的时候，也喝光了一杯从水桶里舀出来的水。然后他坐到猫身边，把猫抱起来，放到腿上。猫立刻蜷起身子，开始清理毛发。赛弗恩一边轻轻抚摸猫，一边开了口：

"猫啊，我找到你的女主人住在哪里了。那儿离这里并不远。实际上，她和我们就住在同一片漏雨的屋顶下。只不过她住在这座楼的北翼。我本来以为那里已经没人居住了。这是看门人告诉我的。幸好他今晚几乎可以说还没喝醉。你吃的肉是我从塞纳河街的屠夫那里买的。他认得你。面包师老卡巴内毫无道理地说了许多挖苦你的话。他们和我说了一些关于你女主人的糟糕传闻——那都是我不应该相信的谣言。他们说她懒惰、虚荣、爱好享乐，还说她轻率鲁莽，不切实际。住在一楼的那个小雕刻家也总是从老卡巴内那里买小圆面包。他和我算是点头之交。直到今晚，他才第一次和我说了话。他说你的女主人是非常好，非常美丽的女子。他只见过她一次，也不知道她的名字。我感谢了他——我不知道为什么要那样热切地感谢他。卡巴内说：'在被诅咒的四风街，四个方向的风全都会吹来邪恶的东西。'那位雕刻家对面包师的这句话显得很困惑。不过当他拿着面包离开面包店的时候，他对我说：'我相信，先生，她的善良就像她的美丽一样，是一眼就能看出来的。'"

猫完成了梳理，轻轻跳到地板上，朝门口走去，在那里嗅了嗅。赛弗恩跪到它身边，解下它脖子上的花带，拿在手中。片刻之后他说道："这枚银带扣下面刻着一个名字，很美丽的名字——西尔维娅·艾雯。西尔维娅是一位女性的名字。艾雯是一座小镇的名字。就在巴黎，就在这个区，在四风街。岁月改变了这里的一切，也让这个名字被遗忘了。我知道这个名为'艾雯'的小镇。因为我在那里曾经面对面地遭遇过命运。而命运并不仁慈。但你知道吗？在艾雯，命运有另一个名字，那个名字就是西尔维娅。"

　　赛弗恩放下花带。站起身，低头看着蜷伏在门前的猫。

　　"'艾雯'这个名字对我有一种魔力。它总让我想到青草绿荫和清澈的河水。'西尔维娅'却会给我带来困扰，让我想到死去花朵的香气。"

　　猫喵喵叫了一声。

　　"是的，是的，"赛弗恩用安慰的语气说，"我会送你回去。你的西尔维娅不是我的西尔维娅。这个世界很大，并非所有人都不知道艾雯。但在这个阴暗肮脏的巴黎贫民窟里，在这座古老房屋的阴影中，这些名字也会给我带来安慰。"

　　他将猫抱在臂弯里，走过寂静的走廊，下了五层楼梯，来到被月光照亮的庭院中，走过雕刻家的小屋，穿过楼房北翼的大门，登上被蛆虫吃空的楼梯，最终来到一扇紧闭的门前。敲了很长时间的门后，他听到门里传来一些动静。门开了，他走进去。房间里很暗。他一迈过门槛，猫就从他的臂弯里跳进阴影之中。他仔细倾听，却什么都没有听到。这里的寂静给人一种沉重的压迫感。他划着一根火柴，发现自己身边就有一张桌子。桌上的镀金烛台中插着一支蜡烛。他将蜡烛点亮，再次环顾四周。这个房间很大，挂着满是刺绣的帷幔。壁炉上有一座高大的雕花壁炉台。但炉膛中的火早已熄灭，只剩下灰烬。深陷在墙壁中的窗户旁有一处凹室。一张床被摆在那里。蕾丝床帐一直垂到抛光的地板上，看上去柔软又精致。赛弗恩将蜡烛高举过头，才发现自己的脚边有一块手帕。手帕上带着淡淡的香水气味。他向窗口转过身。窗前有一个沙发。沙发上凌乱地堆着一件丝绸长裙和一双精美得仿佛是用蛛丝织成的白色蕾丝长手套，它们上面都已经满是皱纹。地板上有两只长袜，一双尖头小鞋子，还有一条玫瑰色的丝绸花带，上面镶缀着美丽的花朵和白银带扣。赛弗恩惊讶地向前走过去，拉开厚重的床帐。片刻间，烛火在他的手中闪动了一下。他的眼睛遇到了另外一双眼睛——大睁着，带着笑意。闪烁的烛光照亮了黄金一样秀美的长发。

　　她面色苍白，但还没有赛弗恩的脸色那样白。她的双眼像孩童一样天真快乐，没有任何烦恼。赛弗恩看着她，全身都在颤抖，烛火在他的手中更是不停地抖动着。

终于，赛弗恩悄声说道："西尔维娅，是我。"

他又说了一遍："是我。"

终于，赛弗恩明白她已经死了。他亲吻了她的嘴唇。在这漫长的黑夜里，猫在他的膝头轻声叫着，肉垫爪子不停地拢起又松开，直到四风街头的天空渐渐变白。

CARCOSA

街上的第一枚炮弹

The Street of the First Shell

好好庆贺吧，阴郁的月要死了，

一弯新月马上就要来报答我们；

看看那个旧的，越来越瘦，越来越弯，苍白无力，

她老了，很快，她就会从天空中消失。

I

　　房间里已经很暗了。高高的屋顶隔断了十二月残存的阳光。女孩将椅子拉到窗前，挑选了一根大针，穿上线，又将线在手指上绕好了结。然后她将婴儿的衣服在膝盖上抚平，开始了缝纫。缝好之后，她低头把线咬断，又用一根小一些的针缝合衣襟的镶边。最后，她将线头和蕾丝碎片清理干净，再一次满怀爱意地将衣服放到大腿上，从胸衣上取下另一根穿好线的针，用它穿过一枚纽扣。但是当纽扣沿着细线旋转落下的时候，她的手抖了一下。线断了。纽扣滚落到地板上。她抬起头，眼睛盯住窗外那些烟囱上方正逐渐暗淡下去的一缕阳光。从城市中的某个地方传来了仿佛击鼓的模糊声音。更远处——非常非常遥远的地方，有一种模糊的咕哝声正在变大，越来越大，就好像遥远的海浪在拍打岸边的岩石，又渐渐退去，发出凶恶的吼叫。寒意越来越重，冰冷刺骨的感觉在房梁之间弥漫开来，将空气扼住、勒紧。与之相比，昨

227

天的那种阴冷天气也要暖和得多。下面街道上的每一种声音都变得如同金属般冷硬锐利——木底皮鞋踩踏路面的声音，百叶窗磕碰窗框的声音，还有偶尔传来的说话声音。空气越来越沉重，融入了黑暗和寒冷之后，变得如同棺材的罩布。现在呼吸会造成痛苦，任何动作都变得吃力。

在凄凉的天空中飘飞着疲惫；阴沉的黑云里隐藏着哀伤。这种来自苍穹的情绪渗透进这慢慢被冻结的城市，落入穿过城中的结冰河流。这座壮丽的城市拥有许多塔楼和圆顶、码头、桥梁，还有千座尖塔。所有这一切都被淹没在这种情绪之中。它进入城中的广场，占据了大道和宫殿，悄然跨越桥梁，钻进拉丁区狭小的街巷中。让整座城市像十二月的灰色天空一样变成了灰色。哀伤，彻彻底底的哀伤。一片细小的冰粒从天空中落下，如同砂砾一般铺满街道，堆积成水晶的灰尘，又随风撞上窗格玻璃，覆盖了外面的窗台。窗外的光亮几乎要完全消失了。低头工作的女孩忽然扬起脸来，拨开眼睛上的卷发。

"杰克？"

"什么事，我最最亲爱的？"

"不要忘记清洁你的调色板。"

杰克说了一声"好的"，拿起了他的调色板，坐到火炉前的地板上。他的头和肩膀都陷在阴影中，但火光落在他的膝盖上，在调色刀的锋刃上染出一片跳跃的红色。借助炉火的照明，能看到他身边有一只油彩盒。盒盖上刻着：

```
杰克 · 特朗

美术学院

1870†
```

铭文下面还装饰着美国和法国的国旗。

冻雨不断被吹落在窗格上，在玻璃上面镶嵌了无数星星和钻石，又被屋中的热气融化，流淌下来，重新冻成冰，绘制出蕨草一样的透明花纹。

一只狗发出哀怨的呜呜声，还伴随着小爪子敲击在火炉后波纹铁板上的吧嗒声。

"杰克，亲爱的，你觉得海格力斯是不是饿了？"

爪子敲击火炉的声音变得更加响亮了。

"海格力斯一直在叫，"她紧张地继续说道，"如果不是因为它

---

† 普法战争爆发于 1870 年，故事正发生于巴黎被围城期间。

饿了，那就是因为……"

她的话音戛然而止。一种响亮的嗡鸣声充满了整个房间，就连窗户都被震得抖动不止。

"哦，杰克，"她喊道，"又是……"但她的声音已经被一枚炮弹撕裂云层的凄厉尖叫所淹没了。

"到现在为止，这是最近的一次了。"她低声说道。

"嗯，没事。"杰克快活地回应道，"它也许是落到蒙马特区去了。"看到她没有回话，杰克又故作毫不在意地说，"他们不会费力气向拉丁区开炮的。而且就算他们炮轰这里，也不可能让这里变得更糟。"

过了一会儿，她也用明快的声音说："杰克，亲爱的，你什么时候会带我去看看韦斯特先生的雕像作品？"

"我打赌，"杰克扔下调色板，来到她身边，向窗外望去，"科莉特今天一定来过这里。"

"为什么？"她睁大眼睛问了一声，又说道，"哦，这太糟了！说实话，男人在以为自己无所不知的时候就会变得很讨厌！我警告你，如果韦斯特先生只是徒劳地想象科莉特……"

另一颗炮弹从北方呼啸着飞过天空，让空气也随之颤抖。他们觉得这凄厉的呼啸声就从自己的头顶越过去，只剩下窗户在轻轻磕碰窗框。

"天哪，"杰克的话冲口而出，"这也太近，太吓人了。"

他们沉默了片刻。然后杰克又恢复了快活的语调。"坚持住，西尔维娅，憔悴可怜的韦斯特也会坚持下去的。"但她只是叹了一口气，"哦，亲爱的，我可能永远都无法适应这些炮弹。"

杰克坐到她身边的椅子扶手上。

她的剪刀当啷一声掉到地上。她将没有完工的裙子也扔到一旁，伸出双臂抱住杰克的脖子，把他拉到自己怀里。

"今晚不要出门，杰克。"

杰克亲吻着她扬起的脸。"你知道我必须出去，不要让我为难。"

"可是我一听到那些炮弹……知道你在外面……"

"但它们都是落到蒙马特区去的……"

"他们也许全都会落到美术学院去，你自己也说过，有两颗炮弹击中了奥赛码头……"

"那只是意外……"

"那你就可怜可怜我！让我和你一起去！"

"那么谁在家里做晚饭呢？"

她站起身，一头倒在床上。

"哦，我知道你一定要去，但我就是没办法接受。不管怎样，我求你尽量早点回家吃饭。真希望你知道我到底有多难受！我……我就是管不住自己。亲爱的，你一定要对我耐心一些。"

杰克说道："那里就像我们的家一样安全。"

她看着杰克为她注满了酒精灯，把灯点亮，再拿起帽子准备离开。她跳起身，一言不发地抓住杰克。片刻之后，杰克说："听着，西尔维娅，你要记住，你才是我的勇气。好了，我必须走了！"她没有松手。杰克又重复了一遍："我必须走了。"她才后退一步。杰克以为她会说些什么，便站在原地等待着。但她只是看着杰克，带着一点焦急。杰克又亲吻了她，并说道："不必担心，我最最亲爱的。"

当杰克距离街道只剩一层楼梯的时候，一个女人蹒跚着走出大楼看门人的小屋，手中挥舞着一封信喊道："杰克先生！杰克先生！这是法洛比先生留下的！"

杰克接过信，靠在小屋的门框上，打开信纸：

亲爱的杰克，

我相信布赖特先生已经彻底破产了，而且我确定法洛比先生也是一样。布赖特发誓他没有。法洛比也发誓没有。所以你尽可以自行做出结论。我已经计划好了晚餐。

如果这样可行的话，我会邀请你也加入。

你最忠实的，

韦斯特

另：感谢主！法洛比已经动摇了哈特曼和他的团伙。那里有一些东西已经烂掉了——抑或他只是一个守财奴。

又另：我无可救药地陷入了爱情之中，这是以前从未有过的。但我相信，我在她的眼里根本就轻如草芥。

"好吧，"杰克·特朗微笑着对看门人说，"科塔德老爹怎样了？"那位老妇人摇摇头，朝小屋里带着帐子的床指了指。

"科塔德老爹！"杰克·特朗欢快地说道，"今天你的伤怎么样了？"他来到床边，掀起帐子。一个年迈的男人正躺在乱作一团的被褥中。

"好些了？"杰克·特朗问。

"好些了。"那位老者虚弱地说道，停顿一下之后，他又说，"有什么新闻吗，杰克先生？"

"我今天还没有出门。无论听到什么传闻，我都会给你带回来的。不过天知道，我带回来的谣言已经够多了。"他嘟囔了这么一句，又提高声音说道，"高兴些吧，你看起来好多了。"

"战争怎么样？"

"哦，这场战争。这个星期又要有行动了。特罗舒将军昨晚发出了命令。"

"那一定很可怕。"

"一定会让人恶心。"杰克·特朗一边这样想着，一边走到街上，拐了个弯，朝塞纳街走去，"杀人，杀人，呸！真高兴我不用参加。"

街上看不见多少行人。有几个女人用破烂的军用斗篷裹住身子，静悄悄地走在冰冷的石板路面上。一个衣衫破烂的流浪儿在林荫大道街角落里的阴沟口旁边徘徊。他用腰间的一根绳子捆住用来御寒的破布。那根绳子上挂着一只还在流血的老鼠，看上去还有热气。

"那儿还有一只，"他向杰克·特朗喊道，"我打中了它，但它逃走了。"

杰克走过街道问：多少钱？

"两法郎可以买四分之一只肥的。圣日耳曼市场上也是这个价。"

一阵猛烈的咳嗽打断了流浪儿的话。流浪儿用手掌抹了一下脸，狡猾地看着杰克，继续说道，"上个星期，你用六法郎就能买一只老鼠。"说到这里，他恶狠狠地骂了一句，"但是现在老鼠已经离开了塞纳街。新医院那边快杀光老鼠了。如果你愿意掏七法郎，我就把这只老鼠给你。我在圣路易斯岛能把它卖到十法郎。"

"你说谎。"杰克说道，"我来告诉你。如果你想要在这个街区欺骗任何人，这里的人们会立刻解决掉你和你的老鼠。"

杰克瞪视着这个流浪儿。这个孩子则装出一副要哭的样子。杰克便大笑着丢给他一个法郎。孩子接住硬币，把它塞进嘴里，又向阴沟口转过身，蹲伏下去，一动不动，双眼警惕地盯住了下水道的栅栏，突然向前跳去，将一块石头朝下水道砸下去。杰克走开的时候，流浪儿又捉住了一只灰色的老鼠。不过那只老鼠还在阴沟口激烈地挣扎和尖叫。

"不知道布赖特会不会这样，可怜的小家伙。"他一边这样想着，一边加快脚步。又拐了一个弯，他就来到了美术学院所在的夯土街道上，走进了街左边的第三幢房子。

"先生在家。"年老的看门人用颤抖的声音说道。

家？这根本就是一个空荡荡的阁楼，只是在角落里放着一张铁床架。铁洗脸盆和水罐只能放在地上。

韦斯特出现在门口，神秘兮兮地眨眨眼，示意杰克进屋里来。布赖特在作画。为了保暖，他坐到了床上。杰克一进来，他就笑着扬起头，摆了摆双手。

"有什么消息么？"

这个例行公事的问题得到了一成不变的回答："除了大炮，什么都没有。"

杰克也坐到床上。

"你们到底是在哪里搞到它的？"他指着洗脸盆里的一只鸡问道。

韦斯特咧嘴一笑。

"你们两个是百万富翁吗？快说。"

布赖特显得有些羞愧。他开口道："哦，这是韦斯特的功劳。"不过他的话被韦斯特打断了。韦斯特说这个故事应该由他自己来讲。

"实际上，在巴黎遭受围攻之前，我刚刚得到一封介绍信，把我引荐给了这里的一个'人物'，一个富得流油的银行家，德国和美国的混血儿。你一定知道这种人。嗯，当然，我当时把这封信忘记了。不过今天早晨，我判断这会是一个好机会，于是我去拜访了他。"

"那个恶棍生活得非常舒服。他的炉子里有火！乖乖，还是前厅里的炉子！给他看门的家伙对我非常傲慢，磨蹭了半天才答应把我的信和名片送进去。而我就这样被丢在走廊里独自站着。我不喜欢这样，于是我走进第一个房间，看到炉火前的桌子上丰盛的筵席，我差一点晕了过去。看门的出来了，比刚才更加傲慢。他拒绝了我，说他的主人不在家，还说他的主人非常忙，根本不会看什么介绍信。现在他的主人需要处理围城和其他许多艰难的事务……

"我踢了那个门卫一脚，从桌上拿起这只鸡，把名片扔在盛鸡的空盘子里，告诉那个门卫，他就是一头普鲁士猪，然后我就带着战争的荣耀出来了。"

杰克摇摇头。

"我忘记说了，"韦斯特继续说道，"根据我的推测，那个哈特曼经常在那里大吃大喝。现在，说到这只鸡，它的一半是布赖特和我的，一半是科莉特的。不过当然，你可以帮助我吃掉我的那一部分，因为我并不饿。"

"我也不饿，"布赖特开口道。但杰克只是向这两个面孔苍白清瘦的人微微一笑，摇着头说，"胡说！你们知道我从不会觉得饿！"

韦斯特犹豫了一下，切下了布赖特的那一份鸡，但一口都没有给自己留。向杰克和布赖特道过晚安之后，他就拿着剩下的鸡匆匆赶往大蛇街470号去了。那里住着一位名叫科莉特的美丽女孩。色当战役之后，她就成了孤儿。天知道她怎么会直到现在还有玫瑰色的面颊。这场围城战已经让穷人的生活变得越来越艰难了。

"那只鸡一定会让她非常高兴，而我真心相信她是爱韦斯特的。"杰克说着回到床边，"嗨，老家伙，别躲躲藏藏的了，你还有多少钱？"

布赖特也是面带犹豫，脸色泛红。

"好了，老伙计。"杰克继续催促着。

布赖特从自己的枕头下面拿出钱包，递给他的朋友。他脸上的那种质朴表情让杰克不由得为之动容。

"七个苏†，"杰克很快就数清了钱包里的硬币，"你真是让我心累！你到底为什么不来找我？这会让我……让我难过的，布赖特！我必须向你解释多少遍，因为我有钱，所以我的责任就是将钱分给大家。而你的责任和每一个美国人的责任就是和我一同用掉这些钱。这座城市已经被封锁了。除了我这里，你在其他地方找不到一分钱。那些德国恶棍已经让美国公使忙不过来了。为什么你不理智一点？"

---

† 苏是法国旧时货币单位，一法郎等于二十苏。

"我……我会的，杰克，但我根本没可能还这笔债，就算是还一部分也不可能。我太穷了，而且……"

"你肯定可以还我！如果我是一个放高利贷的，我就会用你的才能做抵押。等你富裕了，有了名望……"

"不要说了，杰克……"

"好吧，以后不要再说什么钱的事了。"

杰克将一打金币丢进钱包里，重新把钱包塞回到枕头下面，微笑着问布赖特："你多大了？"

"十六岁。"

杰克伸手轻轻按住这位朋友的肩膀："我二十一，我对你可是有长辈一样的权力。你要照我说的去做，直到你二十一岁。"

"希望那时围城已经结束了。"布赖特努力笑了两声，但我能听到那笑声中隐藏着他的祈祷："还有多久，我的主啊，还有多久啊！"一阵炮弹的急速尖啸再次撕裂了十二月夜空中的风暴云层。

II

韦斯特站在大蛇街一幢楼房的门口，正在气愤地说着话。他说他不在乎哈特曼是不是喜欢。他是在告知哈特曼，而不是要和哈特曼争论。

"你自称为美国人！"韦斯特冷笑着说，"柏林和地狱里全都是这种美国人。你来这里调戏科莉特，在口袋里塞满白面包和牛肉，还有一瓶三十法郎的红酒。但你从没有为美国人的救护车和公共援助系统提供过一美元。而布赖特一直在资助它们，却只能饿肚子！"

哈特曼退到马路边上，但韦斯特一直追赶着他。现在韦斯特的脸上像是覆盖了一层雷暴云砧。"难道你还敢自称为我们的同胞吗？"他咆哮道，"不，你也不再是艺术家了！艺术家不会成为社会的蛀虫，不会像老鼠一样，用民众的食物养肥自己！我现在告诉你，"看到哈特曼仿佛被惊呆了的神情，他终于压低了声音，"你最好离那条德国狗的食堂远一点，还有那群盘踞在那里的自鸣得意的蟊贼！你知道他们会怎么对待嫌疑犯！"

"随你怎么说吧，你这条狗！"哈特曼尖叫一声，向韦斯特的脸上挥出手中的酒瓶。韦斯特一下子就抓住了他的喉咙，把他压在一堵墙上，用力摇晃他。

"现在你要听我说。"韦斯特咬着牙喃喃地说道，"你已经是一个嫌疑犯了。我发誓，我相信你就是一个拿报酬的间谍！调查你这种害虫不是我的事情，我也不想告发你。但你要明白！科莉特不喜欢你，我也不会容忍你。如果我再在这条街上抓住你，我肯定会做一些让大家不高兴的事情。出去，你这个油头粉面的普鲁士人！"

哈特曼已经从衣兜里掏出一把匕首。但韦斯特将匕首夺过去，又把哈特曼扔进了马路旁的阴沟里。一个流浪儿看到这一幕，爆发出一阵响亮的笑声，在寂静的街道上显得格外刺耳。周围楼房的窗户也都被推了起来，一张张憔悴的面孔出现在窗口，想要知道为什么有人会在这座深受饥馑之苦的城市中放声大笑。

"是仗打赢了吗？"一个人喃喃地问道。

"看看吧，"韦斯特冲着爬起来的哈特曼喊道，"看看！你这个守财奴！看看这些人！"但哈特曼只给了韦斯特一个让他永远无法忘记的眼神，就一言不发地走掉了。杰克突然绕过街角走了出来。他好奇地瞥了韦斯特一眼。韦斯特只是向楼门口点点头说："进去吧，法洛比在楼上。"

"你拿着刀子干什么？"法洛比问道。这时韦斯特和杰克刚刚走进画室。

韦斯特看了一眼自己还攥着匕首的那只手。那只手上多了一道划伤。他只是说了一句："我不小心把自己割伤了。"就将匕首扔进了屋子一角，又洗掉手指上的血。

　　肥胖懒惰的法洛比只是一言不发地看着韦斯特。杰克大约知道刚才发生了什么，这时便微笑着向法洛比走过去。

　　"我要给你挑挑骨头了！"杰克说道。

　　"骨头在哪里？我饿了。"法洛比装作迫不及待的样子说道。但杰克只是皱起眉，让法洛比好好听着。

　　"一个星期以前，我给了你多少？"

　　"三百八十法郎。"法洛比紧张起来，仿佛是要悔悟的样子。

　　"那些钱在哪里？"

　　法洛比开始了一连串错综复杂的解释，但杰克很快就打断了他。

　　"我知道，你把钱都花光了。你总是钱一到手就立刻花光。我一点也不在乎你在围城之前做过什么，我知道你很富有，也有权利任意处置你的钱。我还知道，一般来说，这种事和我没有关系。但现在，你的事和我有关了。现在你的钱都是我给的。除非这次围城战以这样或那样的方式结束，否则你不可能从其他地方搞到钱。我愿意分享我所拥有的，但我不会眼看着那些钱被扔到风里去。哦，是的，我当然知道你会还我钱，但这不是问题。不管怎样，老家伙，这是朋友对你的劝诫，如果你能够在肉体的享受上有一点收敛，你的情况是不会变得更糟的。在这个饥荒的时代，在这座满是骷髅的、被诅咒的城市里，你肯定是一个怪胎！"

"我的确是比较壮实。"法洛比承认。

"你真的没钱了？"杰克认真问道。

"是的，没钱了。"法洛比叹了口气。

"圣奥诺雷街的那只烤乳猪——它还在那里吗？"杰克继续问道。

"什……么？"这个心虚的家伙有些结巴地反问道。

"啊——我就知道！我至少已经有十二次看见你如痴如醉地盯着那只烤乳猪了！"

然后杰克就大笑着塞给法洛比一卷二十法郎的钞票，对他说："如果你把这些又挥霍光了，那就只能靠自己的脂肪过活了。"说完，他就去帮助坐在洗手盆旁边的韦斯特包扎伤口了。

韦斯特等杰克在他的手上缠好纱布，打好结，然后说道："你一定记得昨天我离开你和布赖特，带着鸡去找科莉特。"

"鸡！上天啊！"法洛比呻吟了一声。

"鸡，"韦斯特又重复了一遍，同时欣赏着法洛比的哀痛，"我……我必须告诉你们，现在情况会有些变化。科莉特和我……

要结婚了……"

"那……那只鸡呢？"法洛比呻吟着问。

"闭嘴！"杰克一边大笑着，一边伸手挽住韦斯特的胳膊，向楼梯口走去。

"那个可怜的小东西，"韦斯特说道，"想想看，她已经一个星期都没有见到过一根木柴了。但她就是不告诉我，因为她认为我需要木柴来烤干黏土雕像。天哪！当我得知这件事的时候，我就把那个可笑的黏土仙女摔成了碎片。我已经想好了，其他雕像只要挂到室外去冻硬就好了！"片刻之后，他又有些不好意思地说，"你愿意去向她道一声晚安吗？她就在 17 号。"

"当然。"杰克说着便走出房间，又在身后轻轻把门关上。

他来到三楼，划着一根火柴，审视一排肮脏的门板上的号码，然后敲响了 17 号门。

"是你吗，乔治？"门开了，"哦，请原谅，杰克先生，我还以为是韦斯特先生来了。"开门的女孩面色红得发烫。"哦，您一定是听说了！哦，非常感谢您的好意。我相信我和乔治都深爱着彼此。我现在就想见到西尔维娅，告诉她这件事，还有……"

"还有什么？"杰克笑着问。

"我非常高兴。"科莉特叹了口气。

"他就是一块纯粹的金子。"杰克快活地说道,"我希望你和乔治今晚能够和我们共进晚餐。我们要小小地庆祝一下。知道吗,今天是西尔维娅的生日。她就要十九岁了。我已经写信给索恩,格尔纳勒克一家也会和他们的亲戚奥蒂尔一起前来。法洛比也答应我,不会带其他任何人,只是他一个人过来参加聚会。"

女孩羞赧地接受了杰克的邀请,又委托杰克给西尔维娅带去无数关爱的问候,然后就向杰克道了晚安。

杰克离开那幢楼房,来到街上。他的步伐很快,因为天气已经很冷了。他穿过鲁尼街,进入了塞纳街。冬天的夜幕在落下时几乎没有任何预警。不过天空很清澈,无数星辰在苍穹中闪闪发光。敌人的炮轰变得愈发猛烈。普鲁士大炮持续不断地发出滚滚雷声,其中夹杂着炮弹落到瓦勒里昂山的沉重爆炸声。

炮弹如同流星一般划过天空,留下一股股烟尘。杰克回头一瞧,看到蓝色和红色焰火的伊西堡的地平线。北部要塞更是已经像一大堆篝火一样燃烧起来。

"好消息!"一个人在圣日耳曼大道高声叫喊着。仿佛被施了魔法一样,这条街道立刻挤满了人。所有人都打着哆嗦,不停地说着话,睁大了深陷在眼窝中的眼睛。

"是农民军!"一个人喊道,"来自卢瓦尔的军队!"

"嘿！我的老朋友，他们终于来了！我早就告诉过你！早就告诉过你！他们明天就能到——也许就是今晚——谁知道呢？"

"是真的吗？要突围了吗？"

有人说：“哦，上帝啊——真的要突围了？那我的儿子呢？”另一个人喊道：“就在塞纳河边。他们说有人看到新桥那里有卢瓦尔军团的信号。”

一个小孩子站在杰克身边，不住地重复着：“妈妈，妈妈，那明天我们就能吃到白面包了？”小孩的身边是一位步履蹒跚的老者。他将干枯的双手按在胸前，仿佛疯了一样不停地嘟囔着。

"是真的吗？谁听到消息了？是布希街的鞋匠从一个国民军那里听到的。国民军是听一名自由射手对一位国民警卫队的队长说的。"

杰克跟随涌过塞纳街的人群，来到河边。

一簇又一簇焰火在向天空喷射。现在，蒙马特区也响起了隆隆的炮声，开始与蒙巴纳斯的炮击一争高下。旧桥上已经全都是人了。

杰克问：“谁看到卢瓦尔军团的信号了？”

"我们正在等。"有人这样回答他。

他向北方望去。突然间，耀眼的炮火在夜幕中映出了凯旋门巨大的黑色剪影。码头附近响起的剧烈爆炸声让旧桥也随之颤抖。

黎明街旁边又亮起一团刺眼的火光。沉重的爆炸声震撼着桥梁。随后，防御工事的整个东侧堡垒都开始燃烧和崩裂，红色烈火气势汹汹地冲上了天空。

"还没有人看到信号吗？"杰克又问了一遍。

"我们正在等。"还是那个回答。

"是的，在等。"杰克身后的一个人喃喃地说道，"等待、疾病、饥饿、寒冷，但终究只能等待。真的是要突围了吗？他们在这里兴冲冲地等待着。他们还要挨饿吗？还要挨饿。但他们从没有想过投降。这些巴黎人——他们是英雄吗？回答我，特朗！"

那名说话的美国救护车军医转过头，目光在桥梁的栏杆之间扫过。

"有什么消息么？医生？"杰克机械地问道。

"消息！"医生说，"我什么都不知道。我没有时间去知道任何事。这些人到底在等什么？"

"他们说，卢瓦尔军团已经在瓦勒里昂山发出了信号。"

"可怜的魔鬼们。"医生瞥了杰克一眼，又说道，"我的心中全都是忧虑和苦恼，已经不知道该做些什么了。上一次突围作战，我们用五十辆救护车救助我们小得可怜的部队。明天还会有一次突围作战。我希望你们能够到总部去。我们也许需要志愿者。你的夫人还好吗？"他突然说了这么一句。

"很好，"杰克回答，"但她每一天似乎都在变得更加紧张。我现在应该陪着她。"

"照顾好她，"医生一边说，一边用犀利的目光看了一眼人群，"我没办法待在这里了，晚安！"他一边快步向远处走去，一边还在嘟囔着，"可怜的魔鬼们！"

杰克靠在桥栏杆上，朝流过桥洞的黑色河水眨了眨眼。一些黑色的东西被河水带动，快速地在河道中央水流最急的地方移动着，撞在石砌桥墩上，发出刺耳的摩擦声，旋转片刻之后又急匆匆地消失在远方的阴影中。是马恩河漂来的浮冰。

就在杰克凝视着河水的时候，一只手按在了他的肩头。"你好索思沃克！"杰克转过身说道，"你会到这个地方来，还真是不寻常啊！"

"特朗，我有事情要告诉你，不要留在这里了，不要相信什么会有卢瓦尔军团到来。"这名美国公使参赞挽住杰克的手臂，把他向卢浮宫方向拽了过去。

"那么这又是一个谎言了！"杰克苦涩地说道。

"更糟，公使馆里的人都知道了……而这个我不能说。不过这也不是我要说的。今天下午发生了一件事。有人去了阿尔萨斯啤酒厂，一个名叫哈特曼的美国人被逮捕了。你认识他吗？"

"我知道一个自称为美国人的德国人——他的名字就是哈特曼。"

"嗯，他是在两个小时以前被捕的。他们要枪毙他。"

"什么！"

"当然，公使馆的人不能让他们随便就枪毙他，但他们似乎是证据确凿。"

"他是间谍吗？"

"嗯，从他房间里找到的文件都是该死的铁证。而且他们还说，他被逮捕的原因是欺骗公共食品委员会。他将过手的供给品截留了百分之五十。对此我完全不知情。他自称是这里的一名美国艺术家。公使馆有责任注意这件事。这真是一件很糟糕的事情。"

"在这个时候，欺骗民众是比抢劫教堂门口的捐款箱更可怕的罪行。"杰克气恼地喊道，"就让他们枪毙他吧！"

"可他是美国公民。"

"是的，哦，是的，"杰克苦涩地说道，"美国公民身份还真是一项宝贵的特权，当所有那些四处乱瞅的德国人……"他的怒火让他一时竟无法把话说下去。

索思沃克热切地和杰克握了握手。"这么说无济于事，我们之中也有败类。恐怕你会被召唤去指认他是不是美国艺术家。"他纹路很深的脸上掠过一丝微笑的影子，随后便沿着皇后林荫大道走开了。

杰克低声骂了一句，拿出自己的表。七点了。"西尔维娅一定要着急了。"他心中想着，回身快步向河边走去。人们仍然簇拥在桥上，不住地打着哆嗦，看上去阴郁又可怜。他们都在向夜幕中眺望，寻找卢瓦尔军团的信号。密集的炮声让他们的心跳加速，每一次堡垒上冒出的火光都让他们的眼睛发亮。他们的希望正随着那些升腾的火焰一起炽烈地燃烧着。

一团黑云悬浮在那些碉堡的上方。从一个方向的地平线到另一个方向的地平线，大炮的烟尘曲曲折折，一直伸向天空，随着寒风蔓延到街道上方，和乌云一起吞没了塔尖和圆顶，落到屋顶上，覆盖住码头、桥梁与河面，形成充满了硫磺气息的浓雾。透过这片烟雾能看到一阵阵炮火的闪光。偶尔云雾中会出现一道裂隙，吞噬了点点繁星，没有尽头的黑色苍穹便会短暂地显现出来。

杰克再一次在塞纳街转向。这条街道上只有一排排紧闭着的百叶窗和没有点亮的路灯。到处都弥漫着一股被遗弃的悲哀气氛。杰克开始有一点紧张，有那么一两次，他想到如果自己能随身带上一把左轮手枪就好了。不过他也相信，从他身边的黑暗中经过的那些鬼鬼祟祟的家伙都因为饥饿而变得过于衰弱，不可能有什么危险。无论怎样，他总算是顺利地回到了住所的楼门口。但就在这里，突然有一个人用绳子套住了他的脖颈。他们扭打在一起，在冰冷的石板路面上翻滚了许多次，杰克扯开脖颈上的绳索，一拧身跳了起来。

"起来。"他对歹徒说道。

一名身材矮小的流浪儿缓慢而又谨慎地从阴沟里爬出来，厌恶地审视着杰克。

"干得不错，"杰克说，"尤其是对于你这种年纪的狗崽子！但要了结一个人，你应该把他堵在墙边！把绳子给我！"

那个流浪儿一言不发地把绳索递给杰克。

杰克划着了一根火柴，看了看攻击他的流浪儿。就是昨天抓老鼠的那个。

"嘿！我一猜就是。"杰克喃喃地说道。

"喔，是你？"流浪儿平静地说道。

这个厚颜无耻、狂妄自大的脏孩子一时让杰克无话可说。

"你知道吗，年轻人，"杰克喘息着说道，"他们会把你这种年纪的窃贼枪毙掉！"

孩子面无表情地看着杰克。

"那就枪毙吧。"

杰克受不了了，他转身走进了楼门。

在没有灯的楼梯里摸索了一番之后，杰克终于到了自己所住的那一层，并在黑暗中找到了屋门。从他的工作室里传出说话的声音——有韦斯特亲切的大笑和法洛比嘿嘿的低笑。他找到门把手，把门推开。片刻间，房间里的灯光让他眼前一片模糊。

"你好，杰克！"韦斯特喊道，"你真是个可爱的家伙，邀请大家来吃饭，却又让大家等你。法洛比已经饿得要哭了……"

"闭嘴，"法洛比说道，"也许他是去买火鸡了。"

"他根本就是去打劫了，看看他手里那根绳子，那肯定是套脖子用的！"格尔纳勒克笑着说。

"我们终于知道你从哪里搞钱了！"韦斯特也说道，"佛朗索瓦神父万岁！"

杰克和每一个人都握了手，笑着对面色苍白的西尔维娅说："我并不想迟到，但因为在桥上看炮战而耽误了一段时间。你很担心吗，西尔维娅？"

西尔维娅微笑着喃喃说道："哦，没有！"但杰克握住她的手时，感觉到那只小手还在紧张地抽搐着。

"该开席了！"法洛比喊了这么一句，又发出一阵喜悦的欢呼声。

"放轻松，"索恩提醒他要保持礼貌，"要知道，你并不是主人。"

玛莉·格尔纳勒克一直在和科莉特聊天。这时她跳起身，挽住索恩的手臂。格尔纳勒克先生则挽住了奥蒂尔的手臂。

杰克严肃地一鞠躬，向科莉特伸出自己的手臂。韦斯特挽住了西尔维娅。法洛比焦急地走在队伍最后面。

"大家绕桌三周，颂唱马赛曲，"西尔维娅说道，"法洛比先生在桌上打节拍。"

法洛比建议他们可以在晚餐后唱歌，但他的声音已经被淹没在整齐一致的歌声里了⋯⋯

"武装起来！组织队伍！"

他们开始一边围绕桌子行进，一边歌唱。

"奋起！奋进！"

在众人的齐心歌唱中，法洛比也笨拙地敲起了桌子。他只能安慰自己，这样运动一下还可以增进食欲。

浑身黑毛的海格力斯逃到了床底下，不停地叫嚷和呜咽着，直到格尔纳勒克把他拖出来，放到奥蒂尔的腿上。

大家都就坐之后，杰克严肃地说道："现在，请听好！"他开始朗读菜单。

巴黎围城牛肉汤

鱼

拉雪兹神父沙丁鱼

（配白葡萄酒）

烤肉

新鲜牛肉

（配红葡萄酒）

蔬菜

罐头煮豆子

罐头花生酱

爱尔兰土豆

小菜

蒂耶冷腌牛肉

加里波第炖李子

甜点

李子干白面包

醋栗果冻

茶、咖啡

利口酒

烟草和卷烟

法洛比疯狂地鼓起了掌。西尔维娅开始给大家上第一道汤。

"是不是很美味？"奥蒂尔叹息着说道。

玛莉·格尔纳勒克欢天喜地地喝着汤。

"一点也不像马肉。我可不在乎他们说什么。马肉和牛肉就是不一样。"科莉特对韦斯特悄声说道。法洛比已经喝完了汤，正擦抹着下巴，眼睛盯着盛汤的大盖碗。

"还想喝一些吗？老伙计？"杰克问道。

"法洛比先生不能再喝了。"西尔维娅说，"剩下这一点我是留给看门人的。"法洛比便立刻将目光转向了鱼。

刚刚烤熟的沙丁鱼获得了巨大的成功。其他人狼吞虎咽的时候，西尔维娅把牛肉汤送到了楼下老看门人和她的丈夫那里去。然后她气喘吁吁、满面通红地跑了回来，坐进自己的椅子里，带着快乐的微笑看向杰克。杰克站起。餐桌上立刻安静下来。他看着西尔维娅，觉得自己从没有见到妻子这样美丽过。

"你们全都知道，"杰克开口道，"今天是我妻子的十九岁生日……"

法洛比热情洋溢地叫嚷着，用手中的酒杯不停地在头顶画着圈，让坐在他旁边的奥蒂尔和科莉特心惊胆战，唯恐被他撒上一身酒。索恩、韦斯特和格尔纳勒克连续三次倒满了自己的酒杯，为西尔维娅祝酒，暴风雨般的鼓掌声经久不息。

西尔维娅的酒杯也被喝光三次，又重新斟满了三次。当大家再要给西尔维娅祝酒的时候，杰克喊道："这样不对，这次我们应该祝两个共和国——法兰西和美利坚！"

"祝共和国！祝共和国！"他们高声喊道，随后又在"万岁法兰西！万岁美利坚！万岁共和国！"的喊声中喝光了杯中的酒。

随后，杰克又微笑着向韦斯特祝酒："祝快乐的一对儿！"所有人都明白。西尔维娅俯身亲吻了科莉特，杰克俯身亲吻了韦斯特。

吃牛肉的时候，饭桌上相对安静了一些。直到牛肉吃完，剩下的一部分被放到一旁，留给楼下的老夫妇时，杰克喊道："祝巴黎！愿她从废墟中站起，彻底粉碎入侵者！"欢呼声再次响起，片刻间淹没了普鲁士大炮单调的轰鸣。

烟斗和香烟被点亮了。杰克倾听着身边热烈的交谈，女孩们轻快的笑声和法洛比柔和的嘿嘿声。片刻之后，他转向了韦斯特。

"明天将会有一次突围作战。"他说道,"我刚才看见了美国救护车军医。他要我告诉大家,他很可能会需要我们的帮助。"

然后他又压低声音用英语说道:"至于我,我会在明天清晨时跟着救护车一起出去。危险是当然不会有的,但最好还是不要让西尔维娅知道。"

韦斯特点点头。索恩和格尔纳勒克听到他们的交谈,都提出愿意提供帮助。法洛比呻吟一声,也加入了志愿者的行列。

"好吧,"杰克立刻说道,"人够了,明天早晨八点,我们在救护车总部见。"

西尔维娅和科莉特在听到她们的男人用英语交谈的时候就开始感到不安了。现在她们都要求知道他们说了些什么。

"一个雕刻家通常都会聊些什么?"韦斯特笑着说。

奥蒂尔带着责备的神情看了一眼她的未婚妻索恩,郑重其事地说:"你不是法国人,这场战争和你没有关系。"

索恩看上去很温和,但韦斯特从他身上感觉到一种义愤之情。

"看样子,"韦斯特对法洛比说,"一个人如果用母语讨论一下希腊雕塑,就要受到大家的怀疑了。"

科莉特伸手按住韦斯特的嘴唇,转头对西尔维娅低声说:"这些男人都是可怕的说谎精。"

"我相信'救护车'这个词在两种语言里是一样的。"玛莉·格尔纳勒克当仁不让地说道，"西尔维娅，不要相信特朗先生。"

"杰克，"西尔维娅悄声说道，"答应我……"

一阵敲门声打断了她。

"进来！"法洛比喊道。杰克却已经起身打开了屋门，向外看了一眼，就急匆匆地向大家说了一声抱歉，去了走廊里，还把屋门关上了。

他回来的时候，嘴里一直不停地咕哝着什么。

"什么事，杰克？"韦斯特问道。

"什么事？"杰克激动地将韦斯特的话重复了一遍，"我告诉你出了什么事。我刚刚收到美国公使的一封派遣函，要求我立刻前去指认我们的一个同胞和艺术家兄弟，一个卑鄙的窃贼和一个德国间谍！"

"不要去。"法洛比说。

"如果我不去，他们会立刻枪毙他。"

"就让他们动手吧。"索恩低吼道。

"你们知道他们要枪毙的是谁吗？"

"哈特曼！"韦斯特一下子就想到了。

西尔维娅面色惨白地跳起身。奥蒂尔伸手搂住了她，扶着她坐到椅子里，镇定地说："西尔维娅有些头晕，一定是屋子太热了，拿些水来。"

杰克立刻把水送了过来。

西尔维娅睁开眼睛。片刻之后，她又站起来，在玛莉·格尔纳勒克和杰克的搀扶下走进了卧室。

这是散会的信号。大家依次和杰克握手，祝愿西尔维娅能够好好睡一觉，不必被这样的事情打扰。

玛莉·格尔纳勒克和杰克告别的时候避开了杰克的目光。不过杰克还是热情地感谢了她的帮助。

"我能为你做些什么？杰克？"韦斯特留到了最后。杰克告诉他一切都好之后，他才匆匆跑下楼梯，追上了其他人。

杰克靠在楼梯扶手上，倾听众人的脚步声和交谈声，随后是楼门开关的声音。终于，整幢房子都安静了。杰克又等了一会儿，咬住嘴唇，凝视着下方的黑暗。终于，他急躁地回到了房间里。"我一定是疯了！"他低声嘟囔着，点亮了一根蜡烛，走进卧室。西尔维娅正躺在床上。他向妻子俯下身，拨开她额头上的卷发。

"你好些了么？亲爱的西尔维娅？"

西尔维娅没有回答，只是睁开眼看着杰克。片刻间，两个人四目相对。杰克只感到一阵寒意渗进自己的心里。他坐下来，用双手捂住了脸。

西尔维娅终于开口说话的时候，声音变得格外紧张，而且语调完全变了。杰克从没有听到她这样说过话。他放下双手，在椅子里坐直身子，仔细倾听。

"杰克，这种事终于发生了。我一直在害怕它的到来，害怕得浑身发抖。啊！我有多少次在夜晚无法阖上双眼，只因为这件事沉甸甸地压在我的心头。我祈祷能够在你知道这件事以前死去！因为我爱你，杰克，如果你走了，我将无法活下去。我欺骗了你。这件事发生在我遇到你之前。但自从你在卢森堡公园遇到泣不成声的我，和我说话的那一刻起，杰克，我就在每一点思想和行动中都对你忠贞不二。我从一开始就爱上了你，却不敢告诉你这件事。我害怕你会离开我。从我见到你的时候，我对你的爱就一直在成长——成长——天哪！我也一直在承受煎熬！但我不敢告诉你。现在你知道了，但你还不知道最糟糕的事情。对于他，我现在又在乎什么？他是那样残忍——哦，那样残忍！"

西尔维娅将脸埋在手臂中。

"我必须继续说下去么？我必须告诉你——你是无法想象的，哦！杰克……"

杰克一动不动，一双眼睛仿佛已经死了。

"我……我那时是那么年轻，什么都不知道。他说……他说他爱我……"

杰克站起身，攥紧烛芯，熄灭了烛火。房间里暗了下来。

圣苏尔皮斯的钟声报告着时间。西尔维娅抬起头看着杰克，用炽热的语气飞快地说道："我必须说完！当你告诉我你爱我的时候——你——你不向我要求任何东西。但就算在那时，就算在那时，也已经太晚了。另外一个生命已经将我和他捆绑在一起。他只会永远挡在你和我之间！为了这另一个他所拥有的生命，为了这无法改变的事实，他绝不能死——他们不能枪毙他，为了另一个人！"

杰克一动不动地坐着，但他的思绪已经陷入了一个没有尽头的旋涡。

西尔维娅，小西尔维娅，和他一同分享绘画，一同度过凄凉萧瑟的围城生活，却毫无怨言。这位有着苗条身材，碧蓝双眼的女孩。他很少用言辞表达自己的爱意，因为对她的爱实在太过深沉。他与她嬉戏，与她亲昵，对她有着没有止境的激情。而她更是对他有着炽烈如火的爱意——这爱意无论有多少也无法让他满足。而这就是躺在黑暗中独自饮泣的西尔维娅吗？

杰克咬紧了牙关："让他死！让他死！"他的心在这样向他吼叫。但为了西尔维娅，还有——为了另一个生命。是的，他会去的，他必须去。他已经将自己的责任看得非常清楚。但西尔维娅，现在一切都已经被说出口，他不能再像过去一样成为她的那个他了。一种模糊的恐惧感抓住了他的心。他颤抖着，划着了一根火柴。

她躺在那里，卷发散落在脸上。一双白色的小手按住了胸口。

他无法离开她，但他也不能留在这里。他以前从不知道自己是如此爱她。她曾经只是他的一位同好，他年轻的妻子。啊！现在他在用自己的全心全灵爱着她。他明白自己的心，只是明白得太迟了。太迟了？为什么？然后他想到了那另一个人，束缚住西尔维娅，将她永远地和那个畜生捆在一起。那个现在生命有危险

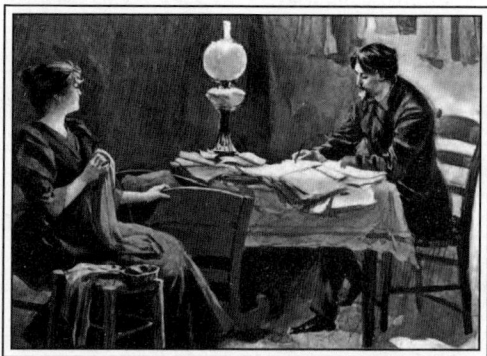

的畜生。他骂了一声，向屋门扑过去。但那扇门没办法打开——还是他在将门压住，将它锁住了？他跪倒在床边，知道自己不敢离开自己的生命所系，知道自己的懦弱是因为自己求生的欲望。

III

当他和美国公使馆秘书走出死刑犯监狱的时候，时间已经是凌晨四点。监狱门前，一群人正聚集在美国公使的车旁边。拉车的马不停地蹬踏着冰冷的石板路面。马车夫裹着毛皮大衣，蜷缩在驭手座位上。索思沃克搀扶秘书登上马车，又和杰克握手，感谢他前来。

"看看那个恶棍的眼神吧，"索思沃克说道，"你的证据简直比狠狠踢他一脚还厉害。不过那至少也救了他的命——还防止了局势进一步复杂化。"

秘书叹了口气。"该做的事情，我们已经做了。现在就让他们证明他是个间谍吧。到时候我们才能处理他。上来，上尉！还有你，特朗！"

"我还要和索思沃克上尉说句话，不会耽搁他太久。"杰克急

263

忙说道，然后他压低声音，"索思沃克，帮帮我。你知道那个……那个孩子就在他家里。找到那孩子，把他带到我的公寓来。如果那个畜生最终还是被枪毙了，我可以给那孩子一个家。"

"我明白。"上尉严肃地说道。

"你可以立刻去做这件事吗？"

"立刻。"上尉回答。

他们的双手热切地握在一起。索思沃克上尉随后就上了马车，又回身示意杰克也上来。但杰克摇摇头，只说了一声："再见！"马车便辚辚地驶远了。

杰克看着马车一直驶向街道尽头，随后转身向自己的住所走去。但他只走了几步，就犹豫起来，终于又转往了相反的方向。有什么东西让他感到恶心——也许就是那个他不久之前不得不去面对的囚犯。他觉得自己有必要独处一会儿，整理一下思绪。今晚发生的事情给他造成了很可怕的冲击，但他能够走出来，忘记这场悲剧，埋葬一切不好的东西，然后回到西尔维娅身边。他开始加快脚步。一段时间里，他心中的苦楚似乎开始消褪了。但是当他气喘吁吁地停在凯旋门下的时候，这件事全部的苦痛和悲惨——是的，还有他用错的所有热情与生命，全都反扑向他，刺穿了他的心。那张囚犯的面孔，那种极度恐惧中的扭曲与凶恶，全都在他眼前的阴影中不断胀大。

带着心中的恶感，他在巨大的拱门下来回踱步，努力想找些事情不让自己胡思乱想。他端详凯旋门上的浮雕，阅读那些英雄和战役的名字——其实不需细看，他很清楚这里都雕刻着什么样的文字。但哈特曼那张灰败的面孔总是跟随着他，向他露出恐惧的笑容！哦，那真是恐惧吗？还是胜利的得意？想到此，他就像是被匕首割开了喉咙一样，全身猛抽了一下。他在广场上狂奔了一圈，又回到凯旋门下，坐下来和自己的苦难作战。

夜晚的空气非常寒冷，但他的面颊却因为愤怒和羞耻热得发烫。羞耻？为什么？是因为他娶了一个在无意中成为母亲的女孩？他爱她吗？这苦痛的波西米亚生活难道不是他所追求的？他将目光转向自己内心的秘密，却看到了一个邪恶的故事——关于过去的故事。他因为羞耻而遮住面孔，将那一阵阵钝痛隐藏在脑海深处。他的心还在跳动中演奏出未来的故事——耻辱和悲哀。

当冷漠的情绪终于让他思想中的痛苦变得麻木时，他站起了身，抬头向远方望去。突然降临的浓雾笼罩了街道。高大的凯旋门也被遮没在雾气中。他要回家去了。但一种前所未有的、关于孤独的恐惧攥住了他的心。他并不孤独。这迷雾中充满了幻影。在他的周围，无数幻影穿行在迷雾里，留下一道道细长的痕迹，消失于无形。新的幻影又从雾中升起，从他眼前掠过，变得越来越巨大。他并不孤独。它们就拥挤在他身侧，触碰他，在他的前面、侧面和后面盘旋，挤压他的后背，抓住他，带领他走过这重重雾气。在一条昏暗的大道上，两旁的街巷全都是一片白雾。那些幻影不断移动着，似乎还在说着什么。但它们的声音全被雾气所淹没了。杰克来到一幢高大的建筑前面，两扇巨型铁栅门耸立在雾气中，将大地割成两片。幻影移动得越来越慢，他们肩膀抵着肩膀，大腿挨着大腿。倏忽之间，一切动作都停止了。一阵突兀的微风搅动了迷雾。武器开始摇晃，盘旋。一些影像变得更加清晰。一点苍白的颜色在地平线上浮起，触碰到了波浪般的云层，又在上千把刺刀上映出暗淡的光点。刺刀——到处都是，切割开雾气，或者在白雾下面形成钢铁的河流。高耸的砖石墙壁上出现了一门大炮。大炮的周围能看到许多忙碌的黑色身影。刺刀汇聚成宽阔的河流，从铁栅门中涌出来，进入到阴影之中。天色越来越浅淡。行军队伍中的一张张面孔逐渐变得清晰。杰克认出了其中一个人。

"嗨，菲利普！"

那个人向杰克转过头。

杰克喊道："有我的位置吗？"但那个人只是挥手向他告别，就和战友们继续向前走去。一队又一队骑兵开始从杰克面前经过，又成群地消失在远方的阴影里。然后是许多大炮，还有一辆救护车。紧接着又是没有尽头的刺刀队伍。一名胸甲骑兵骑着他毛色光亮的战马从杰克面前走过。杰克看到了骑马的军官们。那些军官之中还有一位将军。他盘花纽制服上的卷毛羊羔皮衣领高高竖起，遮住了他没有血色的面孔。

一些女人在杰克附近哭泣，其中一个努力要将一块黑面包塞进一名士兵的背包里。那名士兵想要帮她，但背包绑得很紧，他的步枪也成为了阻碍。于是杰克接过步枪，女人解开背包的扣子，把面包硬塞了进去——这块面包上已经全都是她的眼泪了。步枪并不沉。杰克发现它很容易操纵。刺刀锋利么？杰克试了试。一阵突然的渴望占据了他的心——这股情绪异常强烈而紧迫。

"猫头鹰！"一个流浪儿攀在铁栅门上喊道，"又是你这个老家伙？"

杰克抬起头。那个捉老鼠的孩子正在冲他笑。那名士兵拿回步枪，向杰克道谢，随后便飞奔着去追赶他的队伍了。杰克挤过人群，向铁栅门走去。

"你要去吗？"杰克向一个正坐在路边的排水沟里，在脚上缠裹绷带的水兵喊道。

"是的。"

这时，一个小女孩拉住了杰克的手，将他领到了铁栅门对面的一家咖啡馆里。现在这里挤满了士兵，其中一些人面色苍白，沉默地坐在地上；另一些人躺在皮制长椅上，不停地呻吟着。空气中充满了一股令人窒息的酸腐气味。

"挑吧！"女孩带着怜悯的神情，用小手指了指，"他们都是不能去的！"

杰克在一堆衣服里找出一件军大衣和一副平顶军帽。

女孩帮助他系好背包和弹药筒，又教他如何给底盘式步枪上子弹——女孩拿着步枪的时候，不得不用膝盖撑住枪托。

杰克感谢过女孩。女孩站直身子，抬起头。

"你是外国人！"

"美国人。"杰克向门口走去。却被这个孩子拦住了去路。

"我是布列塔尼人。我的父亲就在海军的大炮那里。如果你是间谍，他会向你开炮的。"

他们面对面地站了一会儿。杰克叹了口气，弯腰亲吻这个孩子，喃喃地说道："为法兰西祈祷吧，小家伙。"小女孩带着些许惨然的微笑说："为法兰西和你祈祷，漂亮的先生。"

杰克跑过街道，穿过铁栅大门，挤进队伍里，开始沿着大路前进。一名下士从他身边经过，看了他一眼。片刻之后又来到他面前，并喊来了一名军官。"你属于第六十营。"那名下士看着杰克军帽上的数字吼道。

"我们用不着法兰西自由射手。"那名军官看到了杰克的黑裤子。

"我自愿与大家并肩战斗。"杰克说道。军官耸耸肩，走掉了。

没有人注意杰克。至多只有一两个人瞥了一眼他的裤子。这条路上的积雪被踩化了，变成一层厚厚的烂泥，又被车轮和马蹄碾出许多深浅不一的坑洼沟壑。杰克前面的一名士兵在冰冻的车辙里扭伤了脚踝，不得不呻吟着蹭到了路边。

道路两旁全都是积雪渐渐融化后形成的灰色平原。路边一些地方的篱笆被拆掉了，缺口处停着竖起白色红十字旗的马车。有时候坐在马车驭手位上的是穿戴破旧帽子和长袍的牧师；有时候是跛脚的国民军士兵。又一次，他们经过的一辆马车上坐着一位仁爱修女。路边有不少空房子。它们的墙壁上往往能看到巨大的裂缝，所有窗口中都是一片黑暗。再向前走，他们便会进入危险区域。那里已经没有人类居住，只能偶尔看到一些冰冻的碎砖堆和暴露在外，被战火熏黑，又覆盖了一层积雪的地窖。

杰克身后的士兵总是会踩到他的脚跟，让他很是恼怒。最后，他终于相信后面那个人是故意的，便猛地转回头，打算和那家伙

269

好好讲讲道理，却发现身后的人是他在美术学院的同学。杰克一下子愣住了。

"我还以为你在医院！"

对方摇摇头，指了一下自己被绷带缠裹的下巴。

"我知道，你不能说话。我能为你做些什么？"

这名伤员在背包里翻找了一下，拿出一块硬壳黑面包。

"他吃不了这东西。他的下巴被打碎了。他想让你为他把面包咬开。"伤员身边的一名士兵说道。

杰克接过硬面包，用牙齿把面包咬成小碎块，交还给他饥饿的同学。

骑兵部队不时会从后面超过他们，溅起一片片泥水，落在他们身上。大雾让士兵脚下的草地更浸透了水，让这场行军变得愈发寒冷和寂静。他们身边有一条铁路。铁路的另一边是另一支和他们平行前进的队伍。杰克朝那边看了一眼，那也是一群沉默而阴郁的人，遥远而模糊，仿佛只是雾气中的一些黑点。随后的一个半小时里，杰克无法再看到他们。当那支队伍再从浓雾中出现的时候，他注意到一支细长的队伍从那支部队的侧面分离出来，迅速调头向西前进。一边前进，那支部队一边逐渐向两侧展开。与此同时，前方的雾气中传来了一阵持久的爆裂声。又有其他分队开始从主力部队中脱离出来，分别向东和向西前进。爆裂声也越来越密集，持续不断。一支炮兵部队以最快的速度赶了过来。杰克和战友们纷纷向两旁退开，让出道路。他的营右侧有部队在行动。随着第一阵步枪齐射穿透浓雾，碉堡群中的大炮也开始全力咆哮。一名军官骑马飞驰而过，嘴里喊着什么。杰克没有听清。但他看到前方的队列突然和他自己所在营分开了，消失在晨曦之中。更多骑马军官赶到杰克身边的位置，向雾气中观望。现在杰克只能等待，但这种等待让他感到沮丧。杰克又给身后的人咬碎了一些面包。那个人努力把它们吞下去。过了一会儿，他摇摇头，示意杰克把剩下的面包吃掉。一名下士给了杰克一小瓶白兰地，杰克喝了一口。正当他转身要将瓶子还回去的时候，却发现下士躺倒在地上。杰克惊讶地看向身边的士兵，那名士兵耸耸肩，开口想要说话。但有什么东西击中了他。他翻滚了几下，掉进了旁边的水沟里。就在这时，一名军官的马跳了一下，退进士兵的队伍里，还不停地刨着蹶子。一名士兵被它踩倒，另一个胸口被踢了一下，撞进身后的队列里。那名军官用马刺猛踢坐骑，强迫它向前走，回到原来的位置上。他的马服从了命令，但全身都在颤抖。炮弹的落点距离他们似乎越来越近了。一名参谋正骑马在队伍中缓步前行，来回巡视，却突然倒伏在马鞍上，只能吃力地抓住马鬃,稳住身体。他的一只靴子从马镫上耷拉下来,不断流淌出鲜血。前面的雾气中,人们开始奔跑。大路上、田野里,水沟中全都是人。许多人倒下了。转瞬之间,杰克觉得自己仿佛看见有许多骑士像幽灵一样从远方的雾气中冲出来。他身后的一个人惊恐地骂了一句——那就是说,他也看见了德国枪骑兵。但他们的营仍然只是一动不动地站在原地。浓雾再一次吞没了整片草原。

上校沉重地坐在马背上,圆形的头颅埋在盘花纽制服的羊羔皮衣领里,一双肥胖的腿直直地撑着马镫。

聚集在他身边的司号兵全都已经准备好了军号。他的身后,一名穿浅蓝色上衣的参谋正抽着烟,和一名轻骑兵队长聊天。前方的大路上传来急骤的马蹄声。一名传令兵在上校面前勒住缰绳。上校看也不看,就示意他到后面去。这时,队伍左侧响起困惑的议论声,很快就变成高声叫喊。一名轻骑兵像风一样驰过,随后是第二名、第三名轻骑兵——一队又一队骑兵从他们身边经过,冲进浓重的雾气里。就在这一刻,上校从马鞍上站立起来。军号声响起,一整个营都从他们所在的土坡上冲了下去。杰克立刻就丢掉了他的帽子——有什么东西把帽子从他的头顶打飞了。他觉得那可能是一根树枝。他的许多战友一头栽倒在冰雪泥浆之中。他觉得他们是不小心滑倒了。一个人就倒在他面前。杰克俯身去扶他站起来。但那个人只是不停地尖叫着。而军官一直在高喊:"前进,前进!"于是他只好继续向前奔跑。他在雾中跑了很远,常常不得不调整一下背着的步枪。当他们终于气喘吁吁地趴到一道铁道路基的斜坡上时,他才有机会审视一下自己的情况。他觉得自己需要行动,需要用身体去战斗,去杀戮和毁灭。他的心被一种渴望裹挟住,只想着冲进人群中,让鲜血流淌成河。他期待着举枪开火,期待着使用自己步枪上细长锋利的刺刀。他从没有想过自己会有这样的欲望。他希望自己精疲力竭——战斗、劈砍,直到再也抬不起手臂。然后他才能回家去。他听到一个人说,半个营都在这次冲锋中报销了。他看到另一个人在查看路基下面的一具尸体。那具尸体一定还有热气,身上穿着一种怪异的军装。他注意到了距离那具尸体咫尺之遥的矛尖头盔,却没有明白到底发生了什么。

上校的马就在杰克左边几尺以外的地方。他的一双眼睛在猩红色的军帽下闪闪发光。杰克听到他对一名军官说:"我还能坚持住。但如果再来一次冲锋,恐怕我连吹响军号的人都不够了。"

"普鲁士人就在前面吗?"杰克问一名士兵。那个人正坐在一旁,抹去不断从头发里滴出来的血。

"是的。轻骑兵把他们赶走了。他们正处在我们的交叉火力里。"

"先是炮击，然后我们来占领阵地。"另一个人说。

他们的营开始爬过路基，又沿着蜿蜒曲折的铁路线行进。为了走路方便，杰克将裤脚掖进羊毛长袜里。不过不久之后他们就停下了。一些人坐到了被拆下来的钢轨上。杰克开始寻找他下巴受伤的美术学院同学——那个人没有掉队，但面色已经极为惨白。连续炮轰变得越来越可怕。片刻间，雾气完全被掀起来。杰克看到另一个营一动不动地守在前方的铁路上。两侧还有别的部队。雾气很快又落下了。鼓声和军号声在他们左侧响起，又逐渐远离他们。一种无法停止的骚动开始在队伍中蔓延开来。上校举起一支手臂。鼓点响起。他们的营又开始在雾气中移动。他们肯定正在接近火线。前面的那个营已经在一边前进一边开枪了。救护车沿着路基飞快地向后方驶去。轻骑兵如同影子一般从他们身边掠过。他们终于到火线了。周围只有一片混乱。吼叫、呻吟和步枪齐射的声音仿佛就来自于触手可及的迷雾中。到处都有炮弹落下。在路基上爆炸，把冰冻的泥土砸在他们身上。杰克被吓坏了。周围的一切都是如此陌生，如此恐怖，爆炸和火焰让一切都变得寂静无声。大炮震撼着世界，让他感到恶心。当滚雷让大地颤抖的时候，他甚至看到浓雾被点燃，变成模糊的橙红色。杀戮就在前面了。他对此确信无疑。上校高喊着"前进！"前一个营已经快步跑向了死亡。他能感觉到死亡的呼吸。他的全身都在抖动，但他还是加快脚步冲了上去。前方有可怕的能量被释放出来。浓雾中不知何处传来了欢呼声。上校的马流着血，在烟尘中四处乱窜。

又一阵爆炸声响起，冲击波正面撞上了他，让他在眩晕中踉跄后退。他右边的人都倒下了。他的头在旋转，浓雾和硝烟让他变成了白痴。他伸手想要扶住某样东西。他的手碰到了——一架跑车的轮子。一个人跳过来，抡起塞炮弹的通条向他的脑袋砸过来，却又尖叫一声栽倒在地。他的脖子被一柄刺刀捅穿了。杰克知道自己杀了人。他机械地弯下腰，捡起步枪。但刺刀还在那个人的脖子上。那个人正挥舞着一双红色的手，拍打喉头那根可恨的东西。杰克感到恶心，只能靠在那门大炮上。所有人都在战斗。空气中弥漫着硝烟和一股腐败的甜味。有人从身后抓住他，又有一个人从前面向他扑来。但他们也被别人抓住，或者是打倒了。刺刀"铿！铿！铿！"的撞击声让杰克怒不可遏。他抓住那根炮膛通条，盲目地挥出去，直到它变成碎片。

一个人伸手臂勒住他的脖子，把他拽倒在地上。但杰克反而掐住那个人的喉咙，同时挣扎着跪立起来。他看到自己的一名战友抓住那门大炮，却又扑倒在炮身上，头骨也被打碎了。他看到上校落下马鞍，掉进泥浆里。然后他就失去了知觉。

当他清醒过来的时候，发现自己正躺在路基旁边。两旁的人们都哭喊咒骂着，逃进浓雾之中。他踉跄着站起身，也追在那些人的后面。逃跑途中，他扶起了一个下巴上缠着绷带的战友。那名战友不能说话，只是仅仅抓着他的胳膊跑了一段路，就又倒下去，死在了冻冰的泥沼中。他又扶起另一个人。那个人呻吟着说："杰克是我……菲利普。"但迷雾中一阵突然响起的枪声让他不必再把话说下去了。

一阵凛冽的寒风从天空中吹下来，将迷雾撕成碎片。太阳如同一颗邪恶的眼珠，透过森林干枯的树枝窥看着这个世界。不久之后，它便从天边落下，没入到这片飘荡着硝烟的血浸平原中，仿佛也变成了大地上的一汪鲜血。

IV

当圣苏尔皮斯的钟楼响起午夜钟声的时候，进入巴黎的大路口仍然拥挤着一支军队剩余的部分。

他们在天黑后到达了市区。所有人都默然无语，身上滴着泥浆。有些人因为饥饿和疲惫而晕倒了。一开始，他们的队伍还能勉强维持秩序，在城市入口分散成小部队，沿着冰冷的街道依次入城。但随着时间推移，路口的混乱程度也在逐渐加剧。一支又一支骑兵队和炮队挤在一起，马匹乱跑，弹药箱被随意丢弃。从前线撤下来的骑兵和炮兵开始争抢进城的权利。步兵也杂乱无章地挤在他们旁边。一个团残存的士兵们竭尽全力想要保持整齐的队列。但一群国民军的乌合之众一下子撞开他们，朝城里跑去。紧接着又是一群骑兵、炮队和没有了军官的士兵、没有了士兵的军官。还有一队救护车。它们的车轮都在因为严重超载而不停地呻吟着。

巴黎市民们只能无声地看着这悲惨的一幕。

整整一天时间，救护车不停地在城里城外穿梭。一天时间里，城市边界的围栏后面全都是衣衫破烂、不住呜咽和颤抖的人。到中午的时候，被送回来的人数更是增加了十倍。躺满了路口附近的广场，并源源不断地被送进内城堡垒区。

下午四点钟，德国人的炮兵阵地突然腾起一片浓烟，炮弹落到了他们占据的蒙巴纳斯区。但仅仅二十分钟之后，两枚德国人的炮弹就击中了巴克街的一幢房子。又过了不久，拉丁区承受了第一枚炮弹。

布赖特正在床上作画的时候，韦斯特大惊失色地跑了进来。

"我希望你赶快下楼去。我们的房子已经成为炮击的目标了。

我还担心今晚恐怕就会有抢劫犯来拜访这里呢。"

布赖特跳下床，披上自己的大衣——因为不断长个子，这件衣服穿在他身上已经像是一件外衣了。

"有人受伤吗？"他一边问，一边努力把手臂塞进衬里已经被磨破的袖子里。

"没有，科莉特躲进地窖了。看门人逃到堡垒区去了。但如果对这里的炮轰继续下去，就一定会有黑帮来这里抢劫。你可以帮助我们……"

"当然，"布赖特说道。他们向大蛇街跑去。当他们跑进通往韦斯特的地窖的巷子里时，跑在后面的韦斯特忽然高声问道："你今天看见杰克·特朗了吗？"

"没有。"布赖特神色变得有些难看，"他不在救护车总部。"

"我估计他是留在家里照看西尔维娅了。"

一颗炮弹落进巷子尽头的一幢房子，在房子里爆炸，将木石碎片崩得满街都是。第二颗炮弹砸碎了一根烟囱，落进花园里。碎砖块随即纷纷落下。旁边的街道上也传来震耳欲聋的爆炸声。

他们快步跑到通向地窖的台阶前。布赖特在这里停住了脚步。

"你不觉得我最好去看看杰克和西尔维娅吗？我可以在天黑前赶回来。"

"不，你进去和科莉特会合，我去找他们两个。"

"不，不，我去，不会有危险的。"

"我知道。"韦斯特镇定地说着，把布赖特拽到台阶上。地窖的铁门还封着。

"科莉特！科莉特！"他高声喊道。铁门向内开启，女孩跳上台阶来迎接他们。就在这时，布赖特向身后瞥了一眼，发出一声惊叫，用力把两个人推进地窖，自己也跳下去，用力关上铁门。几秒钟之后，一阵沉重撞击撼动了铁门的铰链。

"他们来了。"韦斯特喃喃地说着，面色惨白。

科莉特却平静地说："这道门永远也打不破。"

布赖特又仔细查看了一下这道铁门。现在外面一连串的撞击正不停地震撼着这道门。韦斯特焦急地瞥了科莉特一眼。女孩却没有显示出任何不安的情绪。这让韦斯特感到了一些安慰。

"我不相信他们会在这里耽搁太长时间。"布赖特说，"他们要闯进地窖只是为了找酒喝。"

"除非他们知道这里藏着值钱的东西。"

"但这里肯定没有什么值钱的东西吧？"布赖特惴惴不安地问道。

"很不幸，这里有。"韦斯特低声说，"我那个吝啬的房东……"

279

外面响起了一阵格外刺耳的撞击声，紧接着是一声喊叫。随后又是一下接一下的凶狠撞击，一阵尖锐的断裂声音————一块三角形的铁门板掉落下来，阳光从被凿出的破洞里照进地窖。

韦斯特立刻跪倒下来，端起他的左轮手枪，从破洞中射出了所有子弹。片刻间，巷子里全是枪声和子弹撞击硬物的声音，但很快又陷入了绝对的安静。

一下试探的敲击落在门板上。不久之后又是第二下、第三下。突然间，一道裂缝出现在铁门板上。

"这边，"韦斯特握住科莉特的手腕，又说道，"布赖特，你跟着我！"他快步向地窖最里面一个圆形的光斑跑去。那一片光来自于上方一个带栅栏的检修孔。韦斯特示意布赖特骑到自己的肩膀上。

"把它推开，你一定要做到！"

布赖特没费多大力气就推开栅栏，爬出去，又轻松地将科莉特从韦斯特的肩膀上拽了上去。

"快，老伙计！"韦斯特喊道。

布赖特将栅栏上的链子缠在腿上，把身子探下去。地窖里已经被一片黄光照亮，空气中散发着石脑油火把的气味。铁门还没有被完全攻破，但已经缺了一大块。他们看到一个人影正拿着火把从门上的破洞中钻进来。

"快!"布赖特悄声说,"跳!"韦斯特跳起来,抓住了布赖特的手臂。科莉特也帮忙揪住韦斯特的衣领,将他拖了出去。然后女孩的勇气就都用光了,开始歇斯底里地抽泣起来。韦斯特急忙搂住她,带着她跑过一片花园,逃进了旁边的一条街里。布赖特重新将铁栅放回到检修口上,又从旁边倒塌的墙上取来一些石板堆在上面,才追上他们两个。现在天已经快黑了。他们匆匆跑过街道。燃烧的建筑和炮弹落下时迸起的火光为他们照亮了道路。他们小心地避开所有着火的地方。借助火光,他们能远远地看见强盗的身影在废墟中四处乱窜。有时候他们会遇到愤怒的女性发出疯狂的尖叫,诅咒这个世界;或者粗野的男人——他们被熏黑的面孔和双手表明他们都是些在火场里捞好处的豺狗。

终于,他们逃到塞纳河,过了桥。布赖特却说道:"我必须回去,我不知道杰克和西尔维娅怎么样了。"他一边说,一边从一群急着要逃到河对岸去的难民中挤了过去。韦斯特和科莉特则跟随着人群来到奥赛军营旁边的河堤上。韦斯特听到一队士兵齐步行进的脚步声。一盏灯从他面前经过,后面跟着一排刺刀,然后又是一盏灯,照亮了一张死气沉沉的面孔。科莉特惊叫一声:"哈特曼!"那个人已经过去了。他们恐惧地屏住呼吸,向堤岸望去。脚步声经过码头，进入军营。军营大门随之重重地关上了。一盏灯在军营门口亮了一会儿。人们纷纷扒着营房围栏向里面望去。没过多久，石砌营房之间传来了一阵排枪齐射。

河堤上，石脑油火把一支接一支地亮了起来。现在这里全都是人。从香榭丽舍大道直到协和广场，到处都是各种零散的部队，有的还能保持连队建制，有的就完全是一群散兵游勇了。他们从每一条街道上汇聚到这里，身后还跟着妇女和孩子。寒风裹挟着无数嘈杂的声音吹过凯旋门，横扫黑暗的林荫大道，仿佛也在随着人们一同高喊："在哪里！在哪里！"

一支零散残破的部队从韦斯特面前走过，就像是一群劫后余生的幽灵。韦斯特呻吟了一声。就在这时，一个人从那只部队的影子里跳出来，呼唤着韦斯特的名字。韦斯特看到那是杰克，不由得高呼了一声。杰克抓住他，脸色白得吓人。

"西尔维娅呢？"

韦斯特只是目瞪口呆地盯着杰克。科莉特哀声说道："哦，西尔维娅！西尔维娅！他们正在炮轰拉丁区！"

"杰克！"布赖特喊道。他刚刚从拉丁区赶了回来。但杰克已经不见了。他们根本赶不上他。

当杰克跑过圣日耳曼大道的时候，炮轰已经停止了。但塞纳街的入口被一堆还冒着烟的砖头堵死了。路面上到处都是弹坑。咖啡馆已经变成了一堆瓦砾和玻璃碎片。书店被冲开，露出了地下室。早已关门的小面包房却幸存了下来，孤零零地凸出在残破的岩石地面上。

杰克爬过冒烟的砖块，匆忙跑进了图尔农街。街角处正燃烧着一堆熊熊烈火，照亮了杰克居住的街道。在一盏破碎的煤气灯下面空白的墙壁上，一个孩子正用炭块写着：

这里落下了第一枚炮弹

那些字仿佛正在瞪视着杰克。写字的是那个捉老鼠的流浪儿。他后退一步，看了看自己的作品，随后才看见杰克拿着上刺刀的步枪，便尖叫一声逃走了。杰克步履蹒跚地走过破烂的街道。一些洗劫废墟的凶横妇人从破烂的房子里钻出来，一边逃跑还一边对杰克咒骂个不停。

一开始，杰克没能找到自己住的房子。泪水让他什么都看不见了。但他摸索着墙壁，终于找到了住所的楼门。看门人的小屋里还点着一盏灯。那位老翁躺在灯边，已经过世了。被吓坏了的杰克只能靠在步枪上停了片刻，然后才拿起灯，跑上楼梯。他想要呼喊，但他的舌头完全无法活动。在二楼，他看见楼梯上落了许多灰泥。三楼的地板被撕裂了。看门人倒在楼梯转角的血泊中。再上一层就是他的家了——他们的家。他们的家门歪斜着挂在铰链上，墙壁上出现了一道巨大的裂缝。他爬进去，倒在床上。两只手臂忽然抱住了他的脖颈。一张满是泪水的脸和他的脸贴在一起。

"西尔维娅！"

"哦，杰克！杰克！杰克！"

在他们身边的枕头上，一个孩子发出响亮的哭声。

"他们把他送了过来。他是我的孩子。"西尔维娅哽咽着说道。

"我们的孩子。"杰克悄声说着，抱住了妻子和孩子。

这时，下面的楼梯上传来布赖特焦急的声音。

"杰克！一切都还好吗？"

圣 母 街

The Street of Our Lady of the Fields

过去每个悲伤的日子，

都会被我们视作快乐的时光。

I

　　这条街不算时尚，也并不破旧。它是街道中的一名弃民——一条不属于任何区的街道。一般认为它位于华贵的天文台大道之外。蒙巴纳斯区的学生们都认为它太过冷清，对它没有什么好感。就在这条街的北边，拉丁区旁的卢森堡公园一带，那里的学生也嫌这里太过庄重，并且对这条街上穿着得体的学生不以为然。很少有外人会进入这里。只是有时候拉丁区的学生们会将它当作在雷恩街和布利耶街之间穿行的通道。除此以外，只有每周的一个下午，会有靠近瓦文街的修道院中修士们的父母和监护人前来探望。等到他们也离开的时候，圣母街就变得像帕西大道一样安静。这里最有气派的地方也许是从大茅屋街到瓦文街这一段——至少这是若埃尔·拜拉姆牧师的结论。那时他正在与海斯廷斯一起在这条街上漫步。在六月份明媚的天气里，这条街的景色在海斯廷斯的眼中显得格外令人愉悦。他已经开始希望能够选择这里了。

而这时，拜拉姆牧师看到街对面修道院的十字架，不由得大惊失色。

"耶稣会†！"他喃喃地说道。

"嘿，"海斯廷斯疲惫地说道，"我觉得我们找不到更好的地方了。你自己也说过，恶行正在巴黎赢得胜利。在我看来，我们在这里的每一条街上都能找到耶稣会或者更糟糕的东西。"

片刻之后，他又重复了一遍："或者更糟糕的东西。当然，如果不是你好心的警告，我是不会注意到的。"

拜拉姆博士咬住嘴唇，看着海斯廷斯。这里气派得体的环境给他留下了深刻的印像。他又向修道院皱了皱眉，拽住海斯廷斯的手臂走过街道，来到一道铁门前。这道蓝色的门上用白油漆写着门牌号"201乙"。下面印着注意事项：

1. 搬运工请按一下。

2. 仆人请按两下。

3. 访客请按三下。

海斯廷斯按了三次门上的电钮。他们在一名女仆的引领下走

† 耶稣会，天主教修会，1534年于巴黎大学创立，与本文中拜拉姆牧师所属的基督教会在信仰上有本质的区别。二者之间互不接受彼此的信仰。

过花园，进入客厅。餐厅的门也敞开着，从客厅里一眼就能看见餐桌。一名身材矮胖的妇人正匆匆站起身，向他们走过来。海斯廷斯瞥到一个头很大的年轻人和几位神情倨傲的老绅士正在吃早餐。矮胖的妇人关上餐厅门，摇摇摆摆地走进客厅。她的身上还带着一股咖啡的香气。一只黑色贵宾犬一直跟在她身后。

"能见到你们真是高兴！"妇人用夹杂着法语的蹩脚英语高声说道，"这位先生是英国人？不是？美国人？当然。我很喜欢美国人。我们在这里都说英语，不过仆人们多少也会说一点法语，一点而已。很高兴能够招待你们在这里寄宿……"

"这位女士……"拜拉姆博士刚刚开口说话，却又被打断了。

"啊，是了，我知道，哈！上帝啊！你不会说法语，所以你需要学习！我的丈夫总是会和客人们说法语。我们有美国的亲戚，他就是跟我丈夫学会了法语……"

那只贵宾犬朝拜拉姆博士低吼了两声，立刻被他的女主人拍了一下。

"别这样！"胖妇人一边拍一边叫道，"别这样！哦！坏家伙，哦！坏家伙！[†]"

[†] 原文为法语。

"没关系，女士，"海斯廷斯微笑着说，"他看起来不是很凶。†"

贵宾犬逃走了。女主人喊道："啊，你的口音真迷人！你说起法语已经像是巴黎的年轻绅士了！"

拜拉姆博士努力插了一两句话，收集到一点关于价格的情报。

"我的客人们都是最好的，实际上，我们这里真正是宾至如归，客人们都好像回到家一样。"

随后，他们上了楼，查看了海斯廷斯未来的寓所，试过了弹簧床，说定了每周的毛巾更换服务。拜拉姆博士显露出满意的神情。

安排好这些事之后，马洛特夫人陪同他们走出寓所。马洛特夫人摇铃召唤仆人。但就在海斯廷斯刚刚踏上门外砾石小路的时候，他的向导和导师忽然在门里停住脚步，用一双湿润的眼睛看着马洛特夫人。

"请你理解，"拜拉姆博士说道，"他是一个以最精细和谨慎的方式被培养长大的年轻人。他的性格和道德都没有半分污点。他很年轻，以前从没有过离家远行的经历，也从没有见到过大城市。他的父母郑重地恳请我将他安排在良好的环境中。作为他们一家在巴黎的老朋友，这件事对于我也是责无旁贷。他要来这里学习

---

† 原文为法语。

艺术。但如果他的父母知道拉丁区充斥着什么样的堕落和败德之事，肯定不会让他生活在那里。"

一阵仿佛是门闩被插上的声音打断了他的话。他抬起眼睛，不过没有来得及看到那名女仆在关上的餐厅门后抽打那个大脑袋的年轻人。

马洛特夫人咳嗽了一声，恶狠狠地向身后瞥了一眼，又容光焕发地向拜拉姆博士转过头。

"那他来这里就是对了。这里的环境可是极为正派的，半点差错也不会有！"她信心满满地做出保证。

那么，拜拉姆博士也没有什么可说的了。他来到正站在大门口的海斯廷斯身边。

"我相信，"他看着修道院说道，"你不会和耶稣会的人有任何瓜葛吧！"

海斯廷斯也看着修道院，直到一个美丽的女孩从那座灰色的建筑物前面走过去——他一直在看那个女孩。女孩对面有一个拿着颜料箱和画板的年轻人神气活现地走过来，停在那个美丽的女孩面前。两个人简短地说了些什么，又快活地握了握手，同时笑了起来。随后拿画板的年轻人继续向前走去，又回过头喊了一声："明天见，瓦伦丁！"女孩也在同时喊道："明天见！"

"瓦伦丁,"海斯廷斯心中想道,"多好的一个名字啊。[†]"他追上若埃尔·拜拉姆博士,送牧师去最近的有轨电车站。

II

"你一定很喜欢巴黎,海斯廷斯先生?"马洛特夫人在第二天早晨问海斯廷斯。这时海斯廷斯刚刚走进餐厅。因为在楼上的小浴缸里洗了个澡,所以他的面色很红润。

"我相信我会喜欢上这里的。"海斯廷斯回答,但他心中却莫名地感到一阵抑郁。

女仆给他端上来了咖啡和面包卷。他和那个大头年轻人相互茫然地瞥了一眼。那些倨傲的老绅士们纷纷向他致敬,他也有些羞怯地向他们还礼。他没有喝完自己的咖啡,对于面包卷也不是很感兴趣。当然,他同样没有觉察到马洛特夫人投向他的同情眼神,而老于世故的夫人也没有过多地去打扰他。

一名年轻女仆端着一只托盘走进来。托盘上放着两碗热巧克

---

† 瓦伦丁,英文写为 Valentine,情人的意思。

力。那些倨傲的老绅士们全都斜眼看着女仆的脚踝。女仆将巧克力放到窗边的桌子上，冲海斯廷斯微微一笑。随后，一位身材苗条的年轻女士在她母亲的陪同下走进餐厅，坐到了靠窗的桌子旁。她们显然是美国人。海斯廷斯有些希望能够和她们打个招呼，交流一些同乡之谊，不过他肯定要失望了。遭到同胞的忽视更加深了他的沮丧。他只能摩挲着餐刀，看着自己的食碟。

那位苗条的年轻女士实际上很健谈。她当然察觉到了海斯廷斯的出现，并且准备好了，只要他看自己一眼，就会接受他的一份赞美。但从另一方面来讲，她认为自己比这位年轻的先生多了一份优越感。毕竟她来到巴黎已经有三个星期了。而一眼就能看出来，这位先生还没有打开过自己的行李箱。

她的谈话充满了自鸣得意的态度。她和母亲争辩卢浮宫和平民市场到底哪个更重要。但她的母亲最常说的一句话只是："天哪，苏茜！"

那些倨傲的老绅士们一同离开了餐厅。他们外表保持着礼貌，内心里一定已经很火大了。不堪容忍的美国人让房间里充满了他们的聒噪。

大头年轻人看着老绅士们的背影，意有所指地咳嗽了一声，喃喃地说："快活的老鸟们！"

对此，布莱登先生微笑着说："他们很懂得怎么过日子。"不过他的声调显然是在暗示自己并不敢苟同。

"所以他们都有那么大的眼袋，"女孩高声说道，"我认为年轻的绅士们不应该……"

"天哪，苏茜。"她的母亲说道，于是这段对话就此终止了。

过了一会儿，布莱登先生放下自己每天都要认真研读的《小日报》，转向海斯廷斯寻求支持。他开口就说道："我看你是个美国人吧。"

对于这个巧妙而且前所未有的开场白，心中充满思乡之情的海斯廷斯满怀感激地做出了回应。他们的交谈因为苏茜·宾格小姐颇有见地的评论而变得更加丰富多彩。一开始，苏茜小姐明显只是在对布莱登先生说话。不过随着谈话的进行，苏茜小姐也渐渐忘记了布莱登先生才是自己唯一的交谈对象。海斯廷斯总是殷切地回答她随口问出的每一个问题。一种英语国家和法语国家之间的友谊正在两位女士和布莱登先生之间建立起来——就像法国和英国政府之间达成的充分谅解一样。而且苏茜和她的母亲更是将这个本应该属于中立国家的年轻美国人当做了她们的保护对像。

"海斯廷斯先生，你每天晚上一定要回旅社来，绝不能像布莱登先生那样四处乱跑。对于年轻的绅士，巴黎是一个相当可怕的地方。布莱登先生则是一个糟糕的犬儒主义者。"

布莱登先生倒是似乎很满意苏茜小姐对自己的评价。

海斯廷斯急忙说道："我整天都会待在画室里，相信晚上我会很高兴能回到这里。"

布莱登先生是纽约州特洛伊市的佩里制造公司驻巴黎的经纪人，一周有十五美元的薪水。他露出一个若有所思的微笑，然后就离开旅社，去马真塔大道赴一个约会。

海斯廷斯与宾格太太和小姐一同走进花园。在这对母女的邀请下，他与她们一同坐到了铁门前的树荫下。

在这里的栗树上，粉色和白色的穗状花絮仍然散发着宜人的芳香。房子的白色墙壁上，种植在格架间的玫瑰花吸引来蜜蜂在上面嗡嗡飞舞。

空气中弥漫着一股淡淡的清新味道。洒水车在街道上缓速行驶，大茅屋街一尘不染的水沟中流淌着清澈的涓涓溪水。麻雀在路边石上欢快地蹦跳，在水中洗浴，又在嬉闹中再次弄乱了羽毛。街对面一座用矮墙围起来的花园中，一对黑色的鸟儿正在杏树上细声歌唱。

海斯廷斯咽下哽在喉头的口水。巴黎鸟儿的欢歌和街边的清澈小溪仿佛将他带回到米尔布鲁克村阳光明媚的青草地上。

"那里有一只乌鸫。"苏茜小姐说道,"就在那些粉色的花朵中间。他全身都是黑色的,只有喙是黄色,就好像他叼了一嘴的煎蛋卷。有些法国人说……"

"天哪,苏茜!"宾格太太说道。

"那座花园和它后面的画室正有两个美国人在居住。"女孩只是平静地说道,"我经常看到他们进进出出。他们似乎需要许多模特,其中大多数都是年轻女性……"

"天哪,苏茜!"

"也许他们喜欢画年轻的女孩,但我不明白为什么他们一次要邀请五个人,再加上三名年轻绅士。他们乘两辆出租车来到这里,离开的时候还唱着歌。这条街,"她指了指面前的街道,"实在是太沉闷了。除了这片花园之外,只能透过大茅屋街瞥到一点蒙帕纳斯大道的景色。除了警察以外,没有人会在这里散步。另外就是在街角有一座修道院。"

"我还以为那是一座耶稣会学校。"海斯廷斯说。但他立刻又沉浸在贝德克对这个地方的描述中。那些描述的结尾是:"一侧是让·保罗·劳伦和纪尧姆·布格罗住的宫殿一般的旅馆,对面则是斯坦尼斯拉斯小巷,卡罗勒斯·杜兰在这里绘制了他令世界迷醉

的杰作。"†

那只乌鸫忽然发出一阵有金子质感的喉音。远方的城市中出现了一个绿色的小点。是一只不知名的野鸟开始以狂热的啼啭回应乌鸫。现在就连麻雀们都停止了洗浴,抬起头看着这一对啁啾不息的鸟儿。

一只蝴蝶飞过来,落到一朵向日葵上,在炎热的阳光下摆动它深红色的翅膀。海斯廷斯听一位朋友介绍过这种蝴蝶。而他的眼前忽然出现了一幅幻景:高高的穆林花和散发着香气的牛奶草扇动着彩色翅膀,一幢白色的房子和被忍冬花覆盖的庭院。他瞥到一个男人正在阅读,一名女子斜靠在铺着三色堇床单的床上——他感觉到自己的心被填得满满的。一时间,他完全陷入了恍惚之中,直到被苏茜小姐的声音惊醒。

"我相信你一定很想家!"听到这句话,海斯廷斯的面色一红。苏茜小姐同情地叹了一口气,继续说道,"刚刚来到这里的时候,我一害起思乡病,就会和妈妈一起在卢森堡公园里走一走。我不知道是为什么,但那些老式的花园似乎比这座人造城市中的其他任何东西都更让我感觉靠近了自己的家。"

---

† 本段涉及的人物都是法国著名画家。

"不过那些花园里全都是大理石雕像，"宾格太太温和地说道，"我看不出那里和我们的家乡有什么相似之处。"

"卢森堡公园在哪里？"海斯廷斯在沉默了片刻之后问道。

"咱们到门口去，我指给你看。"苏茜小姐说着便站起了身。海斯廷斯也跟着她朝门口走去。苏茜小姐向瓦文街一指，微笑着说："走过那座修道院，再向右转。"

海斯廷斯便走了过去。

III

卢森堡公园是一片绚烂的鲜花。

海斯廷斯缓步走过悠长的林荫道，覆满青苔的大理石和旧式圆柱，青铜狮子旁边的小树丛，来到喷泉上方的树冠露台。在他的脚下，喷泉池在阳光下泛起粼粼清波。开花的杏树环绕着这座露台。在一座更高的螺旋形露台上，小片的橡树林沿着螺旋坡道时隐时现最终与宫殿西翼润泽的树丛融为一体。在林荫大道的尽头，天文台拔地而起，白色的圆顶就如同一座东方的清真寺。林荫大道的另一头是高大华美的宫殿。它的每一扇玻璃大窗都在六月如火的骄阳中放射出耀眼的光芒。

在喷泉周围，儿童和戴着白色帽子的保姆们正在用竹竿推动玩具小船。那些船的船帆无力地低垂在烈日之下。一名佩戴着红色肩章和礼仪长剑的公园巡警看了他们一会儿，又去训诫一个没有给自己的狗拴狗链的年轻男子。那条狗则趁着没有人管束的时候高高兴兴地在草地和泥土中蹭着脊背，四条腿在半空中来回挥舞。

警察指着那条狗，脸上显露出无言的义愤。

"你好，队长。"那个年轻人微笑着说道。

"你好，学生先生。"警察阴沉着脸说道。

"您找我有什么事吗？"

"如果你不给它拴上链子，那我就要处理它了。"警察几乎是高喊着说道。

"那跟我有什么关系，队长？"

"什么！那条斗牛犬不是你的吗？"

"如果他是我的，难道你认为我会不给他拴上链子？"

警官一言不发地瞪了那个年轻人一会儿。最后他认定这家伙既然是一个学生，那就难免是个滑头。于是他亲自去抓那条狗。狗立刻开始奔逃。他们绕着花床转了一圈又一圈。当狗感觉到警官过于逼近自己的时候，便一扭头钻进了花床里面。这场竞赛显然变得不公平了。

年轻人只是饶有兴致地在一旁看着。狗似乎也很喜欢这种锻炼。

警察注意到了这一点，决定从邪恶源头下手。他气势汹汹地来到那个年轻人面前说道："既然你是这个公害的源头，我现在逮捕你！"

"但是，"年轻人表示反对，"我已经不要这条狗了。"

于是警察遇到了难题。他捕捉恶犬的所有尝试都失败了，直到三名园丁出手相助。那条狗才感到害怕，却一溜烟地逃进美第奇大街，再也看不见踪影了。

警察拖着疲惫的身子到那群白帽保姆中间去寻求安慰。那名学生看了看表，站起身打了个哈欠，恰巧看见了海斯廷斯。他微笑着朝海斯廷斯一鞠躬。海斯廷斯笑着向他走了过去。

"天哪，克里福德，"海斯廷斯说道，"我都没有认出你。"

"是因为我的胡子，"对面的学生叹了口气，"我牺牲掉了它，只为了让……让一位朋友高兴一下。你觉得我的狗怎么样？"

"所以说它还是你的狗？"海斯廷斯喊道。

"当然，和警察的游戏是它的乐趣之一，可以帮它调剂一下沉闷的生活。不过现在警察都认识它了。我不得不让它停止这种游戏。它应该是回家去了。园丁出手的时候，它总是会跑回家去。真可惜，它最喜欢在草地上打滚了。"随后他们聊了一阵海斯廷斯的未来计划。克里福德礼貌地提议让海斯廷斯去自己的画室，见见他的资助人。

"你知道的，老花猫，我遇到你之前，拜拉姆博士就和我说起过你。"克里福德对海斯廷斯说，"艾略特和我很高兴能够尽我们所能为你做些事。"然后他又看了看表，嘟哝地说道，"我只有十分钟去赶凡尔赛的火车了，再见。"他刚要迈步。却有一个女孩来到他面前，带着困惑的微笑摘下了他的帽子。

"为什么你不在凡尔赛？"那女孩说道。对于海斯廷斯，她只是以几乎无法察觉的动作点了一下头。

"我……我正要去。"克里福德嘟囔着。

片刻间，他们只是互相看着。终于，克里福德面红耳赤，结结巴巴地说："如果你愿意的话，我很荣幸向你介绍我的朋友，海斯廷斯先生。"

海斯廷斯深鞠一躬。那个女孩则甜甜地一笑。但她歪着的巴黎人的小脑袋里却仿佛酝酿着些许恶意。

"我真希望，"她开口说道，"克里福德先生能够再和我多处一段时间，尤其是当他带来了这样一位充满魅力的美国人时。"

"我……我必须走了，那么回头见，瓦伦丁？"克里福德说。

"当然。"女孩回答道。

克里福德离开的时候，样子很不好看。当那个女孩最后对他说了一句："把我最亲切的爱带给塞西尔！"他更是打了个哆嗦。当他消失在阿萨斯街之后，女孩转回身，仿佛才突然想起海斯廷斯在这里。她看着海斯廷斯，摇了摇头。

"克里福德先生真是太毛糙了。"女孩微笑着说，"有时候这实在令人有些难堪。当然，你一定听说过他在沙龙取得的成功吧？"

海斯廷斯显露出困惑的表情，一下子就被女孩注意到了。

"你一定去过沙龙吧？"

"并没有，"海斯廷斯回答，"我三天前刚到巴黎。"

女孩似乎完全没有留意他的解释，只是继续说道："没有人会想到他还有能耐做正经事。但就在展会开始的前一天，克里福德先生走进了沙龙，把整个沙龙都震惊了。他的纽扣眼里插着一枝兰花，迈着轻松愉快的步子，还带来了一幅非常美丽的画。"

女孩看着喷泉，仿佛是在回忆那时的情景，脸上浮现出微笑。

"布格罗先生告诉我，朱利安先生那时大吃了一惊，只是不停地和克里福德先生握手，甚至忘记了还要拍拍他的后背！真是神奇。"女孩越说越高兴，"自命不凡的朱利安老爹竟然忘记了拍他的后背。"

海斯廷斯很想知道这个女孩是怎么和伟大的布格罗结识的。他看着女孩的眼神中更增添了一份敬意。"我是否能问一下，"他有些踌躇地说，"你是不是布格罗先生的学生？"

"我，"女孩有些惊讶地回了一句，好奇地看着海斯廷斯。毕竟他们刚刚认识不久，他是否会接受自己的玩笑呢？

海斯廷斯愉快而又认真的脸上满是请教的神情。

"嘿，"女孩心中想，"真是个滑稽的家伙。"

"你肯定是在学习绘画吧？"海斯廷斯问。

女孩将手中的阳伞挂在地上，身子倚着弯曲的伞柄，看着海斯廷斯。"你为什么会这样想？"

"因为听你聊天，好像是这样。"

"你真是在拿我开玩笑。"女孩说，"这样可不好。"

海斯廷斯几乎连头发根都要红了。这让女孩彻底明白了他是怎样一个人。

"你来巴黎多久了？"女孩问。

"三天。"海斯廷斯严肃地回答。

"但是……但是……你肯定不会是新来的啊！你的法语说得太

好了！"

　　停顿一下之后，女孩又问：“你真的是刚刚到这里？"

　　"是的。"海斯廷斯说。

　　女孩坐到克里福德刚坐过的大理石长凳上，将阳伞斜放在头上，看着海斯廷斯。

　　"我不相信。"

　　海斯廷斯感觉到了女孩的赞美之意。片刻之前，他还很担心暴露自己新人的身份会遭到女孩的鄙视。终于，他鼓起勇气，告诉了女孩自己对于巴黎，甚至对于整个世界还是多么陌生。他的坦率让女孩瞪大了一双蓝色的眼睛，嘴唇稍稍分开，露出了最甜美的微笑。

　　"你从没有去过画室？"

　　"从来没有。"

　　"也没有见过模特？"

　　"没有。"

　　"非常有趣。"女孩严肃地说道。然后他们两个都笑了。

　　"你呢，"海斯廷斯说道，“一定去过画室吧？"

　　"去过几百个。"

　　"模特呢？"

"见过几百万。"

"你还认识布格罗？"

"是的，还有埃内尔、康斯坦特、劳伦斯、皮维·德·夏瓦纳、达格南、库尔图瓦和……和他们所有人！"

"你却说你不是画家。"

"请原谅，"女孩严肃地说，"我有说过我不是吗？"

"那你要告诉我，你是吗？"海斯廷斯犹豫着问。

一开始，女孩只是看着他，不住地摇头、微笑。然后，女孩突然低垂下头，开始用阳伞拨弄脚边的小石子。海斯廷斯坐在长凳上，用胳膊肘撑住膝盖，看着阳光洒落在喷泉上。一个穿着水手服的小男孩一边戳着他的帆船一边哭喊："我不回家！"他的保姆只能无奈地将双手举向天空。

"就像美国小孩。"海斯廷斯心中想。思乡的痛楚立刻贯穿了他的全身。

保姆终于捉住了小船。小男孩陷入困境。

"雷恩先生，如果你决定到我这边来，你就能得到你的船。"

男孩皱起眉头，向后退去。

"我说，把我的船给我，"他喊道，"还有，不要喊我雷恩。我的名字是兰达尔。这你知道！"

"嗨！"海斯廷斯说，"兰达尔？那是个英文名字。"

"我是美国人。"小男孩用纯正的英语说着，转头看向海斯廷斯，"她就是个傻瓜。她管我叫雷恩是因为妈妈管我叫兰尼……"

小男孩躲开了气恼的保姆，躲到海斯廷斯身后。海斯廷斯笑着抱住他的腰，把小男孩举到了自己的大腿上。

"我的同乡。"他对身边的女孩说道。他在说话的时候脸上带着笑容，喉头却有一种奇怪的感觉。

"难道你没有看到我的船上的星条旗吗？"兰达尔质问道。当然，那面代表美国的旗子正无力地低垂在保姆的手臂下面。

"哦，"女孩喊道，"他真可爱。"说着就想要俯身去亲吻小男孩。但小兰达尔已经从海斯廷斯的手臂中挣脱了出去。他的保姆一下子抓住了他，又怒气冲冲地瞥了女孩一眼。

保姆就这样红着脸，咬住嘴唇，一边继续盯住女孩，一边把小男孩向远处拽去，还用手绢夸张地擦抹着小男孩的嘴唇。

偷偷地，保姆用力看了一眼海斯廷斯，又咬起了嘴唇。

"真是个坏脾气的女人，"海斯廷斯说道，"在美国，保姆们看到有人亲吻他们的孩子都会很高兴的。"

女孩撑起阳伞遮住自己的脸，却又突然合上阳伞，带着挑衅的神情看向海斯廷斯。

"你认为她不喜欢这样很奇怪吗？"

"为什么不奇怪？"海斯廷斯惊讶地问。

女孩再一次用审视的目光迅速看了他一眼。

海斯廷斯的眼睛清澈又明亮。他微笑着重复了一遍自己的问题："为什么不奇怪？"

"你真是个可笑的家伙。"女孩侧过头，喃喃地说道。

"为什么？"

但女孩没有回答，只是静静地坐在石凳上，用阳伞在尘土中画着弧线和圆圈。过了一会儿，海斯廷斯说："很高兴看到年轻人在这里有这么多自由。我明白，法兰西和我们那里完全不同。要知道，在美国——或者至少在我居住的米尔布鲁克，女孩们拥有各种自由——能够独自外出，也能独自交朋友。我一直在担心自己会过于想念那里。不过我现在看到了这里的情况，很高兴我的想象是错的。"

女孩抬起眼睛，定定地看着海斯廷斯。

海斯廷斯继续愉快地说道："我坐在这里，看到许多漂亮的女孩在那边的露台上独自散步。还有你也是独自一人。我不了解法国的习俗，所以请告诉我，你是否有自由在无人陪伴的情况下前往剧院？"

女孩将海斯廷斯端详了很长时间，然后带着颤抖的微笑说："你为什么要问我这个？"

"当然是因为你一定知道。"海斯廷斯兴致勃勃地说。

"是的，"女孩冷漠地回答，"我知道。"

海斯廷斯还在等待女孩继续说话。女孩却沉默了。于是他认为女孩也许是误解了他。

"我希望你不会以为我刚见到你就会有非分之想。"海斯廷斯说，"实际上，我觉得有些奇怪。直到现在我还不知道你的名字。克里福德先生做介绍的时候只说了我的名字。这是法兰西的习俗吗？"

"这是拉丁区的习俗，"女孩的眼睛里闪烁着一种怪异的光。突然间，她有些过分狂热地说道："海斯廷斯先生，你一定要知道，我们在拉丁区全都有点肆意妄为。我们是彻底的波西米亚人，礼仪和规矩对于我们都不适用。克里福德先生向我介绍你的时候就没有怎么讲究礼数。现在他又把我们两个丢在一起，就更是没有规矩了。不过正因为如此，我才是他的朋友。我在拉丁区有许多朋友。我们全都很了解彼此。我没有在学习绘画，不过……不过……"

"不过什么？"海斯廷斯有些困惑地问。

"我不应该告诉你的……这些都是秘密。"她带着不太确定的笑容说道。海斯廷斯注意到她的面颊上浮现起滚烫的粉红色。女孩的眼睛也变得格外明亮。

但很快，女孩的神情又有些黯然。"你和克里福德先生很亲密吗？"

"算不上。"

一段时间以后，女孩又转向海斯廷斯，面色严肃，还有一点苍白。

"我的名字是瓦伦丁——瓦伦丁·提索特。也许……也许我可以请你帮一个忙？尽管我们才刚刚认识。"

"好，"海斯廷斯有些激动地说，"这是我的荣幸。"

"这件事，"女孩低声说，"其实没有多大。请答应我，不要和克里福德先生提起我。答应我不要对任何人提起我。"

"我答应。"海斯廷斯陷入了巨大的困惑。

女孩有些紧张地笑了起来。"我希望保持神秘。大概是因为我很任性吧。"

"不过，"海斯廷斯说，"我本来希望……希望你能够允许克里福德先生带我去你家拜访。"

"我的……我的家！"女孩重复了一遍。

"我是说，你住的地方。实际上，是拜访一下你的家人。"

女孩面色骤变，把海斯廷斯吓了一跳。

"请原谅，"海斯廷斯高声说，"我伤害了你。"

电光火石之间，女孩已经明白了坐在身边的这个男人，因为她是一个女人。

"我的父母去世了。"女孩说。

海斯廷斯用非常轻柔的声音说道："那么，如果我请求你能接受我，是否会让你不高兴？习俗是这样的吗？"

"我不能，"女孩说着，又瞥了海斯廷斯一眼，"我很抱歉。我本应该很愿意接受你。但相信我，我不能。"

海斯廷斯认真地低下头，看上去隐约有些不安。

"并不是因为我不想。我……我喜欢你，我觉得你非常好。"

"好？"海斯廷斯既惊讶又困惑。

"我喜欢你。"女孩缓缓地说，"如果你愿意，我们可以偶尔见见面。"

"在朋友家？"

"不，不在朋友家。"

"那在哪里？"

"这里。"女孩的眼睛里闪烁着决绝的光芒。

"为什么，"海斯廷斯高声问，"在巴黎，你的观念要比我们的更自由。"

女孩好奇地看着他。"是的，我们是彻底的波西米亚人。"

"我觉得这很有魅力。"他宣布道。

"知道吗，我们可是正生活在最美好的社会里。"女孩有些缺乏自信地伸出秀美的手，指了指被郑重摆放在露台上的那些死去王后的雕像。

海斯廷斯看着她，心中感到喜欢。女孩则为自己天真的俏皮话取得了成功而高兴。

"实际上，"女孩微笑着说，"我也有监护人在很好地照看我。你看，我们全都在众神的保护之下。看，那是阿波罗，还有朱诺、维纳斯，都在他们的基座上。"她用戴着手套的小手逐一点数着，"还有谷神、大力神、还有……啊，我看不清……"

海斯廷斯转过头去看那个生着翅膀的神灵——他们正坐在他的影子里面。

"啊，那是爱神。"他说道。

IV

"来了一个新人,"拉法特靠在他的画架上,慢吞吞地对他的朋友鲍尔斯说道,"那真是个温柔又青涩的家伙,简直让人胃口大开。如果他真的掉进了一只沙拉碗里,那就只能希望天堂能够救他了。"

"是的,他好像是司齐登克人还是奥什科什人,他到底是怎么在那里的雏菊花丛中长大的,又是怎么从那里的母牛群里逃出来的,大概只有天知道!"

鲍尔斯用拇指摩擦画像的轮廓线。他管这个叫"加入一点气氛"。然后他盯住模特,抽了一口烟斗,却发现烟斗已经熄了,便在伙伴的背上划着一根火柴,重新把烟斗点着。

"他的名字,"拉法特将一小块用来擦炭笔线的干面包朝帽架扔过去,"他的名字叫海斯廷斯,是一颗货真价实的鲜嫩浆果。他好像刚刚来到这个世界……"拉法特先生自己的面容能够清楚地说明他对于这颗行星的认识"……就像一只小母猫第一次在月光下散步。"

鲍尔斯已经成功地点燃了他的烟斗,又开始用拇指摩擦画像另一侧的轮廓线，同时说了一声："哈！"

"是的，"他的朋友继续说道，"你能想象吗，他似乎是认为这里的一切都像他……家乡的那些被森林环绕的农场一样。他提起漂亮女孩独自走在街上，说这样很合理，还说法国的父母都被美国人误解了。他说他认为法国女孩也像美国女孩一样美好。我尽量纠正他的错误，让他明白这里什么样的女士才会单独出行，或者和搞艺术的在一起。他却完全不明白我的意思。感觉他或者是太愚蠢，或者就是太天真。最后，我不得不和他把话挑明了。他却说我是一个内心卑鄙的蠢货，然后就撇下我跑了。"

"你有用鞋跟敲打他吗？"鲍尔斯一边笑一边好奇地问道。

"呃，没有。"

"他都管你叫内心卑鄙的蠢货了。"

"他说得没错。"克里福德在前面的画架那里说道。

"你……你是什么意思！"拉法特的脸都涨红了。

"就是这个意思。"克里福德回答道。

"谁说你了？这关你什么事？"鲍尔斯冷笑着说。克里福德猛地转回身，盯住了他，让他差点踉跄了一下。

"是的，"克里福德缓缓地说道，"这关我的事。"

一段时间里，没有人再说话。

然后克里福德高声说道："我说，海斯廷斯！"

海斯廷斯转过身，向惊愕的拉法特点点头。

"这个人认为你错了。而我想要告诉你，无论你什么时候想踢他一脚，我都会帮你按住另外那个家伙。"

海斯廷斯很有些困窘地说道："为什么呢，我只是和他见解不同，仅此而已。"

克里福德说了一句："放轻松。"就伸手挽住海斯廷斯的胳膊，带着他来到自己的几位朋友面前，为他们做了介绍。画室中所有其他新人都只能羡慕地瞪大了眼睛。现在整个画室都明白，海斯廷斯尽管是最新进来的，有义务完成画室中最卑微的工作，但他已经进入了受到敬畏的老人圈子，真正具有魅力和权力的圈子。

休息时间结束之后，模特回到了自己的位置上。众人继续作画。画室中充满了歌声、吆喝声和美术学生们在研究何为美丽时发出的各种震耳噪音。

五点钟一到，模特打了个哈欠，伸伸懒腰，便穿上了他的裤子。六间画室中的所有噪音都汇聚在一起，经过走廊来到街上。十分钟以后，海斯廷斯发现自己站到了前往蒙鲁日的电车上。很快克里福德就来到了他身边。

他们在盖伊卢萨克街下了车。

"我总是会在这里下车。"克里福德说，"我喜欢走路去卢森堡公园。"

"有件事，"海斯廷斯问道，"如果我不知道你住在哪里，我该怎么拜访你呢？"

"哈哈，我就住在你对面。"

"什么……就是有杏树和乌鸫鸟的花园画室……"

"没错，"克里福德说，"我和我的朋友艾略特住在那里。"

海斯廷斯想要讲述一下他从苏茜·宾格小姐那里听说的关于街对面两名美国画家的事情，但转念一想，又管住了嘴。

克里福德继续说道："如果你想来的话，也许最好还是先让我知道，这样……这样我就会……留在那里。"他的声音忽然变得很没有底气。

"我应该不会想要在那里见到你的模特朋友。"海斯廷斯微笑着说，"你知道的——我的观念很古板。我觉得你会说是很清教徒。我应该不会喜欢那种状况，也不知道该如何应对。"

"哦，我明白。"克里福德说道，紧接着他又热情地说，"尽管你可能不赞成我的行事风格和生活状态，但我相信我们会成为朋友。而且你一定会喜欢赛弗恩和塞尔比。因为……因为他们也都像你一样，是两个老古董。"

片刻之后，他又继续说道，"有些事我想要提一下。上个星期，我在卢森堡公园把你介绍给瓦伦丁……"

"别说了！"海斯廷斯微笑着打断了他，"关于她，你绝不能和我提一个字！"

"为什么……"

"一个字……一个字都不行！"海斯廷斯着急地说道，"我要求……以你的荣誉向我承诺，你不会提起她，除非我允许。向我保证！"

"我保证。"克里福德有些惊愕地说道。

"她是一个很有魅力的女孩。你离开之后，我们有过一段很愉快的谈话。我感谢你将她介绍给我。但不要再向我提起任何关于她的事情，除非我许可。"

"哦。"克里福德咕哝了一声。

"记住你的承诺。"海斯廷斯微笑着走进他居住的旅社大门。

克里福德走过街道，穿过满是常春藤的小巷，进入了他的花园。

他一边摸着画室的钥匙，一边嘟囔着："真奇怪……真奇怪……不过他当然是不会的！"

他走到门前，把钥匙插进锁孔里，眼睛则盯着钉在门板上的两块牌子。

"该死的，为什么他不想让我提起她？"

他打开门，赶走了两只凑上来求爱抚的斗牛犬，一屁股坐进沙发里。

艾略特正坐在窗边，一边抽烟，一边用炭条画着素描。

"嗨。"他头也不抬地说道。

克里福德茫然地凝视着艾略特的后脑勺，喃喃说道："恐怕，恐怕那个家伙实在是太纯洁了。我说，艾略特，"他话锋一转，"海斯廷斯——你知道的，就是拜拉姆那只老猫特意过来和我们说过的那个人——那天你还把科莉特藏到了大衣柜里……"

"是的，怎么了？"

"哦，没什么。他真是个榆木脑袋。"

"是的。"艾略特毫无热情地应了一声。

"难道你不这么想吗？"克里福德质问道。

"当然，但他的幻想迟早有一天会被打破。到时候就有他难受的了。"

"那些打破他幻想的人才是真正可耻！"

"是的……等到他来拜访我们的时候，当然，除非他事先通知我们……"

克里福德露出一副郑重其事的表情，点燃了一支香烟。

"我刚刚要说，我已经告诉了他，要来这里一定先让我们知道，让我来得及把你打算进行的狂欢聚会延后……"

"哈！"艾略特有些愤慨地说道，"我还以为你要把他也一起拉下水。"

"不是这样。"克里福德笑了一下，又恢复了严肃，"我不想让这里发生的事情对他造成困扰。他是个榆木脑袋，但可悲的是，我们实在是非常喜欢他。"

"我可不一样，"艾略特心满意足地说道，"我只有和你生活在一起……"

"听着！"克里福德冲艾略特喊道，"我已经做过一些很伟大的事了。你知道我做了什么？实际上……我第一次在街上遇到他……其实那是在卢森堡公园里，我就把他介绍给了瓦伦丁。"

"他拒绝了吗？"

"相信我，"克里福德严肃地说道，"那个从田园中来到这里的海斯廷斯根本不知道瓦伦丁是……真的是'瓦伦丁'。他自己是一个美丽的、关于道德和体面的榜样。在这个区，他这种人简直就像大象一样稀罕。他不知道瓦伦丁可能也像他一样罕见——只不过是在另一方面。我已经听够了那个无赖拉法特和缺德的小混蛋鲍尔斯之间的谈话，恨不得要教训他们一下。我告诉你，海斯廷斯是一个宝贝！他是身体健康、心灵清澈的年轻人，在一个小乡村中长大，很清楚酒馆就是前往地狱的车站。对于女人……"

"是吗……"艾略特说。

"是的，"克里福德继续说道，"对于危险的女人，他的概念可能仅限于画中的耶洗别 †。"

"也许吧。"他的室友回应道。

"他是一个宝贝！"克里福德强调着，"如果他发誓说这个世界就像他的心一样善良纯洁，我就会发誓他是对的。"

艾略特叼着烟斗，拈着炭条，从自己的素描上抬起头，转身对克里福德说："他绝不会从理查德·奥斯本·艾略特这里听到任何悲观主义的东西。"

"对我来说，他是一堂课。"克里福德说着打开了面前桌上一张带有香水气味的小纸条。上面的字是用玫瑰色墨水写的。

他将纸条的内容读了一遍，微微一笑，吹出一两段《海莱特

---

† 耶洗别是《圣经》中提到的人物，是古代以色列国一位恶毒的王后，杀害了许多上帝的先知。。

小姐》的旋律，然后拿出自己最好的奶油色便签纸，写下答复。将回信写好并封好之后，他拿起自己的手杖，吹着口哨在房间里大步来回走了两趟。

"要出去？"艾略特一边继续着素描一边问。

"是的。"克里福德这样说着，却又没有立刻出发的样子，而是来到艾略特身后，看他用一点干面包在素描上擦出高光。

"明天是星期天。"沉默了片刻之后，他说道。

"哦？"艾略特问了一声。

"你见到科莉特了吗？"

"没有。今晚我会去找她。她与罗登和杰奎琳会去布朗家。我估计你和塞西尔也会去吧？"

"嗯，不会，"克里福德回答，"塞西尔今晚在家吃饭。我……我想要去米尼翁餐厅。"

艾略特有些不赞成地看着克里福德。

"你可以自己安排好拉罗彻的一切，不需要和我商量。"克里福德避开了艾略特的目光。

"你现在打算干什么？"

"不干什么。"克里福德表示拒绝回答这个问题。

"不要告诉我，"他的室友不以为然地说道，"布朗家有晚餐可吃的时候,人们可不会忙着跑到米尼翁餐厅去。那个人是谁?——不,我不会问这个,问又有什么用!"他在桌上磕了磕烟斗,提高声音,带着抱怨的语气说道:"就算知道你要去哪里又有什么用?塞西尔会说——哦,是的,她会说什么?真可惜,你连两个月都坚持不了,天哪!这个区的人还真是肆意妄为。而你更是在辜负它的好性情,还有我的!"

然后,艾略特站起身,将帽子扣在头上,大步向屋门口走去。"只有天知道为什么会有人容忍你犯傻。但大家都容忍你,我也一样。如果我是塞西尔或者其他任何漂亮的傻瓜,被你这个傻瓜用最愚蠢的办法追逐,而且还会继续被你愚蠢地追逐下去……我要说,如果我是塞西尔,我会一巴掌抽在你的脸上!现在我要去布朗那里了。就像以前一样,我会给你找个借口,把事情安排好。你去这片大陆的任何地方都好,我才不会在乎。但是,以这间画室骷髅的头骨发誓!如果你明天不一只胳膊夹着你的素描簿,另一只手牵着塞西尔出现在我面前,如果你不能整整齐齐地回来,我就和你绝交。其他人愿意怎么样是其他人的事。晚安。"

克里福德竭尽全力带着笑容和艾略特道了晚安,然后坐下来,眼睛盯着门口,拿出表,给艾略特十分钟消失,才拉铃召唤看门人,同时喃喃地说道:"哦,天哪,哦,天哪,该死的我为什么要这么做?"

"阿尔弗雷德，"目光锐利的看门人应声而来，克里福德对他说道，"把自己收拾得干净体面一些，阿尔弗雷德，把木鞋脱了，换一双正经的鞋。再戴上你最好的帽子，将这封信送到巨龙街那幢高大的白房子去。不必要回信，我的小阿尔弗雷德。"

看门人显然不太愿意去跑这趟差事，但他对于克里福德先生又很有好感。他离开的时候，脸上的表情因为这两种矛盾的情绪而变得很有些复杂。看门人走后，克里福德非常仔细地用他和艾略特的衣柜中最好的衣服装饰好自己。他在这样做的时候一点也不着急，甚至偶尔还会停下来，拿起他的班卓琴弹上一曲，或者逗弄一下斗牛犬，让他们蹦跶一通。"我还有两个小时，"他一边想着，一边借了艾略特一双丝绸袜子。又和狗玩了一会儿球，才把袜子穿上。然后他点着了一根香烟，仔细查看自己的外衣。他从外衣里掏出四块手帕、一把扇子、还有一对揉皱的齐肘手套。他相信这件衣服已经不会为自己增添魅力了，便开始寻思换上一件。艾略特太瘦了。而且艾略特的外衣也全都锁在柜子里。罗登的衣服也许就像他自己的一样糟糕。海斯廷斯！海斯廷斯才是他要找的人！但当他扔下满是烟味的外衣，悠然来到海斯廷斯居住的旅社门口，却被告知海斯廷斯已经在一个小时以前出门了。

"那么，以所有的理由推测，他到底会去哪里呢？！"克里福德嘟囔着朝街道远处望去。

旅社的女仆不知道。于是克里福德给了女仆一个迷人的微笑，不紧不慢地向自己的画室走去。

海斯廷斯并没有走远。从我们的圣母街步行到卢森堡公园只需要五分钟。现在他正坐在那位生着翅膀的神灵的阴影下面。他已经坐了一个小时，在泥土中戳着窟窿，看着从北侧露台通向喷泉的台阶。太阳悬在空中，如同一颗紫红色的圆球，照耀在暮冬被薄雾笼罩的山丘上。一缕缕带有玫瑰色光晕的细长云朵低垂在西方的天空中。远方荣军院的圆顶如同一颗猫眼石，放射出的光华穿透了雾气。在宫殿后面，从一根高高的烟囱中飘出的烟尘一直升入高空，遮住太阳，被照耀成紫色，甚而变成了一道缓慢燃烧的火焰。圣苏尔皮斯双塔拔地而起，在深绿色栗树枝叶的映衬下，变成了两道色泽深沉的剪影。

一只困倦的乌鸫正在附近的树丛中不紧不慢地鸣叫着。鸽子们飞来飞去，翅膀上带着掠过微风时的轻柔哨音。宫殿窗户的反光渐渐暗淡。先贤祠的穹顶在北侧露台上方依然闪闪发光，如同勇猛的瓦尔哈拉翱翔在天际。下面沿着露台摆放着历代王后的大理石雕像，以肃穆的身姿眺望希望。

从宫殿北立面的长廊尽头传来了公共巴士的声音和街上的嘈

326

杂叫嚷。海斯廷斯看了看宫殿上的大钟。六点了。他的表也走到了同一时刻。他继续俯身去戳弄地上的碎石。音乐厅和喷泉之间不断有行人来来往往——身穿黑衣，鞋上装饰银扣的牧师；成群结队，散漫放荡的士兵；穿着整齐的女孩，没有戴帽子，却捧着盛放女帽的帽盒；穿黑色外衣，戴着高帽的学生；戴贝雷帽，拿长手杖的学生；神情紧张，步伐飞快的官员；穿青绿色和银色衣服的乐手；满身尘土，配饰叮当作响的骑兵；糕点铺的跑腿男孩们将蛋糕篮子顶在头上，却还在蹦蹦跳跳，全然不顾篮子可能有掉落的危险；瘦弱的弃儿，步履蹒跚的巴黎流浪汉，斜肩弓背，小眼睛鬼鬼祟祟地在地上寻找着烟头。所有这些人不断地经过喷泉，从音乐厅旁边重新进入城市。音乐厅长长的拱廊上已经闪烁起煤气灯的光亮。圣苏尔皮斯幽怨的报时钟声响起。宫殿钟塔也亮起了灯。就在这时，匆忙的脚步声在砾石路上响起，海斯廷斯站了起来。

"你来得好晚啊，"他开口说道。但他的声音哽在了喉咙里。只有他红红的面孔在说明他等待了多么久。

她说道："我被拖住了……其实，我很生气……而且……而且我可能也只能待上一会儿。"

她坐到他身边，又偷偷向身后基座上的神灵瞥了一眼。"真讨

327

厌，那个惹人烦的丘比特还在这里？"

"翅膀和箭也在。"海斯廷斯说着，并没有留意瓦伦丁让他坐下的示意。

"翅膀，"瓦伦丁喃喃地说道，"哦，是的……当他厌倦了这场游戏，就会飞走。所以他当然想要翅膀。否则他该怎么在别人受不了他的时候逃跑呢？"

"你是这么认为的？"

"我相信，男人们都是这么想的。"

"那么女人们呢？"

"哦，"她转过清秀的面孔，"我其实忘记我们在说什么了。"

"我们在说爱情。"海斯廷斯说。

"我没有说那个。"女孩说着，抬起头去看那大理石的神灵，"我根本不在乎这个。我不相信他知道如何射出自己的箭——他就是不知道，他是一个懦夫，只是躲藏在暮色里，就像一名刺客。我不喜欢懦弱。"她高声说完，就将后背对准了那尊雕像。

"我觉得，"海斯廷斯平静地说，"他射得很好——是的，甚至还会在射箭之前先发出警告。"

"这是你的经验吗，海斯廷斯先生？"

海斯廷斯看着她的眼睛说："他在警告我。"

"那么就小心他的警告。"女孩紧张地笑了两声，脱下手套，又小心地将它们戴上。然后，她朝宫殿的大钟瞥了一眼，说："哦，天哪，已经这么晚了！"她将阳伞收拢又打开，最后又看向海斯廷斯。

　　"不，"海斯廷斯说，"我不应该在意他的警告。"

　　"哦，天哪，"女孩又叹了口气，"我们还在谈论那个令人厌倦的雕像！"然后她偷偷瞥了一眼海斯廷斯，"我想，我想你是在恋爱了。"

　　"我不知道，"海斯廷斯喃喃地说，"我想应该是吧。"

　　女孩一下子抬起头，对海斯廷斯说："你似乎很喜欢这种心情。"在海斯廷斯的注视中，她咬住了嘴唇，身体开始颤抖。突然间，恐惧占有了她。她跳起身，双眼凝视着越来越浓重的阴影。

　　"你冷么？"海斯廷斯问。但女孩只是不停地说着，"哦，天哪，哦，天哪，已经晚了，这么晚了。我必须走了……晚安。"

　　她将戴着手套的手伸给海斯廷斯，又打了个寒战，将手抽了回去。

　　"怎么了？"海斯廷斯问，"你害怕么？"

　　女孩以奇异的眼神看着海斯廷斯。

　　"不……不……不是害怕……你对我真好……"

"老天爷！"海斯廷斯脱口说道，"你说我对你好是什么意思！这至少已经是你第三次这样说了。我不明白！"

一阵鼓声从宫殿的门卫室那边传过来，打断了海斯廷斯的话。"听，"女孩悄声说，"他们要关门了。太晚了，哦，这么晚了！"

连绵不绝的鼓声越来越近。就在这时，鼓手出现在东侧露台上，就像昏暗天空下的一片剪影。迅速消失的阳光在他的腰带和刺刀上又逗留了一会儿，然后他便走进了黑影之中，只留下一阵阵回荡的鼓声。不久之后，鼓声也在东侧露台上逐渐减弱。直到鼓手走过青铜狮子前的林荫道，转向西侧露台，鼓声才再一次增强，鼓点渐渐恢复了清晰。越来越响亮的鼓声撞在灰色的宫殿墙壁上，引起了更具震撼力的回音。现在鼓手又出现在他们面前——他的红色长裤在积聚起来的暮色中如同一个暗淡的斑点。鼓上的黄铜配件和他肩头的刺刀还在闪烁着微光。他走过去，将高亢的鼓声留在他们耳中。当他远远走进林间小道的时候，他们还能看到他背包上的小锡杯在发亮。就在这时，哨兵们开始了一成不变的呼喊："关门了！关门了！"图尔农街的军营中传来了军号声。

"关门了！关门了！"

"晚安，"女孩悄声说道，"今晚我必须独自回去。"

他看着女孩消失在北侧露台后面，然后坐到大理石长凳上，直到一只手按住他的肩膀，一点刺刀的光亮警告他马上离开。

瓦伦丁走过小树林，转到美第奇街，穿过那里，进入了林荫大道街。她在街角买了一束紫罗兰，沿着林荫大道街到达了学校街。在布朗家门口，一辆马车停下来，一个漂亮的女孩由艾略特搀扶着下了马车。

"瓦伦丁！"那个女孩喊道，"来和我们一起吧！"

"不行，"瓦伦丁驻足片刻，"我在米尼翁餐厅有一个约会。"

"不是和维克托？"漂亮女孩笑着喊道。瓦伦丁只是微微打了个哆嗦，从他们两个身边走过去，转进了圣日耳曼大道。克吕尼咖啡馆前面有一群正在寻欢作乐的人招呼她加入，她稍稍加快了脚步，避开了那些人。在米尼翁餐厅的门口站着一个穿排扣制服，如同黑炭一样的非洲人。瓦伦丁踏上铺着地毯的台阶时，他便摘下尖顶帽，向瓦伦丁行礼。

"叫欧仁来找我。"瓦伦丁对黑人侍者说了这一样一句，便穿过门廊，来到餐厅右侧的一排嵌板门前。另一名侍者跟从瓦伦丁。她重复了一遍要见欧仁的要求。没过多久，欧仁就悄然出现在她身边，一边鞠躬，一边喃喃地说道："女士。"

"谁在这里？"

"包间里还没有人，女士。在大厅里有玛德隆夫人和盖伊先生、克拉玛特先生、克莱森先生、马利先生和他们的同伴。"说到这里，他向周围环顾一圈，又鞠了一躬，喃喃说道，"先生已经等待女士半个小时了。"说着，他敲响了标着号码 6 的嵌板门。

克里福德打开门。瓦伦丁走了进去。

欧仁又鞠了一躬，悄声说："如果先生有事，请摇铃叫我。"随后他就消失了。

克里福德帮助瓦伦丁脱下外衣，又接过她的帽子和阳伞。瓦伦丁在一张小桌旁坐下。克里福德坐到对面。瓦伦丁微笑着向前倾过身，用臂肘撑住桌面，看着克里福德。

"你在这里做什么？"她问克里福德。

"等待。"克里福德的声音中充满了爱慕。

瓦伦丁转过头，看了一眼镜子中的自己。那双蓝色的大眼睛、光润的卷发、挺直的鼻子和娇小的嘴唇在镜子里闪动了一下。随后镜子又映照出她修长的脖颈和窈窕的腰背。"我只会将后背朝向虚荣。"她说着，又向前倾过身，"你在这里做什么？"

"等你。"克里福德重复了一遍，稍稍感到些困扰。

"和塞西尔一起。"

"现在没有，瓦伦丁……"

"你知道吗，"瓦伦丁平静地说，"我不喜欢你的行为。"

克里福德有一点不安，便拉铃呼唤欧仁上菜，以掩饰自己的慌乱。

第一道菜是贝类浓汤，配波默里酒。一道道菜肴按照常规被端上来，空盘被撤掉。最后欧仁送来了咖啡。桌上只剩下了一盏小银灯。

得到吸烟的许可之后，克里福德说："瓦伦丁，咱们是去看滑稽歌舞，还是去看《黄金国》……或者两个都去看看，或者是新马戏团，或者……"

"就在这里。"瓦伦丁说。

"嗯，"克里福德有些受宠若惊，"恐怕我没办法逗你发笑……"

"哦，你可以，你比《黄金国》更有趣。"

"听我说，不要只把我当兄弟，瓦伦丁。你一直都是这样，但是，但是……你知道人们会怎么说——一个好玩笑会杀死……"

"什么？"

"呃……呃……爱情和所有。"

瓦伦丁大笑起来，直到自己的眼睛被泪水润湿。"嘿，"她高声说道，"那它就已经死了！"

克里福德看着瓦伦丁，眼神中渐渐多了一分警惕。

"你知道我为什么会来吗？"瓦伦丁问。

"不，"克里福德不安地回答，"不知道。"

"你和我做爱已经有多久了？"

"嗯，"听到这个问题，克里福德显得有些惊讶，"应该是……大约一年吧。"

"我也觉得有一年了。你没有厌倦吗？"

克里福德没有回答。

"难道你不知道，我太喜欢你了，所以……所以从没有真正爱上过你？"瓦伦丁说，"难道你不知道我们作为伙伴太和谐了，是太熟悉彼此的老朋友？难道我们不是吗？难道你以为我不知道你的历史吗，克里福德先生？"

"不要……不要这么讽刺，"克里福德急忙说道，"不要对我这样冷酷，瓦伦丁。"

"我没有。我对你很好。我非常好——对你和塞西尔。"

"塞西尔已经厌倦我了。"

"我希望她会厌倦你。"瓦伦丁说，"她应该得到更好的命运。天哪。你知道你在拉丁区的名声吗？你的花心，最糟糕的花心，完全无可救药，还比不上夏天夜晚的山羊。可怜的塞西尔！"

克里福德显得非常不安。瓦伦丁便让语气和缓下来。

"我喜欢你。这一点你知道。所有人都知道。你在这里是一个被宠坏的孩子。你可以为所欲为，所有人都容忍你，但并不是所有人都可以成为你反复无常的牺牲品。"

"反复无常！"克里福德喊道，"老天爷，如果拉丁区的女孩们还不反复无常的话……"

"随便你——随便你怎么说！但你没有进行评判的资格。你们男人全都没有。为什么你今晚会在这里？哦，"瓦伦丁喊道，"我告诉你为什么！一位先生收到了一张小纸条，他寄出另一张小纸条作为答复。然后他穿上征服者的战衣……"

"我没有。"克里福德面红耳赤地说。

"你有，你就是这样，"瓦伦丁带着微笑反驳，然后她又以极低的声音说道，"我已经被你控制了。不过我知道，控制我的是我的朋友。我来这里就是为了向你承认这一点。也正是因为如此，我还要在这里求你……求你帮我一个忙。"

克里福德睁大了眼睛，但什么都没有说。

"我正处在巨大的困苦之中，是因为海斯廷斯先生。"

"嗯。"克里福德口中这样应着，心中却不由得有些惊讶。

"我想要请求你，"瓦伦丁继续压低声音说，"我想要请求求你……万一你在他面前提起了我……不要说……不要说……"

"我不应该和他提起你。"克里福德平静地说道。

"你……你能阻止其他人谈论我吗？"

"如果我在场的话，应该可以。我能否问一下是为什么？"

"这样不好，"瓦伦丁喃喃地说道，"你知道他……他是如何看待我的……就像他看待所有女人一样。你知道他与你和其他那些人是多么不同。我从没有见到过一个男人……一个像海斯廷斯先生这样的男人。"

克里福德手中的香烟熄灭了，却没有人注意到。

"我几乎有些害怕他……害怕他会知道我们在拉丁区都是些什么样的人。哦，我不希望他知道！我不想让他……让他丢下我……我不想让他不再和我说话——尽管那也许才是他应该做的！你……你和其他人不可能知道这对我意味着什么。我无法相信他……我无法相信他是那么好，那样……那样高尚。我不希望他知道……知道得这么快。当然,他迟早会知道——这是躲不过的。他自己也能够发现。然后他就会丢下我。天哪！"她激动地哭泣起来，"为什么他要抛弃我，而不是你？"

克里福德非常窘迫，只能看着自己的香烟。

女孩站起身，面色惨白。"他是你的朋友——你有权警告他。"

"他是我的朋友。"克里福德迟疑了半晌才说道。

他们在静默中看着彼此。

然后女孩哭着说："但最神圣的我只会留给自己。所以你不需要警告他！"

　　"我相信你。"克里福德愉快地说道。

V

　　在海斯廷斯的感觉中，这个月过得很快，而且几乎没有什么事情给他留下深刻的印像。但也绝不是平安无事。其中一个痛苦的回忆是在嘉布遣大道与布莱登先生相遇。那时海斯廷斯正陪着一位极为飞扬跋扈的年轻人，他的笑声让海斯廷斯感到很是沮丧。当他终于从那家伙的身边逃走的时候，他觉得仿佛整条大道上的人都在看他，在因为他的同伴而批评他。海斯廷斯因此而变得面红耳赤。后来，当他就这样面红耳赤地回到旅社的时候，苏茜小姐立刻察觉到了他悲哀的心情，却劝说他应该认真克服自己的思乡之情。

　　另一段记忆同样让他难以忘怀。一个星期六的早上，他感觉很孤独，便在这座城市中闲逛了几圈，无意中走到了圣拉扎尔火车站。现在吃早饭还有些早，但他还是走进了总站酒店，找了一张靠近窗户的桌子坐下去。当他转头想要点菜的时候，一个快步从他身边过道中穿行的人撞到了他的头。他抬起头准备接受道歉。那个人却热情地拍拍他的肩膀说道："你来这里做什么，老伙计？"来的人是罗登。他抓住海斯廷斯，让海斯廷斯跟他走。海斯廷斯温和地表示拒绝，却还是被拉着走进一个单间。克里福德正在里面。看到海斯廷斯，他脸色一红，急忙从桌边跳起来，以一种令人有些吃惊的激动情绪表示欢迎。不过快活的罗登和格外显得彬彬有礼的艾略特很快就冲淡了克里福德造成的尴尬气氛。艾略特向海斯廷斯介绍了三个和他们在一起的女孩。那三个女孩都显得很是妖媚。她们都热切地对海斯廷斯表示欢迎，和罗登一起要求海斯廷斯加入他们的聚会。海斯廷斯立刻就同意了。当海斯廷斯吃早餐的时候，艾略特简单地向海斯廷斯介绍了他们去拉罗什游览的计划。海斯廷斯一边快活地吃着煎蛋卷，一边向不断和他攀谈、向他表示好意的塞西尔、科莉特和杰奎琳报以微笑。与此同时，克里福德则板着脸，悄声对罗登说——你是个混蛋。可怜的罗登一脸委屈的表情，直到艾略特猜到了是怎么回事，便向克里福德皱起眉头，又告诉罗登，他们会将这次聚会好好进行下去。

"你闭嘴。"他对克里福德说，"这是命运，一切都是命运造成的。"

"是罗登造成的。"克里福德嘟囔着，却又藏起了一丝笑意。毕竟他不是海斯廷斯的妈妈。于是他们登上了九点十五分从圣拉扎尔火车站出发的火车。这趟车在哈夫尔稍作停留，随后便到达了拉罗什的红屋顶火车站。于是一群快活的年轻人带着遮阳伞和鳟鱼钓竿下了车，只有临时参加的海斯廷斯手中拿着一根手杖。当他们在细小的爱普特河岸边的一片梧桐树林中建立起营地之后，众人公认的运动大师克里福德开始指挥众人的行动。

"你，罗登，"他说道，"把你的飞钓诱饵分给艾略特，盯住他，别让他给自己的鱼线拴上浮子和坠子。如果他想从土里挖蠕虫出来挂在鱼钩上，就用暴力阻止他。"

艾略特表示反对，却在众人的大笑声中也不得不露出微笑。

"你真让我生气，"他说道，"难道你以为这是我第一次钓鳟鱼？"

"如果这是你第一次钓鳟鱼的话，我会非常高兴。"克里福德一边说，一边躲过了艾略特朝他扔过来的飞钩，同时还为塞西尔、科莉特和杰奎琳准备好了三根细长的垂钓鱼竿，让她们能够尽情在河水中寻找快乐和鳟鱼。他给每根鱼线都安装好四根咬铅钓组，一只小鱼钩，还有一只漂亮的羽毛浮漂。

"我绝不会碰那些蠕虫。"塞西尔一边说一边打了个哆嗦。

杰奎琳和科莉特急忙对她表示支持。海斯廷斯愉快地提议由他来给女士们上饵和取鱼。但塞西尔在克里福德的书中读到过许多关于飞钓的华而不实的描述，显然已经被这种奇特的钓鱼方法迷住了。这次她决定要接受克里福德的现场指导。于是他们两个很快就跑进爱普特河的河湾里，不见了踪影。

　　艾略特带着询问的神情看向科莉特。

　　"我更喜欢鲤鱼。"这位少女已经打定了主意，"你和罗登先生想去哪里都可以。对不对，杰奎琳？"

　　"当然。"杰奎琳回应道。

　　艾略特仍然有些犹豫地查看着自己的鱼竿和线轴。

　　"你的卷轴方向错了。"罗登说。

　　艾略特仍然在犹豫着，不住地偷瞥科莉特。

　　"我……我……其实差不多已经决定……这次不甩这些飞蝇了。"他说道，"而且塞西尔也留下了一根钓杆……"

　　"那不能被称为钓竿。"罗登纠正他道。

　　"好吧，是垂钓杆。"艾略特看着那两个女孩继续说道。但罗登已经揪住了他的衣领。

　　"别这样！一个男人怎么能在手里拿着飞钓竿的时候却用浮漂和铅坠钓鱼！快过来！"

平静的爱普特河穿过许多树丛，一直流向塞纳河。一片长满青草的河岸向河面投下阴影，为水中的鲤鱼提供了掩护。科莉特和杰奎琳就坐到这片河岸上，有说有笑地看着猩红色羽毛浮漂的晃动。海斯廷斯用帽子遮住眼睛，头枕在一片苔藓上，倾听着她们的低声细语。每当鱼竿挥起，某位女孩用稍有控制的欢呼声宣布鱼被钓上来的时候，他就会殷勤地从鱼钩上摘下愤怒的小鲤鱼。阳光透过枝叶茂盛的树冠，洒落在他们身上。森林中不断有鸟叫声传来。黑白两色的喜鹊相互追逐着从他们身边飞过，落在附近，抖动尾巴，蹦跳着相互调情。蓝白色的松鸦挺着玫瑰色的胸脯，在树丛中尖声长鸣。一只低飞的鹰在一片快要成熟的小麦田中盘旋，吓得树篱中的鸟雀纷纷四散逃命。

遥远的塞纳河对岸，一只海鸥如同一片羽毛落在水面上。空气纯净又安宁，几乎连一片抖动的树叶都没有。远处的农田中传来微弱的声音——是高亢的公鸡打鸣和沉闷的犬吠声。一艘名字是"盖夫27"的蒸汽拖船顶着不断喷出黑烟的粗大烟囱在河中行驶，拖曳着一长串驳船。一只小艇撑起风帆，顺着水流向静谧的鲁昂驶去。

空气中飘散着一股泥土和水的清新气味。翅尖带一点橙色的蝴蝶穿过阳光，在湿润的草地上翩翩起舞，飞进遍布苔藓的森林，如同轻柔光洁的微风。

海斯廷斯心中一直想着瓦伦丁。大约两点钟的时候，艾略特回来了。他坦然承认自己是背着罗登悄悄溜回来的。随后他便坐到科莉特身边，准备心满意足地小睡一会儿。

"你的鳟鱼呢？"科莉特不依不饶地问道。

"它们都还活着。"艾略特嘟囔了一声，很快就睡着了。

罗登也在不久之后回到营地，朝着那个逃进梦乡里的家伙轻蔑地瞥了一眼，然后向众人展示了三条有深红色斑点的鳟鱼。

"这个，"海斯廷斯微笑着，慵懒地说，"就是有信念的人努力追求的神圣结果——用一点细丝和羽毛杀死了这些小鱼。"

罗登没有理会海斯廷斯的揶揄。科莉特又钓上了一条小鲤鱼，急忙叫醒艾略特。艾略特一边嘟嘟囔囔地抗议着，一边瞪着惺忪的睡眼去寻找午餐篮子。克里福德和塞西尔也回来了。他们一到营地就立刻要求吃东西。塞西尔的裙子完全浸湿了，手套也撕破了，但她显得非常高兴。克里福德拽出一条两磅重的鳟鱼，在众人面前挺起胸膛，准备接受鼓掌和喝彩。

"你是从哪里钓到这家伙的？"艾略特问。

浑身湿透却又精神百倍的塞西尔讲述了他们的战斗。克里福德称赞塞西尔使用飞蝇的技巧与力量。作为证据，他从鱼篓中拿出一条已经不再动弹的白鲑鱼，宣称这是和鳟鱼一样的好猎物。

　　大家在午餐的时候都很快活。海斯廷斯被评选为"最迷人的绅士"。他非常喜欢这个称号，只是有时候他也觉得这种戏谑的举动在法兰西未免要比在米尔布鲁克的时候过分得多。如果还是在康涅狄格州，他相信塞西尔对于克里福德应该就不会表现出如此亲昵的热情；也许杰奎琳会坐得离罗登远一点；还有科莉特可能不会这样一直凝视着艾略特的脸，丝毫不顾及其他。不过海斯廷斯还是很喜欢现在的样子——只不过他的思绪总是会飘到瓦伦丁那里。有时这又让他觉得自己距离瓦伦丁非常遥远。拉罗彻和巴黎之间就算是坐火车也要走至少一个半小时。当晚上八点的钟声敲响，载着他们离开拉罗彻的火车进入圣拉扎尔火车站的时候，他也在真真切切地感到高兴，甚至就连他的心跳都加快了——他又回到了瓦伦丁所在的城市。

VI

　　第二天早晨他醒来的时候，心跳再一次加快了，因为他首先想到的就是瓦伦丁。

太阳已经滑到了圣母院的高塔上方。工人们的木鞋踏在下方的街道上，发出响亮的撞击声。街对面，粉色杏花树上的一只乌鸫正开始发出一阵喜悦的鸣叫。

海斯廷斯决定叫醒克里福德，去郊外进行一次充满活力的散步。实际上，他还打算过些时候把那位年轻绅士哄骗进美国教堂——这对于克里福德的灵魂绝对是有好处的。走过大街，他发现目光犀利的阿尔弗雷德正在擦洗通向克里福德画室的柏油小路。

当海斯廷斯向阿尔弗雷德问起画室的主人时，阿尔弗雷德只是有些敷衍地应声道："艾略特先生？我不知道啊。"

"那么克里福德先生呢？"海斯廷斯觉得有些吃惊。

"克里福德先生，"这个看门人用略带一点讽刺的口吻说，"他应该会很愿意见你。虽然他习惯于早上休息。实际上，他刚刚回来。"

海斯廷斯还在犹豫，这名看门人已经颇有些激动地论述起人们绝不应该整晚留在外面，又在凌晨时分跑回来大声敲门。就算是宪兵也要尊重这个神圣的睡眠时刻。阿尔弗雷德还雄辩地指出戒酒之美，甚至还喝了一大口庭院喷泉中的水，以证明清水是多么美好的饮料。

"我还是先不要进去好了。"海斯廷斯说。

"请原谅，先生，"看门人说道，"也许你还是应该见一见克里福德先生。他有可能需要帮助。我看到他正在拿发刷和靴子撒气。如果他没有用蜡烛把房子点着了，那真是要谢天谢地了。"海斯廷斯犹豫了一瞬间，但还是将自己想要转身离去的愿望咽进了喉咙里，缓步走进被常春藤覆盖的小巷，穿过庭内的花园，来到画室门前。他敲了敲门。门里一片寂静。他又敲了敲门。这一次，有什么东西猛地撞到了另一面的门板上。

"那……"看门人说，"应该是一只靴子。"他拿出备用钥匙，插进锁孔里，开门请海斯廷斯进去。克里福德穿着被揉皱的晚礼服，坐在房间中央的地毯上，手里拿着一只鞋。海斯廷斯的出现丝毫没有引起他的惊讶。

"早上好，你用梨牌香皂吗？"克里福德含混地摆摆手，脸上挂着一副同样含混的微笑。

海斯廷斯的心一沉。"老天爷，"他说道，"克里福德，快去睡觉吧。"

"才不，那个……那个阿尔弗雷德总是把他毛茸茸的脑袋探进来，而且我还丢了一只鞋。"

海斯廷斯吹熄了蜡烛，捡起克里福德的帽子和手杖，带着无法压抑的激动情绪说道："这太可怕了，克里福德……我……从来都不知道你会变成这种样子。"

"嗯，我可以。"克里福德说。

"艾略特在哪里？"

"老伙计，"克里福德忽然显露出一副醉鬼才会有的伤感样子，"你说是什么在喂饱……喂饱……那些麻雀，在照看那些肆意放纵的流浪者……"

"艾略特在哪里？"

但克里福德只是摇晃着脑袋，摆着手说道："他出去了……在外面。"突然间，他仿佛非常想见到他失踪的伙伴，便提高了声音，狂喊艾略特的名字。

海斯廷斯完全被惊呆了，只能一言不发地坐下来。而克里福德在洒下几滴热泪之后，又精神百倍地站起来，仿佛想要做一件大事情。"老伙计，"他说道，"你想要看……看看奇迹吗？好吧，这里就有。我要开始了。"

他停顿一下，脸上露出空洞的笑容。

"奇迹。"他又说了一遍。

海斯廷斯觉得克里福德的意思是现在他还能站稳就已经是奇迹了。对此，他没有做出任何评论。

"我要上床去了，"克里福德说，"可怜的老克里福德要上床去了。这就是奇迹！"

克里福德的确很好地计算了前往卧室的距离和每一步的平衡。如果艾略特在这里，一定会热情地为这位老朋友鼓掌欢呼。但他现在做不了这件事。他还没有回到画室。直到半个小时以后，海斯廷斯才发现艾略特正躺在卢森堡公园的长凳上。艾略特给了他一个屈尊俯就的华丽微笑，允许海斯廷斯扶自己站起来，掸去他身上的尘土，送他到了公园门口。但到这里之后，他就拒绝了海斯廷斯更多的帮助，以高人一等的姿态向海斯廷斯点点头，然后就以大致还算正确的方向朝瓦文街走去。

海斯廷斯看着艾略特走出自己的视野，然后才缓步向喷泉走去。一开始，他只觉得心情沉闷而沮丧。不过慢慢地，早晨清新的空气除去了他压抑的心情。他坐到了双翼神灵影子下面的大理石长凳上。

空气新鲜又甜美，带着橘树花的香气。胸脯上闪耀着彩虹光晕的鸽子在水中洗浴嬉闹，出没于浪花之间，或者匍匐在抛光的石雕水池边缘，几乎只有头颈露在外面。麻雀们也成群聚集在水池中，将土褐色的羽毛浸在清澈的池水中，一边还发出充满活力的鸣叫。在玛丽·德·美第奇喷泉对面，被梧桐树环绕的野鸭池塘里，各种水禽或者在水草中寻食，或者沿岸边结队而行，进行着庄重却漫无目的的巡游。

刚刚在丁香叶下度过了一个寒冷夜晚的蝴蝶们还很缺乏力气，只能在白色的夹竹桃上攀爬，或者有些迟钝地飞向已经被阳光晒暖的灌木丛。蜜蜂已经在芥菜花之间开始忙碌了。一两只有着砖红色眼睛的灰色大苍蝇正趴在大理石长凳旁边的阳光中，转眼又开始彼此追逐，偶尔还会回到阳光下，兴奋地搓弄前腿。

哨兵们在彩绘格子前迈着有力的步伐来回巡逻。有时也会停下来，看看警卫室，似乎是想回那里去休息。

他们向海斯廷斯走过来，脚步整齐，号令响亮，刺刀"咯咯"作响。他们又走了过去，靴子踏在石子路面上，发出碾磨岩石的声音。

一阵柔和的钟声从宫殿钟楼上传来，和圣苏尔皮斯的浑厚钟声交织在一起。海斯廷斯正坐在神灵的影子里发呆。有人走过来，坐在他身边。一开始，他没有抬起头。直到那个人开口说话，他才猛地被惊醒。

"你！在这个时候？"

"我睡不着，我根本无法入睡。"然后，她的声音又变得快乐起来，"那你呢？也在这个时候？"

"我……我睡着了，只是太阳叫醒了我。"

"我没办法睡觉。"她说道。片刻间，她的眼眸仿佛掠过了一片无法解释的阴影。然后她又微笑着说："我很高兴……我仿佛知道你会来。不要笑，我相信梦。"

"你真的梦到了……梦到了我在这里？"

"我觉得我在梦到你的时候是清醒的。"她承认。然后，他们都闭口不言，静静地享受着二人世界的快乐，只有淡淡的笑容和饱含情意的眼神慢慢开始在两个人之间流动不息。在这片刻的沉默之后，他们又忽然开始了无法停止的交谈。嘴唇开始翕动，言辞轻快地飞扬，只是这一切似乎又都是多余的。他们并没有提起什么意义重大的事情。也许从海斯廷斯唇间跳出的最有意义的一句话就是问瓦伦丁是否吃过了早餐。

"我还没有喝巧克力。"瓦伦丁说，"不过你还真是个重视物质的男人啊。"

"瓦伦丁，"海斯廷斯冲动地说，"我想……我希望你能够……只是这一次……给我一整天……只是这一次。"

"哦，天哪，"女孩微笑着说，"不仅物质，还很自私。"

"不是自私，是饥饿。"海斯廷斯看着她。

"还是个食人族，天哪！"

"你愿意吗，瓦伦丁？"

"但我的巧克力……"

"我们一起喝。"

"但是午餐……"

"我们一起吃，在圣克劳德。"

"但我不能……"

"一起……一整天……从早到晚，你愿意吗，瓦伦丁？"

女孩陷入了沉默。

"只是这一次。"

那一层难以捉摸的阴影再一次笼罩了女孩的眼睛。当那片阴影消失的时候，女孩叹了口气。"好吧……一起，只是这一次。"

"一整天？"海斯廷斯对自己的幸福充满怀疑。

"一整天，"瓦伦丁微笑着说，"哦，我可真是饿了。"

海斯廷斯笑了起来，仿佛是着了魔。

"你真是一位物质的年轻女士。"

在圣米歇尔大道有一家墙壁涂成蓝白两色的乳品点。店里整齐干净得令人惊叹。经营这家小店的是一名褐色头发的年轻女子。看到瓦伦丁和海斯廷斯走进来，她带着微笑请他们在双人小桌两边坐好，将干净的餐巾铺在他们面前的桌子上，快活地用当地法语介绍自己名叫摩菲。随后，她又飞快地端来了两杯巧克力和一篮子新鲜香脆的羊角面包，还有樱草色的黄油饼，每一块上面都印着一朵三叶草，看上去充满了诺曼底牧场的香醇味道。

"真香啊。"他们同时说道，又同时欢笑起来。

"我们总是在想同一件事么？"他开口道。

"那太荒唐了，"女孩惊呼着，面颊绽放出玫瑰的颜色，"我想，我要一个羊角面包。"

"我也是，"海斯廷斯用胜利的语气说道，"这已经足够作为证明了。"

然后他们开始了一番争吵。她指责他的行为太过幼稚，无法成为能照顾好孩子的成年人；他则予以否认，并发动了反击。摩菲小姐看着他们，露出同情的笑容。终于，最后一只羊角面包在休战的旗帜下被吃掉了。两个人站起身，女孩抱住绅士的手臂，神采奕奕地向摩菲小姐一点头。摩菲小姐欢快地对他们说："再见，夫人！再见，先生！"然后就看着他们登上一辆路过的出租车离开了。"上帝啊！真是一对美人儿，"她叹了口气，片刻之后又说道，"不知道他们有没有结婚……不过我相信他们会是很好的一对儿。"

马车驶过美第奇大街、沃吉拉赫街和雷恩街，在车水马龙的街道上一路前行，最终停在了蒙帕纳斯火车站前面。他们刚好赶上一趟火车。当他们匆忙跑上月台的楼梯，冲进车厢，通报火车即将出发的喊声也响彻了拱顶火车站。列车员用力关上了他们包厢的门。一阵高亢的汽笛声响起,随后车头方向就传来了巨大机械启动的声音。长长的列车从站台开始移动,速度越来越快,逐渐冲进清晨的阳光之中。夏天的风从敞开的窗口吹在他们的脸上,让轻柔的发丝在女孩的额头舞动。

"这个隔间完全属于我们了。"海斯廷斯说。

瓦伦丁靠在窗口座位的软垫上,明亮的眼睛大睁着,嘴唇略微张开。风轻轻掀起她的帽子,拨动她下巴上的绸缎帽带。她飞快地解开帽带,抽出将帽子固定在头发上的长别针,把帽子放到身边的座位上。列车已经在飞一般地行驶了。

随着每一次激动的呼吸,红晕涌上她的面颊,在她喉头的百合花结下面,她的胸脯一起一伏。树木、房屋和池塘不断从他们的眼前掠过。一片由电报杆形成的薄雾又将所有景色都遮在后面。

"再快一点!再快一点!"女孩喊道。

海斯廷斯的眼睛却从没有离开过女孩。女孩的一双大眼睛就像夏日的天空一样碧蓝,仿佛正凝望着某个遥远的东西——那东西从没有向他们靠近过,反而正在从飞速前行的他们面前逃走。

她看的是地平线吗?但地平线刚刚到了山丘上高大城堡的后面,又到了一座乡村小教堂的后面。她看的是夏季尚未落下的月亮吗?如同幽灵一般,躲藏在蓝色的天空中。

"再快一点！再快一点！"女孩喊道。

女孩的双唇如同火一般红艳。

车厢不住地微微晃动着。田野如同翡翠的河流不断涌过。海斯廷斯也感觉到兴奋之情，脸上焕发出光彩。

"哦，"女孩高喊着，下意识地抓住海斯廷斯的手，把他拽到自己身边，"来！和我一起探身出去！"

这时火车正通过一座栈桥，火车前进的隆隆声陡然变强。海斯廷斯只能看到女孩的双唇在翕动。她的声音被淹没在巨大机械的咆哮中。不过他们的手紧握在一起，他和她一同向窗外探出身子。风在他们的耳边呼啸而过。"不要探得太远，瓦伦丁，小心！"海斯廷斯喘息着说道。

向下望去，透过桥面的空隙，海斯廷斯看到一条宽阔的河流奔腾进入自己的视野。火车穿过了一条隧道，发出雷鸣般的声音。冲出隧道口的时候，车窗外又是一片川流不息的绿色原野。强风在他们身侧吼叫。女孩已经将很长一截身子探出了车窗。海斯廷斯抱住她的细腰喊道："别探出太远！"但女孩只是喃喃地说着："再快一点！再快一点！离开那座城市，离开这片土地，再快一点，再快一点！离开这个世界！"

"你都在说些什么，"海斯廷斯没有能把话说下去，风将他的声音都卷回到了他的喉咙里。

女孩听到了海斯廷斯的话，从窗口转回头，看了看抱住自己的海斯廷斯，然后又抬头看着海斯廷斯的眼睛。车厢又抖动了一下，让车窗发出轻微的咯咯声。他们现在冲进了一片森林。朝霞喷薄出的火焰正扫过挂满露水的树枝。海斯廷斯看着女孩哀伤的双眸，将她拉进自己的怀中，亲吻那微张开的双唇。女孩苦涩而绝望地哭喊道："不要这样……不要这样！"

但他用有力的臂膀将她抱紧，悄声向她诉说甜蜜的爱意和激情。当女孩啜泣着说道："不要这样……不要这样……我已经做出了承诺！你必须……你必须知道……我……不值得……"但在海斯廷斯纯净的心中，女孩的这些话对他毫无意义，永远都不会有任何意义。女孩的声音消失了。她将头枕在海斯廷斯的胸膛上。海斯廷斯靠在窗边，耳边只有迅疾的风声，一颗心在喜悦中飞快地跳动。森林被甩在后面，太阳正在从大树后面冉冉升起，让光明再一次遍布大地。女孩抬起头，透过车窗望向这个世界。她开始说话，但她的声

音非常低微，让海斯廷斯不得不将耳朵贴到她的唇边。"我不能离开你，我太软弱了。你早已成了我的主人——我的心与灵魂的主人。我打破了对一个信任我的人的承诺。但我既然已经将这一切都告诉了你——其余的又有什么关系？"海斯廷斯微笑着凝视她纯真的双眼，她充满爱恋地看着海斯廷斯，再一次开口说道："接受我，或者丢弃我——这又有什么关系？现在，你只要用一个字就能杀死我，当这样的幸福无法得到，也许还是死会更容易一些。"

他将她抱在怀里。"嘘，你在说什么？看，看看这明亮的阳光，还有这草地和溪流。在这样一个美丽的世界里，我们只应该感到高兴。"

女孩的目光转向窗外，在阳光的照耀下，这个世界果然显得格外美丽。

她在喜悦中颤抖着，叹息着，轻声说道："这个世界原来是这样的？我从来都不知道呢？"

"我也不知道啊，上帝宽恕我。"海斯廷斯喃喃地说道。

也许宽恕他们两个的正是我们温柔的圣母。

CARCOSA

巴 雷 街

Rue Barrée

让哲学家和博学者预言，

他们会做什么，不会做什么——每一件事

都只是永恒链条中的一环

无法越过，无法打破，无法由捷径取得。

不是红色玫瑰，不是黄色玫瑰，

只有涨起的大海味道，

才是我喜欢的香气，

能够紧紧抓住你。

慵懒的睡莲令人倦怠，

静止的水面让我悲哀；

我难以压抑心中的渴望，

渴望你没有休止的激情。

这个世界只有这样一点东西——

你如火的嘴唇，

你的胸脯、你的纤手、你卷曲的发丝，

还有我的渴望。

I

　一天早晨在朱利安学院，一名学生对塞尔比说："那就是福克斯霍尔·克里福德。"他一边说，一边用画刷指向一个坐在画架前，什么都没有做的年轻人。

　塞尔比害羞又紧张地走过去，开口道："我名叫塞尔比，刚刚到巴黎。我有一封介绍信……"他的声音被画架倒下的声音淹没了。那个画架的主人向旁边的人发起了攻击。片刻间，战斗的噪音甚至一直传到了 M. 布朗热教授和勒菲弗教授的画室。不久之后，斗殴的学生打到了外面的楼梯上。塞尔比这时更加开始担心自己是否能够被这所学院接纳，只能看着克里福德。而克里福德仍然只是坐在画架前，平静地看着那场搏斗。

　"这里有一点吵闹，"他终于对塞尔比开了口，"不过你认识了这些家伙之后，就会喜欢上他们的。"他波澜不惊的态度让塞尔比的心情安定了不少。随后克里福德的一个简单举动更是赢得了塞尔比的好感——他将塞尔比介绍给另外六个同样是来自于异国他乡的学生。他们对塞尔比都很礼貌，其中还有人对他格外热情。甚至负责画室日常的班长也随和地对他说："我的朋友，如果一个人的法语能像你这样流利，还是克里福德先生的朋友，他在这个学院里就不会有任何麻烦。当然，你现在有责任填满画室的火炉，直到下一个新人到来。"

"当然。"

"你不介意开开玩笑吧？"

"不介意。"塞尔比回答。实际上他很讨厌无聊的玩笑。

克里福德则一边戴上帽子，一边饶有兴致地对他说："你毕竟刚来这里，可是会被开上不少玩笑的。"

塞尔比也戴上帽子，跟随克里福德向门口走去。

当他们从模特身边经过的时候，画室中突然响起一阵阵响亮的喊声："帽子！帽子！"一名学生离开画架，跳到塞尔比面前。塞尔比只能红着脸看向克里福德。

"脱帽向他们行礼。"克里福德笑着说道。

塞尔比有些困窘地转过身，向画室中的人们敬礼。

"那我呢？"模特也喊道。

"你真是魅力四射。"塞尔比一边说，一边对自己的鲁莽感到惊讶。但画室中的人们却异口同声地喊道："做得好！干得漂亮！"模特也笑着伸出手让他亲吻，同时高声说道："明天见，美丽的年轻人！"

随后一个星期里，塞尔比在画室中的工作一直都很顺利。法国学生们都称他为 l'Enfant Prodigue——这个称号被翻译成"神童""神奇小子""塞尔比小子"和"小子比""小比比"，又被自然而然地简化成"小比"——这是克里福德最终给他的外号。不过这个外号很快便彻底简化成了"小子"。

星期三到了。这是 M. 布朗热前来授课的时间。连续三个小时里，学生们只能在他尖刻的冷嘲热讽之中苦挨着。克里福德得到的评价是他在绘画之道中懂的比做的还要少。塞尔比要幸运得多。教授一言不发地审视过他的作品，又用犀利的目光看了他一眼，便不明所以地摆摆手，走了过去。当布朗热教授和布格罗手挽着手离开画室之后。克里福德才长出了一口气，将帽子按在头上，也走出了画室。

第二天，克里福德没有来画室。塞尔比本打算能够和他在画室见上一面。后来他才知道，想要确认克里福德能够去什么地方完全是徒劳的。于是他独自一人返回了拉丁区。

巴黎对他而言仍然是一个奇异而且全新的地方。这座城市的壮丽辉煌只是让他感到了一种不知名的困扰。在夏特雷广场上，没有任何东西能够搅动他对美国的温柔记忆，就连圣母院也是一样。司法宫和它的大钟、塔楼、身穿红蓝两色制服迈正步行进的卫兵；圣米歇尔广场和它拥挤的公共巴士、丑陋的喷水狮鹫；圣米歇尔大道的山丘、不断响着喇叭的有轨电车、两两并肩而行的警察；瓦切特咖啡厅整齐排列着桌椅的露台，所有这一切对于他都毫无意义。他甚至不会意识到，当他离开圣米歇尔广场的石板路面，踏上同名的柏油大道时，他就已经越过边界，走进了艺术生的地盘——著名的拉丁区。

一名出租车司机称呼他是"资产阶级先生"，卖力地向他宣扬坐车胜过步行的好处。一个赌徒满心关切地打听关于伦敦的最新电报消息，又邀请塞尔比来一次孤注一掷的壮举。一个漂亮女孩用紫罗兰色的双眼看了他许久。塞尔比并没有看到那个女孩，但女孩看到自己在窗玻璃上的倒影，不由得为自己面颊上的红晕感到惊奇。她转回身，一眼看到了福克斯霍尔·克里福德，便急忙跑开了。克里福德张着嘴，一双眼睛直勾勾地看着离去的女孩，又转回头去看塞尔比。这时塞尔比已经转进圣日耳曼大道，朝塞纳街走去了。克里福德又在商店的窗户上查看了一下自己的样子。结果似乎并不令人满意。

"我是不算漂亮，"他嘟囔着，"但也不是妖怪吧。她为什么会因为塞尔比脸红？我以前还从没有见过她这样看一个男人。我相信她在拉丁区就没有过这种样子。不管怎样，我能发誓，她从没有这样看过我。天知道，我对她可从来都是尊敬有加，充满好意的。"

他叹了口气，喃喃地说了一句关于他的不朽灵魂将会得到拯救的预言，便迈着充满克里福德风格的优雅步子，迤迤然走出商店，没有费多大力气就在街角追上了塞尔比。和他一同穿过阳光灿烂的大道，在赛尔克咖啡馆的遮阳棚下坐下来。克里福德朝周围的每一个人点头致意，同时对塞尔比说道："这些人你迟早都会认识，不过现在先让我给你介绍两位巴黎的焦点人物——理查德·艾略特先生和斯坦利·罗登先生。"

这两位"焦点人物"正喝着苦艾酒，看上去都很和蔼可亲。

"你今天一直没有回画室。"艾略特突然向克里福德说道。克里福德则避开了他的目光。

"去亲近人之本性了？"罗登问。

"这次她的名字叫什么？"艾略特问。罗登抢着回答道："伊薇特，布列塔尼人……"

"错，"克里福德面无表情地说，"是巴雷街人。"

他们的话题立刻发生了变化。塞尔比惊讶地听着一连串对他完全陌生的名字，以及对于罗马奖†获得者的赞美。他很高兴能够听到前辈们大胆的观点表达和诚实而针锋相对的讨论。尽管他们的对话中有一半都是法语，甚至还夹杂了许多俚语。他渴望着有朝一日，自己也能够去争取这辉煌的荣誉。

圣苏尔皮斯的报时钟声响了。卢森堡宫的钟声也在同时予以回应。克里福德瞥了一眼正在向波旁宫后面的金色尘雾中落下去的太阳，便叫众人一同站起身，向东走过圣日耳曼大道，朝医学院悠然而去。转过街角时，一个女孩从他们身边经过，脚步很是匆忙。克里福德暗自一笑。艾略特和罗登则显得有些不安。不过他们都向女孩点头致敬。女孩向他们还礼，却连眼睛都没有抬一下。塞尔比这时因为欣赏一家商店的华丽橱窗而落在了后面。当他转过头的时候，正好看到一双他这辈子见到过的最为湛蓝的眼睛。一察觉到塞尔比的目光，那双眼睛立刻低垂了下去。塞尔比急忙追赶上其他人。

"老天爷，"他说道，"知道吗，我刚刚看到了这世上最美丽的女孩……"前面的三个人同时发出一声感叹，那声音显得阴郁而不祥，就如同希腊戏剧中的副歌。

---

† 罗马奖（Prix de Rome），法国国家艺术奖学金，1663 年创立，至今仍是法国非常重要的艺术奖项。

"巴雷街！"

"什么！"塞尔比困惑地喊道。

克里福德只是含糊地摆了摆手。

两个小时以后，在吃晚餐的时候，克里福德转向塞尔比说道："你想要问我一些事。看你坐立不安的样子，我就知道。"

"是的，我有问题。"塞尔比天真地问道，"是那个女孩，她到底是谁？"

罗登的微笑中带着怜悯，艾略特的笑容则颇有些苦涩。

"她的名字，"克里福德郑重地说道，"任何人都不知道。"他的语气显得格外认真，"至少就我所知是这样。这个区的每一个人都会向她点头致敬，她也会同样认真地还礼。但我们不知道有谁能够和她有更进一步的关系。她总是拿着一卷乐谱，看样子应该是一位钢琴家。她住在一条狭小简陋的街道上。市政府对那里的修缮工作似乎永远都无法结束。所以那条街的街口也永远都竖着禁止车辆通行的栅栏。那道栅栏上用黑色字母写着'巴雷街'，于是我们就用这个名字称呼她。罗登先生则会用他不算完美的法语称她为'巴丽'……"

"我不是这么叫她的，"罗登激动地说道，"而且无论巴丽还是巴雷，难道今天我们的任务就是讨论那个被拉丁区每一位画匠所爱慕的……"

"我们可不是画匠。"艾略特纠正他。

"我不是，"克里福德也反驳道，"我要请求你注意，塞尔比，这两位绅士都曾经不止一次主动将自己的生命和一切献到巴雷的脚下，也因此而经历了许多不幸的时刻。在那些时候，巴雷女士只会丢给他们一抹冰寒刺骨的微笑。"说到这里，克里福德的表情也变得阴郁起来，"我也不得不相信，无论是我的朋友艾略特的学者风范，还是罗登光芒四射的活力风采，都没有能碰触到那颗冰冻的心。"

艾略特和罗登带着义愤之情，异口同声地喊道："你也一样！"

"我，"克里福德板起一张扑克脸说道，"的确不敢重蹈你们的覆辙。"

II

二十四小时以后，塞尔比已经完全忘记了巴雷。这个星期里，他大部分时间都在画室奋力工作。到了周六晚上，他实在是太累了，没有吃晚饭就上了床，还做了一个噩梦——梦到自己掉进一条满是黄色赭石的河里，就要被淹死了。周日上午，就在他的脑子一片空白的时候，他忽然想到了巴雷。而十秒钟以后，他看见了她。那是在大理石桥附近的一片花卉市场。巴雷正在仔细端详一盆三色堇。卖花的园丁显然竭尽全力想要达成这笔交易，但巴雷还是摇了摇头。

　　此时塞尔比正在专注地观察一株甘蓝玫瑰。如果不是克里福德在周二时和他提起过这种花，塞尔比会不会注意到它可能都是一个问题。不过他的好奇心在那时就被激发了。除了母火鸡以外，也许十九岁的男孩是这个世界上最无法管束自己好奇心的双足动物了，随后从二十岁开始直至死亡，他都会努力将好奇心藏起来。不管怎样，对于塞尔比来说，这座市场的确具有无穷的吸引力。在一片无云的天空下，艳丽的花朵世界沿着大理石桥一直延伸到防护矮墙边。轻柔的微风中，阳光在棕榈树下用影子编织出一片片蕾丝花纹，在上千朵玫瑰的花芯中跳动。春天正展现出它的全部热情。洒水车和自动洒水器将清新的露珠洒向整条大道。麻雀变得莽撞而喜好炫耀。塞纳河上，期盼着收获的垂钓者们正焦急地盯着他们花哨的浮漂——尽管河水中还泛着洗衣池中流出来的肥皂泡。白刺栗子树上已经覆盖了一层嫩绿色。蜜蜂用它们短小的翅膀震动着空气。熬过了冬季的蝴蝶开始在芥花丛中展示它们光鲜的衣裳。空气中弥漫着泥土的清新气息，林地中流淌的小溪回应着塞纳河浪花的呼唤。燕子在停泊于河中的航船周围飞速掠过。在一扇窗户后面，一只笼中的小鸟正向天空唱出自己的心声。

塞尔比看着那株甘蓝玫瑰，又抬头望向天空。那只笼中小鸟的歌声给他带来一阵感动。或者触动他心灵的是这五月的空气中危险的甜美气息？

一开始，他并没有意识到自己停下了脚步。然后他也没有多想自己为什么会停下。他觉得自己应该继续向前走——或者就停在这里？就在这时，他看到了巴雷。

那名卖花的园丁正说道："小姐，这毫无疑问是一盆上好的三色堇。"

巴雷摇摇头。

园丁给了她一个微笑。她显然是不想要这盆花。她向这名园丁买过许多三色堇——每年春天都会有两三盆，而且从没有讲过价。那么她想要什么？——园丁心中暗自寻思。这株三色堇应该只是一个幌子，她真实想要的是别的。于是园丁揉搓着双手，开始动起了脑筋。

"这些郁金香非常不错。"他说道，"还有这些风信子……"一看到这些散发着芬芳的花草，园丁自己不由得陷入了恍惚之中。

"这个。"巴雷用手中收拢的阳伞指着一棵玫瑰花树,喃喃地说道。她显然在努力克制激动的心情,但声音还是难免有一点颤抖。塞尔比注意到了女孩的这一点异样。但他立刻又为自己感到羞愧——正直的绅士不应该这样仔细地偷听别人说话。园丁也注意到了女孩语气的变化。他的鼻子立刻嗅出玫瑰花给他带来的利润。不过这个园丁是一个正直的人,他只是报了实价,没有加一分钱。毕竟,巴雷可能没有什么钱,但任何人都能感受到她非凡的魅力。

"五十法郎,小姐。"

园丁的语气很认真。巴雷感觉到讨价还价完全是在浪费时间。她和园丁面对面地站了一会儿。园丁没有强调自己的价格是多么公道——这一树玫瑰非常漂亮,所有人都能看出来。

"我还是要三色堇吧。"女孩从一只破旧的钱包里掏出两法郎。然后她抬了一下头。一滴泪水出现在她的眼角,在明亮的阳光下,它就像是一枚璀璨的钻石。泪水沿着女孩高俏的鼻梁滚落下来。塞尔比的眼前一阵恍惚。当女孩用手绢擦拭那双蓝得令人吃惊的眼眸时,塞尔比已经来到了园丁面前,表情异常羞窘。他立刻将头转向天空,仿佛突然对于天文学充满了兴趣。当他对天空进行了足足五分钟的研究之后,园丁和旁边的一名警察也抬起了头。

塞尔比又低头盯着自己的鞋尖。园丁便转过头来看他。警察则没精打采地继续去巡逻。巴雷已经不知什么时候离开了。

"那么……"园丁说道，"我能为先生做些什么？"

塞尔比完全不知道是为什么，但他突然就开始买起了花。园丁也很兴奋。以前从没有一位客户向他买过这么多花，更没有给过他如此合理的价格。最重要的是，他绝对、绝对没有和一位客户有过如此意见一致的时候。但他还是有些想念那种讨价还价，费尽唇舌，向天发誓的生意经。和这样的好顾客做买卖实在是有些缺乏刺激。

"这些郁金香很漂亮！"

"没错！"塞尔比热切地喊道。

"但是，唉，它们太贵了。"

"我买。"

"上帝啊！"园丁有些汗颜地嘟囔着，"他真是比绝大多数说英语的人都更疯狂。"

"这株仙人掌……"

"美丽极了！"

"但是……"

"把它和其他的花一起打包！"

园丁定定神，把屁股倚在河边的护墙上，有些虚弱地说道："这棵华丽的玫瑰树……"

"实在是太美了。我相信它值五十法郎……"塞尔比声音一顿，面色变得通红。园丁只觉得他这副表情很是有趣。突然间，塞尔比冷静下来。他赶走了脑子里的一团乱麻，紧紧盯住园丁，用气势汹汹的语气说道："我会买下这些玫瑰。但我想知道，为什么刚才那位年轻的女士没有买它？"

"那位小姐并不富裕。"

"你怎么知道的？"

"该死，我卖过她很多三色堇。三色堇很便宜。"

"她买的就是这盆三色堇？"

"就是这盆，先生，蓝色和金色的。"

"那你是要把它送到她的住处去喽？"

"等到中午，闭市之后。"

"把这些玫瑰也一并送过去。还有……"塞尔比继续瞪着园丁，"绝对不能说是谁送的。"园丁的眼睛瞪得好像两只茶盘。但塞尔比只是以胜利者的淡定语气说，"把其他花送到图尔农7号，参议院酒店。我会通知那里的前台。"

然后他就威风凛凛地扣好手套，大步走开了。但是一转过街角，避开了园丁的视线，他的脸立刻就红了——他知道，自己刚才的行为简直就像白痴一样。十分钟以后，他坐到了自己在参议院酒店的房间里，脸上带着愚蠢的微笑，不断重复一句话："我真是个废物，真是个废物！"

一个小时以后，他还坐在同一把椅子里，保持着同一个姿势。他的帽子和手套都没有摘下来，手杖还握在手里。他一言不发，看上去仿佛正在认真思考自己的鞋尖。他的微笑却已不再显得那样蠢笨，更像是在回味过去某件美好的事情。

III

那天下午大约五点钟的时候，站在参议院酒店前台的那位眼神略带一点忧伤的娇小女士惊讶地摊开双手，看着整整一车花卉草木被拉到酒店门口。她叫来了侍应生约瑟夫。约瑟夫数点了这些种在玻璃花盆中的鲜花，大概估计着它们的价值，同时也只能沮丧地承认，自己完全不知道它们是属于谁的。

"天哪，"身材娇小的前台接待说道，"到底是哪位女士买的花！"

"是你吗？"约瑟夫问。

接待员默默地站了片刻，叹了一口气。约瑟夫只是挠着自己的鼻子——这只漂亮的鼻子倒是足以和这些花朵相媲美。

就在这时，卖花的园丁将帽子拿在手中，走进了酒店。几分钟以后，塞尔比站在他的房间正中央，脱了外衣，衬衫袖子也挽了起来。终于，他把这个房间里除了家具之外的所有空间都占满了，最后两平方英尺的活动空间被用来收容了那株满身是刺的仙人掌。他的床在成箱的三色堇、百合和芥花的重压下呻吟着。躺椅上铺满了风信子和郁金香。盥洗架上多了一棵小树。园丁曾向他保证，这棵树再过不久就能开出很美丽的花朵。

不久之后，克里福德来看望他，一脚踢翻了一盆甜豆。他低声嘟囔了一句，向塞尔比道了歉，在所有这些花草向他扑过来之前找地方坐了下去，却惊讶地撞上了一株天竺葵。那株天竺葵完全被毁了。不过塞尔比只是说了一句："没关系。"就继续瞪着那株仙人掌。

"你要举行舞会吗？"克里福德问。

"不……不，我只是非常喜欢花。"塞尔比说道。但他的这句话实在是缺乏热情。

"我能想象。"克里福德嘟囔着，又沉默片刻才继续说道，"这是一株好仙人掌。"

塞尔比对这株仙人掌保持着沉思的态度，以行家里手的姿态伸手去抚摸它，却还是被扎了手。

克里福德用手杖戳了戳一株三色堇。就在这时，约瑟夫拿着账单走进来，大声报上价钱——他这么干一是为了让克里福德知道一下住在这里的是什么样的客人；二是想让塞尔比掏出一笔和买花钱相匹配的小费。如果他愿意的话，还可以把小费分给园丁一些。克里福德装作自己什么都没听到。塞尔比则一言不发地付了账单，再加上小费。然后他回到房间里，试图装出一副从容不迫的样子，但是当他的裤子被仙人掌刮破的时候，他的这份努力即告完全失败了。

克里福德和塞尔比说了些闲话，点燃一支香烟，转头去看窗外的景色，好给塞尔比一个交代实情的机会。塞尔比努力想要抓住这个机会，却只是说了一句："是啊，春天终于来了。"就又僵住了。他看着克里福德的后脑勺，仿佛那个后脑勺向他表达了很多东西。那双俏皮的小耳朵似乎正因为强行压抑的幸灾乐祸而不住地抖动。塞尔比绝望地想要控制住局面，便迈步要去拿俄国香烟，希望以此来找到一点交谈的灵感。但仙人掌再一次抓住了他，打破了他的计划，也成为压垮骆驼的最后一根稻草。

"该死的仙人掌。"塞尔比抑制不住火气地说道。这种任性的态度本来是他极力排斥的，完全不符合他的自我修养。但这些仙人掌的刺实在是……太长太尖了！在它们的反复刺激下，他努力压抑的怒火终于喷发出来了。现在想要掩饰已经太晚了。错误已经铸就。克里福德也在这时回过了头。

"话说回来，塞尔比，你到底为什么会买这些花儿？"

"我喜欢它们。"塞尔比说。

"你要拿它们怎么办？你现在连睡觉的地方都没有了。"

"我能睡觉，只要你帮我把三色堇从床上搬下来。"

"你能把它们放到哪儿去？"

"我就不能把它们送给前台吗？"

这句话刚一出口，塞尔比就后悔了。老天在上，现在克里福德会怎样看他！克里福德也听到了他为这些花付了多少钱。他会相信塞尔比投资这些奢侈品只是为了羞怯地向前台表示好意？拉丁区的人们会以怎样的无礼方式议论这件事？塞尔比有一种如芒在背的感觉，他知道克里福德的名声。

就在这时，有人敲门。

塞尔比带着一种惊恐万分的表情看向克里福德。甚至把那位年轻绅士的心都打动了——他在对克里福德表示忏悔，同时又在恳求克里福德的援助。克里福德只好跳起来，小心翼翼地走过这片鲜花迷宫，同时还用一只眼睛盯着门缝说道："该死的到底是谁？"

这种优雅的问询风格正是拉丁区的本色。

"是艾略特，"克里福德将屋门拉开一道缝，向外看了一眼，然后回头说道，"还有罗登。还有他们的两条斗牛犬。"然后他又隔着门缝对外面说，"坐到楼梯上去，塞尔比和我马上就出来。"

为他人着想，谨言慎行是一种美德。拉丁区很少有人具备这种美德，甚至很少有人知道这种美德。那两个家伙一坐下来就开始吹口哨。

罗登先喊道："我闻到花香了。不知道他们在里面搞什么好事情呢！"

"你们应该了解塞尔比是什么样的人。"克里福德在门后说道。但那两个家伙显然从门缝里看到了塞尔比被撕破的裤子，立刻又交换了一个浮想联翩的眼神。

"看来我们真的了解塞尔比是什么人了。"罗登说，"他只让克里福德一个人走进用鲜花装饰的房间，我们却只能坐在楼梯上。"

"是的，拉丁区的年轻绅士和俊美少年正在一起狂欢作乐。"罗登摆出一副若有所思的样子，突然他又忧心忡忡地问，"奥黛特也在里面吗？"

"让我们看看，"艾略特问，"科莉特在吗？"他哀嚎了一声，"你在吗，科莉特？难道你就让我在这里坐凉石头吗？"

"克里福德无所不能，"罗登说，"而且自从巴雷对他不理不睬之后，他的本性就坏掉了。"

艾略特提高了声音："我告诉你们，我们看见中午的时候有人送花去巴雷街了。"

"有一大棵玫瑰树。"罗登格外加强了语气。

"可能就是送给巴雷的。"艾略特一边说，一边爱抚他的斗牛犬。

克里福德突然转向塞尔比，眼神中充满怀疑。塞尔比只是哼着不知名的小调，选了一双手套和一打香烟，将它们放到随身的小匣子里，然后走过仙人掌，揪了一朵花插在纽扣眼里，又拿起帽子和手杖，向克里福德微微一笑，让克里福德感到很是困扰。

IV

周一上午，朱利安学院，学生们正在争抢着好位置。一些在开门时就占住了好凳子的学生没能把自己的优势坚持到点名，就被另一些具有优先权的学生赶走了。调色板、画刷和其他工具也都成了被争夺的对象，甚至干面包也不例外。一名曾经扮演过犹大的前模特现在更是变得污秽不堪，他流窜在各画室中，以一个苏一份的价格售卖陈面包，换几个钱买烟抽。朱利安先生走进来，向学生们展露出父亲般的微笑，随后又走出去。他刚一走，画室管理员就像幽灵一样出现了。他简直就像是一只狐狸，在争斗不休的学生中间寻找猎物。

三个没有缴费的学生被叫了出来。随后他又嗅到了第四个人。那个人本想悄悄溜到门边，却被他半路拦住，从火炉后面被揪了出来。就在这时，学生们的纷争呈现出愈发激烈的趋势，于是他又高喊了一声："朱尔斯！"

朱尔斯来了，用他一双棕色大眼睛里的哀伤神情平息了两场争斗，和所有人握手，融入到人群之中，给画室带来一番安宁祥和的气氛——狮子盘踞在羔羊群中就会起到这样的作用。最厉害的羔羊很快就给自己和自己的朋友们找定了最好的位置。于是朱尔斯登上模特台，打开花名册。

下面的人在窃窃私语："这周会从首字母是 C 的名字开始点起。"

的确如此。

"克莱森！"

克莱森像闪电一样跳起来，在一个前排座位前面的地板上用粉笔写下自己的名字。

"卡隆！"

卡隆急忙跑过去确定下自己的位置，还撞翻了一个画架。"老天爷！"——有人用法语说。"你他妈的……到底要去哪里！"有人用英语说。"哐！"一只颜料箱倒在地上，画刷飞得到处都是。"该死的……"咒骂、挥拳！冲撞和扭打。又是朱尔斯严厉的责骂。

"科琼！"

点名还在继续。

"克里福德！"

朱尔斯停顿一下，抬起头，用一根手指拨弄着花名册。

"克里福德！"

克里福德不在。此时他和画室的直线距离有三英里远，而且这段距离还在不断增加之中。倒并不是因为他走得很快——恰恰相反，他正以其特有的悠闲步伐散着步。艾略特在他身边。两条斗牛犬跟在他们身后。艾略特正在阅读文艺期刊。他似乎觉得刊中的内容格外有趣，不过这些热闹滑稽的内容显然不适合克里福德现在的心情，于是他只能将得到的乐趣强自压抑，变成一阵阵克制的的微笑。克里福德知道艾略特在干什么，但心情不佳的他什么都没有说，只是带头走进了卢森堡公园，一屁股坐到北侧露台的一只长凳上，用不以为然的眼光审视周围的风景。艾略特依照公园的规定，将两条狗拴好，又向自己的朋友投去询问的一瞥，才继续看起了报纸，不断露出那种克制的微笑。

今天的天气很好。太阳高悬在圣母院上方，将整座城市照耀得闪闪发亮。栗子树的细枝嫩叶将淡淡的阴影洒在露台上。只要在这里的小路上仰起头，就能透过那些如同窗花格一样的枝叶看见碧蓝色的天空。如果克里福德这样看一眼，他甚至有可能为自己的强烈"印象"找到一些鼓舞。但就像他每一次处在这种人生阶段的时候一样，他的思绪可能飘往所有地方，就是不在他的工作上。周围有许多麻雀在吵闹不休，或者唱着求爱的歌曲。玫瑰色的大鸽子在树木之间飞翔。飞虫在阳光中转圈。花朵散发出一千种芳香。这些都以一种慵懒的欲望搅动着克里福德的心境。在它们的影响下，克里福德说话了。

"艾略特，你是一位真正的朋友……"

"你真让我感到恶心，"艾略特叠起报纸，"就像我猜的那样……你又惦记上某条新的衬裙了。"他继续怒气冲冲地说道，"如果只是因为这种事，你就让我不要去画室，如果你只是想告诉我某个小白痴有多么完美……"

"不是白痴。"克里福德轻声抱怨道。

"那好吧，"艾略特提高了声音，"那么你有没有胆量告诉我，你又恋爱了？"

"又？"

"是的，一次又一次，一次又一次……这一回是乔姬吗？"

"这一次，"克里福德哀伤地说，"是认真的。"

片刻间，艾略特很想用双手抓住克里福德，然后他发出了全然无助的笑声，"哦，好吧，好吧，让我看看，你爱克莱芒丝、玛丽·泰勒克、珂赛特、菲芬、科莉特、玛丽·韦迪耶……"

"她们都很有魅力……大部分都很有魅力，但我从没有认真过……"

"摩西带我逃脱苦海吧，"艾略特的语气变得严肃起来，"这些名字中的每一个都曾经把你的心撕得粉碎，并且以同样的方式让我几乎失去在画室的位置。每一个都是如此。这一点你不承认么？"

"你说的也许是事实……从某种角度讲是的……但请相信我，总有一次，我会忠诚于……"

"直到下一个人出现。"

"但这次……这次真的非常不一样。艾略特，相信我，我都要崩溃了。"

艾略特知道自己什么都做不了，只能咬紧牙关仔细听着。

"是……是巴雷。"

"哦，"艾略特颇为轻蔑地说道，"如果你在为那个女孩闷闷不乐——那个女孩可是会让你和我有充分的理由找个地缝钻进去——好吧，继续！"

"我正在说……我不在乎，我的羞怯早已不复存在……"

"是啊是啊，你与生俱来的羞怯。"

"我已经不顾一切了，艾略特。我是恋爱了吗？我绝对、绝对没有感觉到如此悲哀痛苦。我根本睡不着觉。说实话，我连好好吃东西都做不到。"

"你在爱上科莉特的时候也犯过同样的毛病。"

"你好好听着行不行？"

"先停一下，下面的戏码我都能猜得到。现在，让我问你几件事。你相信巴雷是一个纯真的女孩吗？"

"是的。"克里福德脸上一红。

"你真的爱她……而不是像以前那样，在每一次感到乏味之后踮起脚尖一走了之？我是说，你真真正正爱上她了？"

"是的，"克里福德固执地说，"我会……"

"停一下，你会和她结婚？"

384

克里福德的面颊红得像火烧一样。"是的。"他低声嘟囔道。

"这对你的家人真是一个喜讯,"艾略特努力压抑住自己的怒火,"'亲爱的父亲,我刚刚和一位美丽的灰姑娘结婚了。我相信你一定会张开双臂欢迎她。她将在她母亲的陪同下前来拜访您。那是一位最值得尊敬,最干净的洗衣女工。'老天爷!这似乎比其他人都更过分一点!谢天谢地,年轻人,我的头脑还算清醒,可以为我们两个进行思考。不过在这件事上我实在没什么可害怕的。巴雷显然已经完全彻底地占据了你的心。"

"巴雷,"克里福德直起身子,但他突然停止了所有动作——在撒满金色阳光的小路上,巴雷正一步一步地走过来。她的长裙一尘不染,头顶的大草帽稍稍倾斜,露出了一点雪白的额头,在她的眼睛上洒下一片影子。

艾略特站起身,鞠了一躬。克里福德摘下帽子。他的表情是那样哀怨、那样充满渴求、那样虔诚谦卑,让巴雷不由得微微一笑。

这个微笑是如此赏心悦目。当不能自已的克里福德因为双腿失去了力量而向前打了个趔趄的时候,巴雷禁不住又笑了一下。片刻之后,她坐到了露台上的一把椅子上,从卷起的乐谱中抽出一本,翻开书页,找到要读的地方,将书摊放在膝盖上,微微叹了一口气,又露出一点笑容,抬头向城市望去。她把福克斯霍尔·克里福德完全忘了。

　　过了一会儿，她拿起了自己的书。但她没有阅读，而是调整了一下衣服上的玫瑰花。那朵玫瑰红艳而硕大，就像一团烈火在她的胸口燃烧，丝缎一般的花瓣放射出的光芒仿佛正在温暖她的心。巴雷又叹了一口气。能看出来，她实际上非常高兴。天空无比湛蓝，带着花香的风轻柔宜人。太阳爱抚着大地上的所有生命。她的心在和她一起歌唱，向她胸前的玫瑰歌唱："在拥挤的路人之中，在昨天的世界之中，在千百万的过客之中，有一个人转过身，向我走来。"

　　她的心就在那朵玫瑰花下不停地唱着。这时，两只鼠灰色的大鸽子伴随着呼啸的风声从她身边飞过，落到露台上，开始了一连串的点头、迈步、跳跃和转身。巴雷看着它们，发出欢快的笑声。她一抬头，才发现克里福德已经来到她面前。这位年轻绅士手中拿着帽子，脸上带着一种渴求的微笑，让巴雷觉得自己好像看到了一头孟加拉虎。

　　片刻之间，巴雷皱起眉头，略有些好奇地看着克里福德。不过她很快就发现，低头弓背的克里福德和那两只正不断点头的鸽子很有些相似，虽然心中感到害怕，但她还是禁不住发出了一阵最迷人的笑声。巴雷不由得对自己感到有些惊讶。这就是她吗？

如此多变，甚至连她自己也认不出自己了。但是她心中的歌声已经淹没了其余一切。那歌声开始在她的唇边颤抖，努力想要飞向这个世界——最终，她放声大笑——可能是在笑那昂首阔步的鸽子，或者克里福德先生，或者不为任何原因。

"你是不是以为，因为我会向拉丁区的艺术生们还礼，所以你就能成为我特别的朋友？我不认识你，先生，但我知道，虚荣是男人的另一个名字。我会谨慎地回报你们的敬意，或者尽量做到谨慎，你应该对此感到满意了，虚荣先生。"

"但是我恳求……我乞求你能够允许我将早已藏在心中的敬意……"

"哦，天哪，我可不在乎什么敬意。"

"还请允许我偶尔能和你说说话——偶尔——非常偶尔。"

"如果我答应了你，为什么不能答应别人？"

"完全不一样……我会仔细斟酌的。"

"斟酌？你为什么会斟酌？"

女孩的眼睛异常清澈。克里福德不由得瑟缩了一下，不过只是一下。然后莽撞的魔鬼就抓住了他。他坐下来，开始提出要献出自己的全部——灵魂和肉体，权利和财产。他知道，自己现在就是一个彻头彻尾的傻瓜，这种痴迷根本就不是爱。他说出的每一个字都是一条捆住他的绳索，让他除非抛弃自己的荣誉，否则就无路可逃。自从他向巴雷走过来开始，艾略特就一直阴沉着脸，紧盯着喷泉广场，一只手用力攥紧两条斗牛犬的绳子，以免它们会跑到克里福德那里去——就连这两条狗都觉得有什么地方出了问题。艾略特更是怒火中烧，不住地低声咒骂着。

克里福德终于把话说完了，此时他已是兴奋得满脸红光。但巴雷久久没有做出回应。克里福德的热情渐渐冷却下来，局势也呈现出真实的样子。懊悔之情悄悄溜进克里福德的心中，但他还是将这些负面情绪推到一旁，再一次发起攻势。但他刚一张口，巴雷就拦住了他。

"谢谢你，"巴雷非常严肃地说，"以前还没有人和我提过结婚的事情。"她转过头，望向城市，又过了一会儿，她才继续说道，"你要给我太多。而我只是孤身一人，什么都没有，什么都不是。"她再次转过头，看着巴黎——辉煌、美丽、被太阳照亮，在这完美的一天呈现出它最完美的样子。克里福德顺着她的目光也望了出去。

"哦，"巴雷喃喃地说道，"这很难———一直工作，一直单身，没有一个能够真正信任的朋友。街上到处都是爱情，但我知道，我们都知道，等到激情退去，我们什么都不会剩下。是的，当我们相爱的时候，会毫不迟疑地交出我们自己，交出我们全部的心和灵魂，我们都知道结局会是什么。"

她碰了一下胸口的玫瑰。片刻间，她似乎忘记了克里福德。随后她又低声说道："谢谢你，我非常感谢。"她打开书本，摘下一片玫瑰花瓣，将它放在书页之间，然后抬起头，温和地说："我不能接受。"

V

克里福德用了一个月才完全恢复过来。不过在第一周结束时，艾略特就宣布他没事了——在这方面，艾略特是当仁不让的权威。同时他的康复也要感谢巴雷对他郑重告白的诚挚回答与感谢。克里福德每天会祝福巴雷四十次，因为她温柔而干脆地拒绝了他。为此他还会感谢自己的幸运星辰。但与此同时，他仍然在承受着被抛弃的苦痛折磨——我们的心灵还真是一种奇妙的东西！

艾略特则愤懑难平，部分是因为克里福德的沉默寡言；部分是因为一直冷如冰霜的巴雷现在却因为某种无法解释的原因，仿佛正开始渐渐解冻。在他们频繁相遇的过程中，巴雷仍然步履匆匆地走在塞纳街上，腋下夹着乐谱，头上戴着大草帽，从克里福德和他们的熟人身边经过，朝东边走向瓦切特咖啡馆。在这样的时候，她会神采奕奕地向克里福德露出微笑。艾略特早已沉睡过去的疑心也会因此而再度苏醒。不过他没有察觉到任何异常之处，于是终于放弃了对这件事的探究——如果这其中真的还有什么内情，那也已经超出了他的理解。他只能认为克里福德是个白痴，并且对巴雷持保留的观点。

对于这件事，塞尔比一直都充满了嫉妒。一开始，他拒绝承认巴雷的变化和自己的感情，甚至为此离开画室，去郊外度过了一天。但森林和原野同样让他心绪不宁。小溪在流淌时还歌唱着巴雷的名字。割草机在草地上你唱我和，全都在颤动中高喊着："巴——雷——！"结果在郊外度过的那一天让他气愤了整整一个星期。在朱利安画室中，他闷闷不乐地工作着，心中却只想知道克里福德在哪里，正在做些什么，并因此而备受折磨。在星期天的一次不安定的散步中，这种情绪达到了高潮。他一直走到兑换桥的花卉市场，又在忧郁中走到殡仪馆，再回到那座大理石桥头。塞尔比感觉到自己永远都不可能摆脱这种情绪，于是他去拜访了克里福德。此时克里福德还在他的花园里，靠薄荷朱利甜酒疗养身体。

他们坐在一起，讨论道德和为人的快乐，都觉得对方是能给自己带来抚慰的好人。而朱利酒更是给嫉妒的刺痛撒上了一层香膏，在枯萎的心灵中激发出了希望。当塞尔比说他必须告辞的时候，克里福德便起身相送。随后塞尔比又坚持要陪克里福德返回他的家门口，克里福德则要把塞尔比送到半路上。当他们终于发现很难就此告别的时候，便决定共进晚餐，一起去"逍遥"一下。"逍遥"这个词很适合用来描述克里福德的晚间行动，尤其是他寻欢作乐的各种计划。他们首先去了米尼翁餐厅。当塞尔比与主厨攀谈的时候，克里福德则以慈父般的眼光看着侍者。晚餐非常棒，或者从一般意义来讲，应该是不错的。直到甜点被端上来的时候，塞尔比忽然听到有人在很远的地方说："塞尔比小子，喝酒时就像是一位君王。"

一群人来到他们身边，塞尔比觉得自己似乎和每一个人都握了手，还一直在放声大笑。这些人中的每一个都是那样机智诙谐。他看到克里福德就在自己对面，对自己有着坚定的信心；周围似乎还有其他人，或者坐在他和克里福德身边，或者不停地走来走去，让裙摆拂过抛光的地面。玫瑰花的香气、扇子的沙沙声、圆润手臂的碰触和清脆的笑声变得越来越模糊。整个房间仿佛都被一重迷雾所包裹。然后，仿佛就在眨眼之间，所有东西又都清晰得令人感到痛苦，只是每一件物体和容貌又都在扭曲变形，声音也让耳朵感到刺痛。塞尔比挺起胸膛，平静而严肃。这一刻，他是自己的主人，尽管他已经喝了许多酒。他能够控制住自己。他只是有一点面色苍白，身体比平时有一点僵硬，动作有一点缓慢，说话更加拘谨。

当午夜时分，他离开的时候，克里福德正平静地躺在某个人的怀中，手里拿着一只绒面革长手套，一条蓬松的长围巾包裹住他的脖子，以免冷风吹袭他的喉咙。塞尔比走过大厅，下了楼梯，发现自己来到了一条他不认识的人行道上。他机械地抬起头，想要看到这条街的名字。那名字让他感到陌生。他转过身，朝街道另一端有灯光聚集的地方走去。那里比他预料的更远。经过一段长时间的探寻之后，他得出结论——他的双眼已经被神秘地从正常的地方挪开，重新安放在头两侧，就像那些鸟一样。想到这种变形带来的种种不便，他不由得感到一阵哀伤。于是他像鸡一样昂起头，想要测试一下脖子的灵活性。就在这时，一种巨大的绝望感悄悄溜进他的心中。泪水在泪腺中聚集，他的心都要碎了。他撞到一棵树上。这让他对现实情况有了一些了解。他压抑住胸口强烈的痛楚，捡起帽子，加快脚步向前移动。他的嘴唇变得惨白，喉咙一阵阵发紧，牙齿更是狠狠咬在一起。这次他的步伐稳定了许多，几乎没有怎么偏离方向。经过一段仿佛没有尽头的跋涉，他发现自己经过了一排出租车。明亮的灯光——红色、黄色和绿色都让他感到气恼。他觉得如果能挥起手杖将这些灯全部打碎，一定是一件非常愉快的事情。但他克制住了这种冲动，继续向前走去。随后他才想到，也许坐上一辆出租车能够缓解自己身体的疲惫。带着这个主意，他转身想要回去。但那些出租车看上去是那么远，那些灯又是那样亮，令人感到困扰，于是他放弃了这个打算，打起精神朝周围看了看。

一个影子，一道巨大宏伟、无可名状的黑影在他的右侧升起。他认出那是凯旋门，便郑重地向它挥挥手杖。那座建筑的规模也让他感到气恼。他觉得那东西实在是太大了。然后他听到有什么东西当啷一声掉在地上——可能是他的手杖。不过这没有关系。当他终于掌控住了自己，让桀骜不驯的右腿重新服从指挥以后，他发现自己正在穿过协和广场，照这种样子走下去，他恐怕会一直走到玛德莲广场。这可不行。他急忙转向右方，快步走过波旁宫桥，拐进了圣日耳曼大街。尽管陆军部蛮横地矗立在他面前，仿佛是在向他挑战，但他还是冷静地放过了这家伙。他很想念自己的手杖。如果手杖还在，他就能将它按在那道铁栅栏上，一路拖过去，敲打每一根栏杆。这让他想起来，无论如何他都要保住自己的帽子。但是当他找到帽子的时候，他又忘了自己想要帽子做什么，便重重地将帽子扣在头顶上。然后他又不得不和自己奋力拼搏，抵抗一股坐下来痛哭流涕的强烈冲动。这场战斗一直持续到他走进雷恩街。在这里，他一下子被巨龙街口阳台下面的那头巨龙吸引住了，开始对它进行仔细的观察和思考。时间一点点流逝，他终于模糊地想起自己在这里并没有什么事情可做。于是他又迈开了步子。走路真是一个缓慢的过程。现在他已经不再想坐下来痛哭一场，而是想要进行一场孤独而深刻的反思。他的右腿又忘记了对身体的服从，开始攻击左腿。他想要走进一条街道，却发现那条街已经关闭了。他努力想把门推倒，却发现自己力有不逮。然后他注意到了栅栏门里面的石柱顶端有一盏红灯。那红光很令人感到愉快。但如果街道封闭了，他又该如何回家去？不过这似乎并不是酒店所在的那条街。他狡诈的右腿哄骗他走错了路。在他身后是一条排列着无数街灯的大道。那么他面前这条年久失修，堆积着泥土、砂浆和石块的狭窄街道又是哪里？他抬起头，看到栅栏门上醒目的黑色字迹：

巴雷街

他坐下来。两名他认识的警察走过来，建议他起身离开，但他开始从个人品位的角度辩论这个问题，于是警察们笑着走开了。就在此刻，他的脑子里只有一个问题，那就是如何看到巴雷。她一定在某个地方，或者就在那幢有铸铁阳台的大房子里。那里的门是锁住的，但那又有什么关系？他的心中突然冒出一个简单的想法，那就是大声呼喊，直到她出来。随后这个念头又被一个同样简单可行的想法所取代——用力捶这道门，直到她出来。不过他最终还是放弃了这两个前途未卜的计划。他决定爬进那个阳台，打开一扇窗，礼貌地询问巴雷是否在家。他能看到，这幢房子只有一扇窗户还亮着灯。那是二层的一扇窗子。他的双眼定定地望着那里。然后他翻过木栅门，爬过成堆的石块，来到那幢房子前，开始寻找向上攀爬的立足点。他什么都没有找到。但突然间，怒火在他的心中燃起，血液涌上他的头顶，猛烈地脉动着，撞击他的耳膜，就像是大海凶猛的波涛。凭着醉酒者盲目的固执，他咬紧牙，拼命向上一跳，抓住一道窗台，将自己挂在窗户下面。他的一切理性都逃走了，同时又好像有许多人同时在他的脑海中说话。他的心脏仿佛奏响了一曲疯狂的军乐，他就这样抓住窗台，沿着墙壁挪动身体，蹭过一些管子和百叶窗，最后用力把身体拽上去，翻进亮灯窗户所在的阳台。他的帽子撞上了窗玻璃，离开头顶,掉在阳台上。片刻之间,他只能靠在阳台栏杆上不住地喘气。这时,那扇窗户缓缓地从里面打开了。

他们瞪视着彼此,随后的一段时间里都是一动不动。终于,女孩有些摇晃着退进了房间。他看见了她的脸——那张脸上已经满是红潮。他看见她坐到了一把椅子上,身边就是亮着灯盏的桌子。他一言不发地跟随她走进房间,关上身后门一样的落地窗。然后他们就在宁静中看着彼此。

这个房间很小,房中的一切都是白色的——带帘子的床,角落里的小盥洗架,裸露的墙壁,白瓷灯,还有塞尔比自己的脸——这一点塞尔比自己很清楚。但巴雷的脸和脖颈就像她身边壁炉上的那株玫瑰花树一样红艳欲滴。塞尔比不知道该说些什么。女孩更是不可能会预料到发生这样的事情。塞尔比的脑子里全都是这个房间——他能想到的只有这里的洁白,这里每一样东西的纯洁无瑕。他的心越来越乱。直到他的眼睛开始适应屋中的光亮,其

他东西才开始显现出来,占据了灯光周围的空间。这里还有一架钢琴和一只煤斗、一只小铁箱、一只浴

缸。门板上有一排木钉挂钩。挂钩下面是一幅白色的棉布帘子，罩住了里面的衣服。床上放着一柄雨伞和一顶大草帽。桌子上正摊开着一卷乐谱，还放着墨水架和一摞直纹纸。塞尔比的身后有一只带镜子的衣柜。塞尔比不必去看那面镜子就知道现在自己是什么模样——他正逐渐清醒过来。

女孩坐在椅子里，一言不发地看着他，脸上没有任何表情，只是嘴唇有时会难以察觉地抖动一下。她的眼睛在光下蓝得令人称奇，却呈现出一种温柔的紫罗兰色，随着她的每一次呼吸，她的脖颈忽而变红，忽而泛白。和塞尔比在街上看见她的时候相比，现在的她似乎变得更加娇小窈窕。她面颊上的曲线几乎有些像是婴儿。当塞尔比终于转身去镜子里查看自己的样子时，一阵惊骇掠过了他全身的神经。他看到了一个令人感到羞耻的家伙。他被云雾遮蔽的意识立时变得清醒了许多。片刻间，他们再一次四目相对，然后他急忙将目光转向地板。他紧紧抿起双唇，心中的纠结迫使他只能低垂着头，全身每一根神经几乎都要绷断了。现在，一切都结束了——他心中的声音在这样对他说。他听着自己的心声，迟钝地意识到一切已经结束。一切都没有关系了。结局对他来说永远都会是一样的。他已经明白了，永远都是一样的。他用迟钝的意识倾听着一个正在内心中逐渐增强的声音。过了一会儿，他挺起胸膛。女孩立刻站起身，一只小手按在桌面上。他打开窗户，拿起自己的帽子，又将窗户关好，走到玫瑰花树前，用自己的面颊轻触那些花朵。有一支玫瑰花被摘下来，插在桌上的水瓶中。女孩机械地将那支花拿起来，在自己的唇上轻触了一下，又把它放到他身边的桌上。他一言不发地走过房间，打开屋门。楼梯黑暗而沉寂，女孩拿起灯，经过他的身边，走下有着抛光扶手的楼梯，来到门廊里，拉开门闩，打开了那道铁门。

他穿门而过，带着他的玫瑰花。

图书在版编目（CIP）数据

黄衣之王 / （美）罗伯特·W.钱伯斯著；李镭译 . -- 北京：北京时代华文书局，2019.9
（2024.6 重印）
　　ISBN 978-7-5699-3138-9

Ⅰ.①黄… Ⅱ.①罗…②李… Ⅲ.①短篇小说－小说集－美国－现代 Ⅳ.① I712.45

中国版本图书馆 CIP 数据核字 (2019) 第 154660 号

Robert W. Chambers

THE KING IN YELLOW

黄衣之王
HUANGYI ZHI WANG

著　　者丨［美］罗伯特·W.钱伯斯
译　　者丨李　镭

出 版 人丨陈　涛
责任编辑丨王雅观
责任校对丨凤宝莲
封面设计丨程　慧
内文排版丨迟　稳
营销编辑丨梁　希
责任印制丨訾　敬

出版发行丨北京时代华文书局 http://www.bjsdsj.com.cn
　　　　　北京市东城区安定门外大街 138 号皇城国际大厦 A 座 8 楼
　　　　　邮编：100011　电话：010 - 64267955　64267677
印　　刷丨三河市兴博印务有限公司　0316-5166530
　　　　　（如发现印装质量问题，请与印刷厂联系调换）
开　　本丨880 mm ×1230 mm　1/32　　印　张丨14.25　字　数丨240 千字
版　　次丨2021 年 6 月第 1 版　　　　印　次丨2024 年 6 月第 7 次印刷
书　　号丨ISBN 978-7-5699-3138-9
定　　价丨88.00 元

ISBN 978-7-5699-3138-9